9. November 1989 – Der Tag, der alles veränderte

Es ist Liebe auf den ersten Blick, als Barbara und Ulrich sich auf einer Silvesterfeier am letzten Tag des Jahres 1988 in Ostberlin kennenlernen. Erst einige Zeit später sehen sie sich wieder, aber sofort ist da wieder diese unbändige Anziehungskraft – eine innige Liebesnacht in Ulrichs kleiner Datsche am Müggelsee besiegelt schließlich ihre Verbindung. Dann bekommt Ulrich die einmalige Gelegenheit, für einen Kongress in den Westen zu reisen. Barbara wartet und wartet, doch er kommt nicht zurück. Ist Ulrich tatsächlich geflohen? Alles spricht dafür, aber Barbara glaubt fest an seine Liebe, gerade jetzt … Fieberhaft macht sie sich auf die Suche nach einer Gewissheit und stößt dabei schnell an ihre Grenzen – in einem Land, an das sie so sehr glauben will, das sich aber mehr und mehr gegen sie stellt.

Birgit Schönthal wuchs in den 1970er Jahren in Westberlin auf. Ihr Roman »Das geteilte Herz« hat eine ganz besondere Bedeutung für sie, da sie von ihrer ersten großen Liebe durch die Mauer getrennt war. Birgit Schönthal studierte Germanistik und Geschichte und arbeitete als Lehrerin, bevor sie zum Schreiben fand. Heute lebt sie mit ihrem Hund in einem verschlafenen Dorf in der Eifel.

Weitere Informationen finden Sie auf www.fischerverlage.de

BIRGIT SCHÖNTHAL

Das geteilte Herz

ROMAN

FISCHER Taschenbuch

Für meine Eltern

MIX
Papier aus verantwortungsvollen Quellen
FSC® C083411
FSC www.fsc.org

Erschienen bei FISCHER Taschenbuch
Frankfurt am Main, Oktober 2019

S. Fischer Verlag GmbH, Hedderichstr. 114,
D-60596 Frankfurt am Main

Satz: Fotosatz Amann, Memmingen
Druck und Bindung: CPI books GmbH, Leck
Printed in Germany
ISBN 978-3-596-70514-6

Teil 1

DDR, Kleinmachnow, Samstag, 31. Dezember 1988

Barbara Nowack saß im Bett und trank ihren Morgenkaffee. Schlaftrunken sah sie den winzigen Staubkörnchen zu, die auf den Lichtstreifen, die die Wintersonne von einem eisblauen Himmel in ihr Schlafzimmer schickte, schwerelos auf und ab schwebten. Wie zur Aussöhnung mit den vielen verhangenen Tagen im Dezember versprach der letzte Tag des Monats schön zu werden. Silvester!

Schon lange freute sie sich auf diesen Abend. Nur sie und Manfred. Er hatte Neujahr dienstfrei, und sie würden endlich wieder Zeit füreinander haben. Eine gute Gelegenheit, ein paar Dinge mit ihm zu klären, die ihr auf der Seele lagen. Zwar hatte Manfred länger nicht mehr über seinen absurden Plan gesprochen, aber sie wollte nicht ins neue Jahr gehen, ohne ihm noch einmal ihre Einstellung dazu deutlich zu machen.

»Barbara! Telefon!«, unterbrach da die Stimme ihrer Mutter ihre Gedanken. »Manfred will dich sprechen.«

»Ich komme.« Barbara sprang aus dem Bett und lief in den schmalen Gang, der ihre Wohnung, eine ausgebaute, ehemalige Garage, mit der ihrer Eltern verband.

»Erich Honecker am Apparat«, drang täuschend echt die Stimme des Staatsratsvorsitzenden sächselnd an ihr Ohr. »Frau Nowack, ich habe gerade gehört, dass Sie um diese Uhrzeit noch im Bett liegen. So geht das aber nicht.«

Barbara musste lachen. Manni … Auch nach einem Vierundzwanzig-Stunden-Dienst in der Klinik war er immer noch zu Späßen aufgelegt. Das mochte sie so an ihm.

»Und ich höre gerade, dass sich Genosse Mattner über unseren Generalsekretär lustig macht«, konterte sie nun hellwach.

»Aber nur bei Ihnen, Genossin Nowack.«

»Warum rufst du an? Was gibt's?«

Schweigen. Sie hörte ihren Freund seufzen und dann antworten: »Über den Grund meines Anrufes wirst du wahrscheinlich nicht mehr lachen.«

Eine dunkle Ahnung kroch in ihr hoch. »Nee, oder …?« Sie hielt den Atem an.

Wieder ein Seufzen am anderen Ende der Leitung in Teltow. »Ich weiß, aber ich konnte nicht anders. Ich habe meinem Kollegen versprochen, den Silvesterdienst für ihn zu übernehmen. Er bekommt kurzfristig Besuch aus Westberlin.«

Barbara schluckte. »Wir wollten doch Silvester zusammen feiern«, sagte sie stockend und versuchte ruhig zu bleiben. »Nur wir beide. Ich habe schon im Deli für uns eingekauft. Ich habe mich so auf diesen Abend gefreut.« Sie hörte ihr Blut plötzlich in ihren Ohren rauschen. Und dann brach es aus ihr heraus, etwas, das schon seit längerem in ihr brodelte: »Ständig gehen die Poliklinik, die Partei oder irgendwelche Bekannten vor. Ich hab das Gefühl, mit einem Mann zusammen zu sein, der nicht mal einen Abend mit mir allein verbringen kann oder will.«

»Jetzt werde doch nicht ungerecht«, erwiderte Manfred und hörte sich fast wie ein kleiner Junge an. Sie konnte den treuherzigen Blick aus seinen himmelblauen Augen vor sich sehen. »Wir haben doch erst vorgestern Abend was zu zweit gemacht.

Und was den Dienst angeht … Du weißt doch selbst, wie gut es sich bei der Partei macht, wenn man sich kollegial zeigt.«

Zum Gefühl der Enttäuschung gesellte sich jetzt auch ein Anflug von Wut. »Bei der Partei … So ein Blödsinn.«

»Ich habe mir gedacht, dass du einfach heute Abend in die Klinik kommst«, sagte Manfred in aufmunterndem Ton. »Dann feiern wir dort gemeinsam mit all den anderen Kollegen und Krankenschwestern, die auch Dienst haben. Die Sachen aus dem Deli kannst du doch mitbringen.«

Sie hatte das Gefühl, keine Luft mehr zu bekommen. Tränen stiegen ihr in die Augen. War sie ihm denn wirklich so wenig wichtig? »Vielen Dank für die Einladung, aber das werde ich nicht tun«, erwiderte sie mühsam beherrscht. »Feiere du in deiner Klinik. Dann gehe ich zu Elke und Wolf. Ich wünsche dir einen schönen Jahreswechsel.« Ohne eine Antwort abzuwarten, legte sie den Hörer auf die Gabel.

Schwer atmend blieb sie vor dem Telefon stehen. Sie fror, nicht nur, weil es im Winter hier im Durchgang immer eisig kalt war. Wie unterschiedlich sie doch waren! Dr. Manfred Mattner, der allseits beliebte Zahnarzt und eifrige Parteigenosse, brauchte stets Abwechslung, den Applaus und die Anerkennung der anderen. Ruhige Stunden der Zweisamkeit schienen ihm nicht viel zu bedeuten.

Barbara schlang die Arme um ihren Körper und ging zurück in ihre Wohnung. Während sie ihren Kaffee austrank, fragte sie sich nicht zum ersten Mal in letzter Zeit, ob ihre Beziehung das kommende Jahr überleben würde.

Barbara seufzte. Sie spürte, wie sich ihre Enttäuschung und ihre Wut allmählich legten und dass sie sich jetzt sogar irgendwie auf die Silvesterparty bei ihrer Freundin und deren Mann freute. Plötzlich war ihr danach, sich so richtig schick zu machen. Dafür war das Kleid, das ihre Mutter ihr nach einem der Schnittmuster aus der *Sibylle* genäht hatte, genau das Richtige.

»Das ist ja eine Überraschung!«, rief Elke, als sie die Tür öffnete, und fiel Barbara um den Hals. Dann löste sie sich aus der Umarmung und fragte ernst: »Was ist passiert?«

»Manfred ist für einen Kollegen eingesprungen«, erklärte Barbara. »Es ging nicht anders.«

»Das ist doch Kokolores. Der wollte wohl nicht mit dir allein feiern«, sagte Elke in ihrer direkten Art, die manchmal etwas schroff wirkte.

Barbara wollte jetzt nicht darüber sprechen und erst recht nicht darüber nachdenken. Sie wusste, dass Elke nicht besonders von Manfred angetan war und fand, dass er nicht zu ihr passte. »Hier!« Sie hielt die Cellophantüte hoch. »Ich habe was mitgebracht. Aus dem Delikat.«

»Danke!« Elkes Blick wurde weich und ihre Stimme sanft. »Das tut mir leid für dich. Aber umso schöner, dass du jetzt hier bist.« Elke nahm ihr die Tüte ab und hakte sie unter. »So, jetzt komm erst mal rein.«

Barbara hängte ihren Mantel an die Garderobe.

»Du siehst toll aus.« Elkes große, dunkle Augen glitten an ihrem eng anliegenden, kurzen Kleid herunter. »Schwarz steht dir hervorragend. Das ist aber keine VEB-Fertigung, oder?«

Barbara lachte. »Meine Mutter hat es geschneidert.«

Die beiden betraten das Wohnzimmer, wo die Silvesterfeier schon in vollem Gange war. Die Leute standen in kleinen Gruppen beisammen, saßen auf den Sofas oder hockten im Schneidersitz auf Kissen und Teppichen. Es wurde geredet, gelacht, geraucht, getrunken und gegessen. Einige tanzten zu den Klängen von Carlos Santana, die aus dem Kassettenrekorder kamen. Eine Kollegin von Elke bei der *Berliner Zeitung*, die Bier verteilte, drückte Barbara eine Flasche in die Hand. Viele der Gäste kannte Barbara schon von anderen Feiern. Wolf arbeitete als Diakon in der Evangelischen Gemeinde in Kleinmachnow. Er und Elke hatten einen großen Freundeskreis, in dem die meisten bei Umwelt- oder Friedensinitiativen engagiert waren. Obwohl es ihr so vorkam, als sei sie die Einzige, die ohne Partner da war, fühlte sich Barbara nicht unwohl.

»Kennt ihr den schon?«, fragte ein schlaksiger Mann mit John-Lennon-Brille. »Ein DDR-Bürger macht rüber in den Westen. Er geht in ein Geschäft und verlangt eine Schachtel Cabinet. Der Verkäufer: ›Die haben wir nicht.‹ Er: ›Geht das schon wieder los …‹«

Alle lachten.

Gisela, eine Kostümbildnerin am Berliner Theater, warf einen verstohlenen Blick hinüber zu einer Gruppe an einem der Stehtische.

»Keine Sorge«, versicherte ihr Wolf, der das bemerkte, mit beruhigendem Lächeln.

»*Horch&Guck* ist überall«, entgegnete sie.

»Wie sieht es denn bei euch mit den Getränken aus?«, fragte Elke fröhlich in die Runde.

Sie hatte kaum zu Ende gesprochen, als der schrille Ton der Haustürklingel die Stimme von David Bowie übertönte. Einmal, zweimal. Kurz und fordernd. Die Paare, die getanzt hatten, blieben wie auf Kommando stehen. Elke schaltete den Rekorder ab.

»Die Stasi«, sagte jemand in die plötzlich eingetretene Stille hinein.

»Was soll die denn hier wollen?«

»Vielleicht die westliche Musik?«

»Die hört doch heute jeder.«

Elke wechselte einen Blick mit ihrem Mann, der daraufhin mit festen Schritten in den langen Flur verschwand. Ein paar Sekunden später ließ Wolfs befreit klingendes Lachen alle aufatmen. Fröhliche Stimmen waren zu hören. Dann kam der Diakon zurück ins Wohnzimmer. Ihm folgten zwei Männer und eine Frau. »Leute, seht mal her! Für alle, die die drei noch nicht kennen, das sind Joachim, mein kleiner Bruder, und seine Frau Marlies. Und das ist Ulrich, Joachims Kollege vom Pharmazeutischen Institut.«

Die späten Gäste wurden mit lautem Hallo begrüßt.

Barbara hätte ein Besuch der Staatssicherheit weit weniger in Aufregung versetzt als der Anblick dieses Mannes. Ulrich. Sie sah, nein, sie starrte ihn geradezu an. So kam es ihr zumindest vor. Der neue Gast in dem graumelierten Rollkragenpullover und dem schwarzen Mantel wäre ihr selbst in der größten Menschenmenge aufgefallen. Nicht nur wegen seines Äußeren – mindestens ein Meter neunzig groß, männlich, attraktiv –, sondern vor allem wegen seiner Ausstrahlung, die sie sofort in den Bann zog. Er strahlte Ruhe, Kraft und Selbstbewusstsein aus, ohne überheblich zu wirken. Er sah sich um. Sein Blick blieb irgendwann an ihr hängen. Drei, vier Augenblicke lang sahen sie sich in die Augen. Dann schaute sie rasch zur Seite, stellte ihr

Bier ab und griff in die Schale mit den Erdnussflips. Ihr war plötzlich ganz heiß. Um sich abzulenken, verwickelte sie Elkes Kollegin, die gerade neben ihr stand, in ein Gespräch über die politisch brisante Komödie *Übergangsgesellschaft*, die sie erst kürzlich im Maxim-Gorki-Theater gesehen hatte. Aber sie war nicht bei der Sache, denn dabei beobachtete sie aus den Augenwinkeln, wie sich die neuen Gäste unter die Leute mischten. Irgendwann drangen Gitarrenklänge an ihr Ohr, die nicht aus dem Rekorder kamen. Sie blickte in Richtung des Erkers und entdeckte Ulrich – mit Wolfs Gitarre auf den Knien. Er spielte ein paar melodische Akkorde. Ruhig und in sich gekehrt, so als wäre er allein.

»Was spielst du denn für uns?«, erkundigte sich Elkes Redaktionskollegin laut und mit unübersehbar flirtendem Blick.

Ulrich hob den Kopf und schenkte ihr ein Lächeln, das, obwohl es nicht für sie bestimmt war, Barbaras Herz schneller schlagen ließ. Dieser Mann konnte lächeln! Unglaublich!

»Was möchtet ihr denn hören?«, fragte er mit tiefer Stimme, in der Wärme und Sinnlichkeit mitschwangen.

»Leonard Cohen!«, kam es Barbara da ganz spontan über die Lippen.

Ulrich sah sie an, und sein Blick tauchte in ihren. Für Barbara ein Augenblick so lang wie eine Ewigkeit.

»Und was von ihm?«, fragte Ulrich. Dieses Mal galt sein Lächeln ihr allein.

»*Dance me to the end of love.*«

Er nickte, senkte den Kopf und schlug sanft die Saiten an. Die Gäste bildeten einen weiten Halbkreis, es war, als würde der kleine Erker zur Bühne. In dem Moment, in dem Ulrich seine rauchige Stimme erhob, schienen alle die Luft anzuhalten. Völlig hingerissen hörte Barbara dem Gesang zu und begleitete ihn mit sanften Bewegungen. Elke hatte sich rechts bei ihr untergehakt, Wolf links. Einige summten mit, andere tanzten eng umschlungen. Als das Lied zu Ende war und Ulrich, ohne eine Pause zu machen, die ersten Akkorde von Cohens *Halleluja* anstimmte, sangen alle ausnahmslos mit. Barbara stimmte leise ein und wünschte sich nichts sehnlicher, als diesen Mann näher kennenzulernen.

Nachdem Ulrich die Gitarre an die Wand gelehnt hatte, schaltete Wolf den Kassettenrekorder wieder ein. Barbara mischte sich unter die Tanzenden, die sich ausgelassen zur Rockmusik bewegten. Als dann Jennifer Rushs *The power of love* erklang, fanden die Paare wieder zusammen. Barbara wandte sich ab und wollte in die Küche gehen, als sie jemand am Arm fasste. Sie drehte sich um und blickte in zwei graugrüne Augen, gesäumt von dichten, schwarzen Wimpern.

»Wollen wir tanzen?«

Sie konnte nur nicken. Wie selbstverständlich zog Ulrich sie an seinen Körper. Es fühlte sich vertraut an, so als würden sie sich schon lange kennen. Vom ersten Schritt an bewegten sie sich in völligem Einklang. Sie tanzten, als wären sie eins. Mit geschlossenen Augen atmete sie seinen Duft ein. Nicht den von Florena, den Manfred sich so gern großzügig auftrug, sondern eine Mischung aus Sandelholz, Zitrone und einem leichten Anklang von Muskat. Vielleicht auch Zimt? Ein ungeheuer männlicher Duft, der so anziehend auf sie wirkte, dass ihr fast schwindelig wurde. Ulrichs Atem streifte ihre Stirn. Seine Finger verschränkten sich mit ihren. Ein Staunen über den Rausch, den Ulrichs körperliche Nähe bei ihr auslöste, erfasste sie. So hatte sie das noch nie erlebt. Würde dieser Tanz doch niemals enden! Doch dann verstummte Jennifer Rush, und die Puhdys erklangen.

Ulrich blieb stehen. »Möchtest du etwas trinken?«

Sie lächelte zu ihm auf. »Ein Glas Rotwein vielleicht.«

Er löste sich von ihr. »Bin gleich zurück.«

Sie lehnte sich an die Wand, mit pochendem Puls, und fächelte sich mit der Hand Luft zu. Himmel, was war denn das? Dieser Mann brachte sie ja völlig aus dem Gleichgewicht. Sie fing Elkes Blick auf, in dem sie Verwunderung und Wohlwollen zugleich las. Elke nickte ihr aufmunternd zu und hielt einen Daumen hoch. Barbara musste leise lachen.

»Wie heißt du eigentlich?«, unterbrach Ulrichs dunkle Stimme ihre Gedanken. Wie aus dem Nichts war er neben ihr aufgetaucht und reichte ihr ein Glas.

»Barbara.«

Er stieß zart mit ihr an. »Auf dein Wohl, Barbara.«

Sie tranken. Ulrich lehnte sich neben sie an die Wand. »Joachim hat mir erzählt, dass du eine gute Freundin seiner Schwägerin bist.«

Sie nickte. »Und du bist ein Kollege von Joachim.« Diese Bemerkung stellte zwar nicht gerade eine intellektuelle Höchstleistung dar, aber etwas Besseres fiel ihr im Moment nicht ein. Eigentlich war sie nicht auf den Mund gefallen. Aber Ulrichs Nähe machte sie befangen. Sein direkter Blick, dieses Lächeln, dieser Duft …

»Mir gefällt dein Rasierwasser«, hörte sie sich sagen. O nein! Wie konnte sie nur? Das war ja viel zu persönlich und klang nach plumper Anmache. Sie spürte, wie ihr die Röte in die Wangen stieg.

Er lachte. Es war ein warmes, tiefes Lachen. »Ein Kollege aus dem Institut arbeitet dem Mangelangebot unseres Staates erfolgreich entgegen. Er stellt selbst Parfüm her und versorgt inzwischen fast alle Kollegen damit. Besonders die Frauen reißen ihm seine Fläschchen förmlich aus den Händen.«

»Lass mich raten. Sandelholz und Muskat?«

»Ja.« Wieder dieses Lächeln. O Mann!

»Zitrone?«

»Auch. Und Zimt. Gefällt's dir?«

Himmel! Dieser Blick! Sie konnte nur nicken. Dann trank sie hastig einen Schluck, um sich zu beruhigen und Zeit zu gewinnen.

»Bist du auch Chemielaborant wie Joachim?«, wechselte sie jetzt zu einem unverfänglicheren Thema.

»Dozent.«

»Und was dozierst du?« Langsam gewann sie ihre Selbstsicherheit zurück.

»Zurzeit arbeite ich zusammen mit meinem Professor an einem Projekt, bei dem wir den Einfluss des Sonnenlichts auf die Biotransformation von Arzneistoffen in der Haut untersuchen.«

»Das hört sich interessant an. Wenn man Medikamente einnimmt, macht man sich über so was ja gar keine Gedanken.«

»Das stimmt. Und was machst du?«

»Ich unterrichte hier in Kleinmachnow an der EOS Georg Thiele.«

»Das hört sich aber auch interessant an. Und im Gegensatz zu dem, was ich mache, wirklich sinnvoll.«

»Ich weiß nicht«, erwiderte sie gedehnt. Konnte sie Ulrich gegenüber offen sprechen? Als sie in seine warmen Augen blickte, glaubte sie, die Antwort zu kennen. »Sinnvoll? Da bin ich mir nicht so sicher«, sprach sie deshalb weiter. »Ich wollte immer Lehrerin werden, aber nach einem halben Jahr Berufserfahrung weiß ich jetzt, dass man tatsächlich nur Übermittler des sozialistisch-kommunistischen Gedankenguts sein darf. Alle Lerninhalte werden von der Partei vorgegeben. Und man darf auch keinen Millimeter davon abweichen. Damit die Schüler auch wirklich der festen Überzeugung sind, dass Freiheit, Brüderlichkeit und Wohlstand nur im Sozialismus möglich sind.« Sie lachte kurz auf. »So viel dazu, dass bei uns die Menschen zu schöpferischem Denken und selbständigem Handeln erzogen werden – so wie es die Akademie der Pädagogischen Wissenschaften behauptet.«

Ulrich sah sie aufmerksam an. »Du traust dich was.«

»Weil ich so offen rede?«

Er nickte.

»Ich will mich nicht mehr ständig zurückhalten. Ich will sagen, was ich denke. Ich will aber auch nicht, wie so viele andere, in den Westen gehen. Ich will bei uns etwas verändern. Und dafür muss man die Dinge erst mal aussprechen.«

Ulrich sah ihr unverwandt in die Augen. »Du bist also nicht in der Partei, oder?«

Sie hielt seinem Blick stand und musste dann lachen. »Gut erkannt. Nein, natürlich nicht.« Sie seufzte. »Ist aber gar nicht so einfach. Weil die Schulleitung natürlich gerne hätte, dass ich eintrete, und mich ganz schön unter Druck setzt. Und du?«

»Ich bin auch noch nicht eingetreten, obwohl die Institutsleitung mich auch sehr bedrängt. Vor allem seitdem ich die Dozentenstelle habe. Und die habe ich auch nur der Fürsprache meines Professors zu verdanken, der in der SED ist. Tja, ohne Parteizugehörigkeit kannst du am Institut eben nichts werden.« Er lächelte sie offen an und fuhr sich mit den Fingern durchs Haar.

»Alle mal herhören!«, rief da Wolf in den Raum. »Nur noch eine knappe halbe Stunde, dann ist es so weit. Wir machen gleich das Radio an. Für die genaue Zeit.«

Nun kam Unruhe auf.

»Bis gleich …«, sagte Ulrich, der Joachim und Wolf in den Garten folgte, wo sie sich ums Feuerwerk kümmerten.

Barbara ging in die Küche, um dort zu helfen. Es dauerte nicht lange, dann kamen alle wieder im Wohnzimmer zusammen. Die gefüllten Sektflöten wurden verteilt. Alle Paare hatten sich gefunden. Zum ersten Mal an diesem Abend kam sich Barbara einsam vor. Sie dachte an Manfred, der jetzt bestimmt auch, von Kollegen und Krankenschwestern umgeben, im Personalraum der Klinik die letzten Sekunden des alten Jahres abwartete, um das neue mit zackigem Parteigruß willkommen zu heißen. Ohne sie. »Zwanzig, neunzehn, achtzehn …«, hörte sie den Radiosprecher zählen. Wo war denn Ulrich? Verstohlen sah sie sich um, ohne ihn zu entdecken. Schade. Wie schön wäre es gewesen, wenn er jetzt neben ihr gestanden hätte.

Von Elke unbemerkt zog sie sich zurück und trat auf die Veranda. Allein mit ihrem Glas. Die kalte Nachtluft ließ sie frösteln. In der Ferne stiegen bereits die ersten Raketen in den Himmel, abgeschossen von denen, die zwölf Uhr nicht hatten abwarten können. Und dann wurden im Haus die Rufe laut: »Prost Neujahr!«

»Willkommen, neues Jahr«, flüsterte sie, während sie hoch zu den Sternen blickte. Traurigkeit breitete sich in ihr aus. Doch bevor dieses Gefühl gänzlich von ihr Besitz ergreifen konnte, trat jemand hinter sie. Rein instinktiv wusste sie, wer es war. Ganz langsam, aus Angst, sich doch zu irren, drehte sie sich um und blickte in die graugrünen Augen.

»Ein gutes und wunderschönes Jahr 1989 wünsche ich dir.« Ulrich stieß mit ihr an. Sie tranken beide, ohne ihre Blicke voneinander zu lassen. Dann senkte sich sein Gesicht ihrem zu, und sie schloss ganz automatisch die Augen. Sie spürte, wie seine Lippen die ihren suchten. Es war ein sehr sanfter, inniger Kuss. Bevor sie ihn erwidern konnte, hatte Ulrich sich auch schon wieder von ihr gelöst und war einen Schritt zurückgetreten.

Im nächsten Augenblick wurden unterhalb der Veranda die Raketen gezündet. Knallend und zischend stiegen sie zu den Sternen empor und ließen bunte Fontänen auf Kleinmachnow regnen. Barbara sah dem Spektakel zu, neben sich den Mann, der mit nur einem einzigen zarten Kuss auch in ihrem Herzen ein Feuerwerk entfacht hatte. In ihr tobte es. Ulrich hatte die Hände in den Taschen seines Mantels vergraben und war scheinbar in Gedanken versunken. An was oder wen mochte er gerade denken? Noch während sie sein klassisch geschnittenes Profil betrachtete, stellte er den Mantelkragen auf. Dann sah er sie an, mit einem undefinierbaren Ausdruck in den Augen. »Ich geh jetzt. Mach's gut.«

»Du auch«, kam es ihr ganz automatisch über die Lippen. Und bevor sie richtig begriff, dass er sich tatsächlich gerade von ihr verabschiedet hatte und sie sich vielleicht nie mehr wiedersehen würden, war er auch schon verschwunden.

DDR, Kleinmachnow, Sonntag, 1. 1. 1989

Das neue Jahr begann mit einem wolkenlosen Himmel und trockener Kälte. Die Sonne ließ den Raureif auf Gräsern, Ästen und Straßen glitzern. Nach den vielen grauen Tagen im Dezember sah die Welt heute wie frisch geputzt aus. Barbara saß bei ihren Eltern zu einem ausgiebigen Frühstück und blickte versonnen aus dem Fenster. Es kribbelte ihr in den Fingern, Elkes Nummer zu wählen. Nicht nur, um sich noch einmal für die Party zu bedanken. Wenn sie ehrlich war, wollte sie über Ulrich reden, wollte mehr über ihn erfahren – trotz ihres schlechten Gewissens Manfred gegenüber. Am frühen Nachmittag schließlich rief sie ihre Freundin an.

»Ich hätte dich auch gleich angerufen«, sprudelte Elke los. »Jetzt sag mal, was war das denn?«

Barbara musste lachen. »Was?«, fragte sie betont unschuldig.

»Na, das zwischen dir und Ulrich. Wie ihr getanzt habt! Eure Blicke – die haben Bände gesprochen!«

»Kennst du ihn näher? Du hast ihn noch nie erwähnt.«

»Joachim hat ein paarmal von ihm gesprochen. Aber ich habe ihn gestern auch zum ersten Mal gesehen.«

Barbara zögerte kurz, biss sich auf die Lippe und sagte dann entschlossen: »Er war allein da. Hat er keine …«

»Er ist geschieden. Habe ich heute schon alles für dich rausgefunden. Ich habe eben mit Joachim telefoniert. Keine Kinder, stammt ursprünglich aus der Gegend um Halle, wohnt am Müggelsee in einer Datsche und ist Dozent am Pharmazeutischen Institut in Berlin-Weißensee. Er soll ein ziemlicher Einzelgänger und Bücherwurm sein. Wie die meisten Wissenschaftler. Und er liebt die Natur. Genau wie du.«

»Einzelgänger? Bei seinem Aussehen müssten die Frauen ihm doch scharenweise nachlaufen.«

»Mag schon sein. Laut Joachim lässt er sich auf nichts Ernsthaftes ein. Nur kurze Affären.«

»Vielleicht hängt er noch an seiner geschiedenen Frau.«

»Oder ist der Richtigen noch nicht begegnet.« Elke sog hörbar die Luft ein und fügte dann hinzu: »Bis gestern Abend.«

Barbara konnte ihr schelmisches Lächeln förmlich durch den Telefonhörer sehen. »Quatsch«, erwiderte sie schnell, obwohl sich gerade wieder eine fiebrige Unruhe in ihr regte.

»Mit Sicherheit hast du ihm gefallen. Du weißt doch selbst, wie toll du gestern Abend in dem Kleid ausgesehen hast und wie du auf Männer wirkst.«

»Na ja, ist ja auch egal«, tat Barbara nun hastig das Thema ab. »Schließlich bin ich in einer festen Beziehung.«

»Aber in was für einer«, gab Elke trocken zurück. »Ihr seht euch kaum, habt überhaupt keine gemeinsamen Interessen und dann noch Mannis Theater, das er um seine Partei macht. Das kann man auf Dauer ja nicht ertragen. Dass der bei seinen Genossen noch nicht zur Lachnummer geworden ist!«

Wenn du wüsstest, musste Barbara da denken. Aber darüber durfte sie selbst mit ihrer besten Freundin nicht reden.

DDR, Kleinmachnow / Ostberlin, Montag, 2. 1. 1989

Auch am zweiten Tag nach Silvester musste Barbara noch ständig an Ulrich denken. Wie durch ein unsichtbares Band fühlte sie sich mit ihm verbunden. *Verrückt, völlig verrückt,* sagte sie sich. Immer noch spürte sie seine Lippen auf ihren. Warum nur war er nach diesem Kuss sofort gegangen? Ob sie sich wiedersehen würden? Wann? Wo? Und wie würde es dann zwischen ihnen weitergehen?

Um sich von diesen verwirrenden und nagenden Fragen abzulenken, beschloss sie, nach Berlin zu fahren. Michael würde sie bestimmt auf andere Gedanken bringen können.

Barbara wollte gerade in den Trabi ihrer Eltern steigen, als Manfred in seinem alten knatternden Wartburg vorfuhr. Mit fliegenden, weißen Kittelstößen sprang er aus dem Auto, kam auf sie zugelaufen und umarmte sie stürmisch.

»Alles Gute zum neuen Jahr!«, sagte er atemlos in ihr Haar. »Ich hatte bis gerade Dienst«, fuhr er fort, nachdem er sie losgelassen hatte. »Hast du einen starken Kaffee für mich? Ich wollte dich so schnell wie möglich sehen. Aber nachher muss ich unbedingt erst mal schlafen.«

Sie ging zurück in ihre Wohnung und setzte Wasser auf. Dabei erzählte ihr Manfred von seiner Silvesternacht, in der er und seine Kollegen, wie er betonte, keinerlei Zeit zum Feiern gehabt hatten. Alkoholleichen, Verbrennungen, Verkehrsopfer, kollabierte Kreisläufe hatten die Notaufnahme der Poliklinik in Teltow in Atem gehalten.

»Gut, dass du nicht gekommen bist«, meinte Manni und sah

sie mit seinem treuherzigen, himmelblauen Blick an. »Ich hätte keine Zeit für dich gehabt. Aber dafür habe ich jetzt was für dich. Was ich dir eigentlich um zwölf Uhr geben wollte.« Er trat auf sie zu, griff in die Seitentasche seiner weißen Hose und brachte ein kleines quadratisches Päckchen zum Vorschein. Es sah wie die Schatulle eines Ringes aus – und es ließ ihr den Atem stocken. Wenn sie sich auch zu Beginn ihrer Beziehung über einen Ring als Zeichen der Verbundenheit gefreut hätte, brachte der Anblick des schlichten, rotgoldenen Reifs sie jetzt in höchste Verlegenheit. Die Silvesternacht hatte alles verändert.

Manfred, der kaum größer war als sie, sah ihr in die Augen. »Ich möchte, dass du ihn trägst. Weil wir zusammengehören. Auch wenn wir uns nicht so oft sehen, wie du es dir wünschst. Aber du weißt ja …« Mit vielsagendem Blick verstummte er.

Ja, sie wusste es und erschrak. Über genau das hatte sie an Silvester mit ihm reden wollen.

»Mal sehen, ob er passt«, sagte Manfred mit einem erwartungsvollen Blick, der sie rührte.

Sie ließ ihn sich von ihm über den Ringfinger streifen.

»Doch zu groß«, stellte er mit enttäuschter Miene fest, die sich jedoch in der nächsten Sekunde schon wieder aufhellte. »Nicht schlimm. Wir lassen ihn kleiner machen.«

Manfred hielt sich nie lange mit Enttäuschungen auf.

Sie lächelte ihn an. »Danke schön. Das ist wirklich sehr lieb von dir.«

Er hob die blonden Brauen. »Wie? Kriege ich keinen Kuss? Ich bin schon auf Entzug.« Ohne ihre Antwort abzuwarten, zog er sie in seine Arme und küsste sie – gierig und ungeduldig, wie es seine Art war.

»Warum bist du denn so kühl?« Er trat einen Schritt zurück und sah sie prüfend an. »Bist du etwa noch sauer wegen Silvester?«

Sie spannte den Rücken und sah ihm fest in die Augen. »Ja, das bin ich. Aber es geht nicht nur um Silvester. Ich finde, wir müssen mal grundsätzlich über unsere Beziehung reden.«

Manfred gähnte und wendete den Blick ab. »Aber nicht jetzt, Schatz. Ich bin völlig kaputt. Überleg dir mal, wie lange ich schon auf den Beinen bin. Ich muss jetzt erst mal nach Hause fahren und schlafen. Übrigens, ich bin gerade dabei, den deutsch-sowjetischen Freundschaftsabend zu organisieren. Der findet übernächsten Samstag statt.« Er fuhr sich mit den Fingern der rechten Hand durch seine rotblonden Locken, während seine Augen jetzt wieder ihre suchten. »Ich hoffe doch, dass du mich begleitest. Auch wenn du noch sauer auf mich bist.« Er lächelte sie verschmitzt an. »Du weißt, wie gut sich das bei den Genossen macht. Übrigens auch bei deiner Schulleitung, die bestimmt daran teilnehmen wird.«

Barbara trat unwillkürlich einen Schritt zurück. Manfred kam hinterher und fasste sie an den Oberarmen. »Bitte. Lass mich nicht hängen. Nicht gerade jetzt, so kurz davor.«

»Schon gut, ich werde dich begleiten.« Unwirsch befreite sie sich aus seinem Griff.

Er gab ihr einen flüchtigen Kuss auf die Lippen. »Grüß deine Eltern. In den kommenden Tagen schau ich auf jeden Fall bei ihnen rein. Ich ruf dich an. Oder melde du dich. Bis später.« Ohne ein weiteres Wort drehte er sich um und verließ die Küche.

Nachdem die Haustür hinter ihm zugefallen war, hatte Barbara das Gefühl, ein Orkan wäre über sie hinweggefegt. Manfred brachte eine Unruhe in ihr Leben, die sie als zunehmend belastend empfand. Nachdenklich betrachtete sie den Ring an ihrem Finger. Ja, er saß viel zu locker. War das ein Zeichen dafür, dass es auch in ihrer Beziehung nicht richtig passte? Es fiel ihr schwer, das Gefühl zu benennen, mit dem sie den Ring wieder behutsam in das kleine Kästchen legte. War sie traurig, dass dieses Geschenk zu spät gekommen war?

Barbara nahm ihre Tasche, setzte sich ins Auto und fuhr nach Berlin. Michael wohnte in Prenzlauer Berg, etwa vierzig Autominuten von Kleinmachnow entfernt. Wie meistens hing trotz des klaren Wetters eine Dunstglocke aus Abgasen und Qualm über der Stadt. Als sie an einem HO-Laden vorbeikam, vor dem die Leute Schlange standen, musste sie wieder an Ulrichs Duft denken. Was hatte Ulrich gesagt? Ein Kollege würde dem Mangelangebot erfolgreich entgegenarbeiten. Auch sein Humor hatte ihr gefallen.

Von der Wichertstraße bog sie in eine holprige Seitenstraße ab, in der es zwei Kneipen, eine Broiler-Bude, einen Friseur und einen Kohlenhandel gab. Hier lebte Michael. Seine Buchhandlung befand sich in seiner Wohnung, die zum Hof hin noch über ein großes Zimmer und eine Kochnische verfügte. Das Klo war auf halber Treppe zum ersten Stock. Wer es benutzte, musste den abgestandenen Geruch von Fäkalien, Zwiebeln und Kohl in Kauf nehmen. Dass Michael, der in einer Jugendstilvilla in Berlin-Weißensee aufgewachsen war, bereits mit neunzehn Jahren hierhin gezogen war, verriet, wie unglücklich er sich in seinem Elternhaus gefühlt hatte.

Barbara parkte mit zwei Reifen auf dem Bürgersteig und sprang aus dem Auto. Michaels bernsteinfarbene Augen leuchteten auf, als sie den Laden betrat. Groß, breit und schwerfällig wie ein Bär kam er mit ausgebreiteten Armen hinter der Verkaufstheke hervor. »Ein frohes neues Jahr, meine Kleine«, sagte er mit einer Stimme, die viel zu hoch war für seine imposante Gestalt.

Sie umarmte ihn und küsste ihn auf die Stelle seiner Wange, die sein rotbrauner, krauser Vollbart frei gelassen hatte. »Das wünsche ich dir auch, mein Großer«, erwiderte sie, und in ihrer Stimme schwang all die geschwisterliche Liebe mit, die sie für ihn empfand. Er war für sie wie ein großer Bruder. Da ihre Eltern sich schon ewig kannten, waren sie in ihrer Kindheit fast wie Geschwister aufgewachsen. Für Peter Pietsch, Michaels Vater, war Barbara auch heute noch die Traumschwiegertochter, die er jedoch nie bekommen würde.

»Kaffee und Persiko?« Michael sah sie aufmunternd an.

»Ausnahmsweise auch Persiko, um auf das neue Jahr anzustoßen«, stimmte sie zu und ließ sich in einen der vier zerschlissenen Sessel fallen, die in der Ecke um einen kleinen Tisch standen.

Während Michael im hinteren Teil der Wohnung verschwand, sah sie sich um. Sie liebte Bücher. Einen ledernen Buchdeckel zu berühren oder mit den Fingerkuppen behutsam über den Buchschnitt zu fahren war für sie ein sinnliches Vergnügen. Michaels Buchhandlung liebte sie besonders. Sie hatte etwas Nostalgisches, etwas Geheimnisvolles an sich: dunkle Holzregale vom Boden bis hinauf zur angegrauten Stuckdecke, unter der der Geruch von vergilbtem Papier, gegerbtem Leder und Druckerschwärze hing. Und einen Raum, einen separaten Kellerraum, der nur über eine Treppe im hinteren Teil der Wohnung zu erreichen war. Hier stand die »verbotene« Literatur, sprich die westliche: Sartre, Camus, Freud. Diesen Raum kannten nur wenige. Es brauchte lange, bis Michael ein solches Vertrauen zu jemandem fasste, dass er ihn die Treppe hinunterführte.

»Auf das Jahr 1989«, sagte er und hob sein Glas.

Barbara tat es ihm gleich. »Erzähl mir, wie hast du den Jahreswechsel gefeiert?«, erkundigte sie sich.

»Allein«, lautete seine Antwort, wobei er jedoch alles andere als unglücklich aussah. Sein gutmütiges Gesicht schien vielmehr aufzuleuchten.

»Allein?«, fragte sie irritiert.

»Na ja, ab elf Uhr abends war ich allein. Bis dahin hatte ich Besuch. Von einem Kunden. Er ist mittags ins Geschäft gekommen, als ich gerade schließen wollte. Wir sind ins Gespräch gekommen.«

Sie lächelte wissend. »Das muss ja ein sehr interessantes Gespräch gewesen sein.«

»War es auch«, erwiderte Michael ernst. »Er ist freier Journalist und Autor und wohnt zurzeit bei seiner Schwester in Westberlin. Er musste vor Mitternacht wieder rüber.« Michael hielt kurz inne und lächelte jetzt sanft und versonnen. »Sonst wäre er über den Jahreswechsel hiergeblieben. Aber dass er gehen musste, war gar nicht so schlimm. Für den Rest der Nacht hatte ich noch viel zum Nachdenken und Nachfühlen.«

Barbara freute sich für Michael. Wenn sie es einem Menschen gönnte, glücklich zu sein, dann ihm – obwohl sie sich sehr bewusst war, dass ihm ein solches Glück zugleich auch große Probleme bescheren würde, sollte er es je öffentlich leben wollen. »Wie alt ist er?«

»Achtunddreißig, genau zehn Jahre älter. Das passt.«

»Seht ihr euch wieder?«

Michael lachte. »Das hoffe ich doch. Er hat es mir versprochen.«

Spontan sprang sie auf und umarmte ihn. »Ich freu mich so sehr für dich. Aber du musst vorsichtig sein. Ich bin mir nicht sicher, ob dein Vater dann immer noch die Hand schützend über dich halten kann.«

»Die Frage ist, ob er es will. Du weißt ja, wie er zu meiner Neigung steht.«

Sie setzte sich wieder und nahm einen Schluck Kaffee. Sie mochte Michaels Eltern, Peter und Charlotte. Peter saß im Zentralkomitee der Partei und lebte in ständiger Angst, seine Kollegen könnten die Wahrheit über seinen Sohn, sein einziges Kind, erfahren. Michael seinerseits tat unter diesem Druck alles dafür, dass sein Anderssein niemandem auffiel. So hatte er alle Stationen durchlaufen, die aus einem Jugendlichen einen linientreuen Staatsbürger machten. Natürlich war er Mitglied der SED, der Partei, die er tief im Herzen aufs schärfste ablehnte.

»Erzähl mir, was du dir fürs neue Jahr vorgenommen hast«, forderte Barbara ihren Freund auf.

»Erzähl du mir erst einmal, wie du Silvester gefeiert hast!«

»Ich war bei Elke und Wolf. Die beiden haben eine große Party gemacht.«

»Mit Manfred?«, fragte Michael erstaunt. Er wusste, wie wenig sich ihr Freund und Elke leiden konnten.

»Ohne ihn.«

»Hoppla!«

»Das war völlig in Ordnung.« Sie lächelte ihn an und erzählte ihm dann, was ihr in der Silvesternacht widerfahren war.

Michael zog nachdenklich die Brauen zusammen. »Dozent am Pharmazeutischen Institut, heißt Ulrich, ist gutaussehend? Wie heißt er denn mit Nachnamen?«

»Dreyer. Ulrich Dreyer.«

Michael lachte. »Du, den kenne ich! Der kauft bei mir.«

»Wirklich?« Sie rutschte auf die Sesselkante, konnte es kaum glauben. »Und wie findest du ihn?«

»Du kannst ihm vertrauen. Er kauft bei mir wissenschaftliche Bücher fürs Institut, aber auch Bücher aus dem Keller. Und bis jetzt hat die Stasi mich in Ruhe gelassen.«

»Ja.« Sie sah ihn ernst an. »Ich vertraue ihm.«

»Und? Machst du jetzt mit Manni Schluss?«

Sie nickte langsam. »Das hat aber nichts mit Ulrich zu tun.« *Über kurz oder lang wird es sich von selbst erledigen,* fügte sie in Gedanken hinzu. Darüber jedoch durfte sie nicht einmal mit Michael reden.

»Wie heißt er eigentlich?«, wechselte sie rasch das Thema.

Michael wusste sofort, wen sie meinte. »Roman.«

»Roman«, wiederholte sie lächelnd.

»Klingt schön, nicht wahr?«

»Ja.«

»Er ist auch schön. Viel zu schön für mich.«

Sie gab ihm einen Kuss auf die Wange. »Du spinnst. Für dich ist keiner zu schön.«

DDR, Kleinmachnow,
Dienstag, 3. 1. – Freitag, 13. 1. 1989

Am Tag nach ihrem Besuch bei Michael begann wieder die Schule, die Barbara nur wenig Zeit ließ, über ihr Privatleben nachzudenken. Erst abends, wenn sie mit einem Glas Wein vor dem knisternden Ofen saß, kehrten ihre Gedanken zurück zu der Begegnung mit Ulrich. Dieser Mann hatte einen Gefühlsaufruhr in ihr erzeugt, den sie nicht kontrollieren konnte. Sie musste nur die Augen schließen, um erneut seinen Kuss auf ihren Lippen zu spüren. Je mehr Ulrich ihre Gedanken beherrschte, desto mehr rückte sie innerlich von Manfred ab. Am ersten Wochenende nach Schulbeginn, an dem sie nur den Samstag miteinander verbrachten, weigerte Barbara sich zum ersten Mal, mit Manfred zu schlafen. Die Vorstellung, mit ihm ins Bett zu gehen, empfand sie wie einen Verrat an Ulrich.

»Also, das finde ich etwas übertrieben«, meinte Elke. »Du weißt, wie ich zu Manni stehe, aber ihr seid ja noch zusammen, und ein bisschen Sex tut doch immer gut.«

»Aber nicht, wenn man dabei meistens leer ausgeht«, entgegnete Barbara heftig.

»Wirklich?« Elke riss die Augen auf. »Das hast du mir nie erzählt.«

»Na ja, wir Frauen hoffen ja immer gerne, so was würde sich noch geben. Außerdem ist guter Sex auch nicht alles. Aber Manfred hat generell wenig Sinn für die Liebe, was ich am Anfang noch nicht so gemerkt habe. Er kennt nur die Liebe zur Arbeit und die Liebe zum sozialistischen Vaterland.« Dass letztere nur vorgetäuscht war, behielt sie für sich.

»Und ich dachte immer, der Sex wäre das Einzige, was dich bei Manni hält. Denn sind wir mal ehrlich, alles andere …« Ihre Freundin verdrehte die Augen.

»Eigentlich ist er ein netter Kerl«, fühlte Barbara sich nun verpflichtet, ihren Noch-Freund zu verteidigen. »Am Anfang haben mich seine unerschöpfliche Energie und seine lebensfrohe Art fasziniert. Wenn man sich dann näher kennenlernt, erkennt man irgendwann, dass es nicht passt.«

»Das ist bei mir und Wolf nicht so«, erwiderte Elke nachdenklich.

Vielleicht bei Ulrich und mir auch nicht, dachte Barbara.

»Wollen wir beide mal in den nächsten Tagen am Müggelsee wandern gehen?«, schlug ihre Freundin mit schelmischem Lächeln vor.

Barbara musste lachen. »Nee, ganz bestimmt nicht. Das sähe ja so aus, als würde ich ihm nachlaufen.«

»Das ist doch Blödsinn. Wir können doch wandern, wo wir wollen.«

Energisch schüttelte Barbara den Kopf. »Kommt nicht in Frage. Erst mal will ich die Sache mit Manni regeln. Ich fände es ihm gegenüber unfair, mit Ulrich was anzufangen, wenn wir offiziell noch zusammen sind.«

Freitagnachmittag, am Ende der zweiten Schulwoche und einen Tag vor dem deutsch-sowjetischen Freundschaftsabend, rief Manfred an. »Ich mache heute früher Schluss und hole dich ab«, teilte er Barbara knapp mit. »In einer halben Stunde. Wir müssen reden.«

Reden? Das ist ja ganz was Neues, dachte Barbara.

Als der Wartburg mit quietschenden Bremsen vor dem Haus zum Stehen kam, schlüpfte sie in ihren Mantel und trat hinaus. Sie gab Manfred einen Kuss auf die Wange. »Wo fahren wir hin?«

»Zum Gütefelder See, ein bisschen spazieren gehen.«

»Du willst spazieren gehen?« Erstaunt sah sie ihn von der Seite an.

»Ist doch schönes Wetter«, meinte er mit undurchsichtiger Miene.

Angespannt setzte sie sich auf den durchgesessenen Beifahrersitz. Geduld war nicht gerade ihre Stärke. »Sag, was ist los?«

Manfred legte den Zeigefinger an die Lippen. »Nicht hier«, meinte er nur mit gepresster Stimme.

Glaubte er etwa allen Ernstes, im Auto abgehört zu werden? Mit einem mulmigen Gefühl im Bauch schwieg sie und fühlte sich erleichtert, als sie endlich aussteigen konnte.

Es war ein eisblauer Tag, klirrend kalt, mit einer blassen Sonne, die sich bereits zum Horizont neigte. Barbara schlang sich den langen Strickschal mehrmals um den Hals und passte sich Manfreds Schritt an. Sie waren die einzigen Spaziergänger an diesem Uferabschnitt. Der See war stellenweise zugefroren. Auf den Eisschollen saßen ein paar Enten, die, wie es schien, verwundert zu ihnen hinüberschauten. Es war windstill, vollkommen ruhig – wie die Ruhe vor dem Sturm. Als Manfred weiterhin nicht redete, blieb Barbara schließlich stehen. »Kannst du mir jetzt bitte sagen, worum es geht? Oder befürchtest du, selbst hier abgehört zu werden?«

Manfred blieb abrupt stehen und sah sie an, so ernst und bedeutungsvoll wie selten zuvor. »Bitte, Barbara, unterschätz die

Situation nicht. Wir müssen jetzt besonders vorsichtig sein. Der Schleuser hat mich heute kontaktiert. Er braucht Fotos für unsere Pässe. Im Februar ist es so weit.« Mit beiden Händen fuhr er sich durch die rotblonden Locken.

Ihr fiel plötzlich auf, wie angespannt er wirkte.

»Wir können endlich abhauen. Weißt du, was das heißt?« Er sah ihr fest in die Augen.

Sie schluckte. Ihr wurde ganz heiß unter ihrem Mantel. Damit hatte sie nicht gerechnet. Nicht so schnell. Und sie wollte doch gar nicht weg. Ihre Stimme zitterte, als sie antwortete: »Ja, ich weiß, was das heißt. Es heißt für mich, meine Eltern und meine Freunde zurückzulassen. Und meine Heimat, die ich liebe, auch wenn ich mit vielem hier nicht einverstanden bin. Und es heißt, niemals mehr zurückkommen zu können, ohne im Gefängnis zu landen. Es bedeutet für die Zukunft, wurzellos zu sein.« Während sie sprach, hatte sie Manfred ins Gesicht gesehen und bemerkt, wie er unter seiner ohnehin blassen Haut noch weißer geworden war.

Ungläubig sah er sie an. »Heißt das etwa, du gehst nicht mit?«

»Ich habe dir von Anfang an gesagt, dass ich nicht wegwill. Aber das hast du nicht hören wollen, weil es nicht in deine Pläne passt. Du bist einfach davon ausgegangen, dass ich dich begleite, wenn es dann so weit ist. Einfach, weil eine Frau ihrem Partner folgt. Stimmt's? Das hast du doch gedacht, oder?«

»Das glaube ich jetzt nicht.« Manfred schien förmlich in sich zusammenzusacken. »Du hast mich die ganze Zeit über in dem Glauben gelassen …«

»Das habe ich nicht«, unterbrach sie ihn heftig. »Ich habe nie einen Zweifel daran gelassen, dass ich mithelfen möchte, unser

Land zum Besseren zu verändern. Du dagegen spielst nach außen hin den linientreuen Genossen und bist im Herzen Kapitalist.«

»Das ist es ja gerade! Bei mir kommt doch niemand drauf, dass ich wegwill. Ich will nämlich nicht zu den Blöden gehören, die statt im Westen hier im Gefängnis landen. Und was heißt überhaupt Kapitalist oder Sozialist?« Röte stieg ihm in die Wangen. »Es geht um mein Leben. Mein einziges Leben! Wenn ich als Stomatologe im Westen mit eigener Praxis und eigenem Labor das große Geld machen kann, schiebe ich hier doch nicht für einen Hungerlohn in der Klinik Nachtdienste. Es macht mich rasend, dass mein Vetter Markus zwei Porsche, eine riesige Villa in Hamburg und eine Eigentumswohnung auf Sylt hat. Mein einziger Vorteil in unserem gleichmachenden Staat war doch bisher nur, dass ich, weil mein Vater ein kleiner Bauer ist, sofort einen Studienplatz in Medizin bekommen habe. Aber jetzt will ich auch was aus mir machen. Ich gehe, egal, ob du mich begleitest oder nicht.« Energisch stapfte er weiter.

Barbara folgte ihm. »Manni«, begann sie in besänftigendem Ton. »Versteh mich doch.« Sie wollte sich bei ihm einhaken, doch er schüttelte ihren Arm mit verbissener Miene ab. »Schau mal«, sprach sie trotzdem weiter, »abgesehen von unseren unterschiedlichen politischen Standpunkten trennt uns doch noch viel mehr. Meinst du nicht auch? Das ist zumindest mir in den vergangenen Monaten immer klarer geworden. Wir hatten zu Anfang eine schöne Zeit, aber unsere Erwartungen an eine Beziehung und ans Leben sind grundverschieden. Das wäre im Westen doch genauso.«

Manfred blieb abrupt stehen. »Barbara …« Er trat auf sie zu und fasste sie an den Schultern. Täuschte sie sich oder lag auf seinen blauen Augen jetzt tatsächlich ein feuchter Schimmer? Aber vielleicht war es auch nur von der schneidenden Kälte. »Ich liebe dich doch. Ich möchte mir mit dir eine Zukunft aufbauen. Ich möchte dir ein schönes Leben bieten. Stomatologe und Lehrerin ... Das passt so gut zusammen. Markus ist auch mit einer Lehrerin verheiratet. Es geht doch nicht darum, dass man alles zusammen macht. Es geht vielmehr darum, eine stabile Zweiergemeinschaft zu bilden. Sozusagen eine kleine Firma, der es finanziell gutgeht.«

Sie sah auf den See hinaus und sog die kalte Luft tief ein. Das Gespräch strengte sie an. Es zeigte noch einmal die unüberwindliche Schlucht, die sich zwischen ihnen auftat. »Ich will mit meinem Mann keine kleine, gut florierende Firma gründen. Ich will Liebe. Auch wenn die romantische Liebe zwischen Mann und Frau nach der sozialistisch-kommunistischen Idee gerne als etwas Bürgerlich-Chaotisches abgetan wird«, sie suchte seine Augen. »In diesem Punkt halte ich es doch eher mit unseren Klassenfeinden«, fügte sie voller Ironie hinzu.

Manfreds Blick bohrte sich in ihre Augen. »Du wirst mich also nicht begleiten?«

»Nein.«

»Scheiße.« Um seiner Enttäuschung Luft zu machen, trat er wie ein wütender Junge gegen einen Stein, der am Boden festgefroren war. Dabei verzog er schmerzhaft das Gesicht. »Oder hast du etwa einen anderen?«

»Nein.« Sie fühlte sich erschöpft. »Fährst du mich nach Hause?«

»Gehst du denn wenigstens morgen noch mit mir zu dem deutsch-sowjetischen Freundschaftsabend?«

Sie musste lächeln. »Wegen deiner Tarnung?«

»Mach dich ruhig darüber lustig. Aber die ist für mich jetzt wichtiger denn je. Also lass uns bitte so tun, als wäre zwischen uns alles noch beim Alten – solange ich noch hier bin.«

»Ja, ich gehe mit.«

Er sah sie streng an. »Kann ich mich darauf verlassen, dass du mich nicht verpfeifst? Außer dir, Markus und dem Schleuser weiß niemand Bescheid.«

Sie hielt seinem Blick stand. »Das kannst du, Manfred. Ich gebe dir mein Wort darauf.«

Als Barbara an diesem Abend im Bett lag und das Gespräch noch einmal in Gedanken nachvollzog, verspürte sie einen bitteren Nachgeschmack auf der Zunge. Sie hatte die Beziehung beendet, obwohl sie es zu diesem Zeitpunkt noch nicht vorgehabt hatte. Sie war von den Entwicklungen überrollt worden. Dass es so schnell gehen würde, damit hatte sie nicht gerechnet. Genauso wenig damit, dass Manfred ihre Entscheidung kampflos hinnehmen würde. Im Westen das große Geld zu verdienen, war für ihn offenbar wichtiger als mit ihr zusammen zu sein. Bedeutete sie ihm wirklich so wenig? Sie war enttäuscht. Andererseits: Sie hatten eine gute Zeit gehabt, und nun ging eben jeder seiner Wege. Und dennoch spürte sie jetzt das schlechte Gewissen in sich aufkeimen. Sie hatte zwar nicht wirklich einen anderen, aber sie war sich durchaus der Tatsache bewusst, dass die Begegnung mit Ulrich Dreyer der letzte Impuls für ihre Entscheidung gegen Manfred gewesen war. Auch ohne seine Fluchtpläne hätte sie sich gegen ihn entschieden. Nicht heute, aber in baldiger Zukunft.

DDR, Kleinmachnow, Montag, 16. 1. 1989

Barbara hatte an diesem Morgen das Schulgebäude kaum betreten, als auch schon der Direktor mit langen Schritten auf sie zukam. »Guten Morgen, Kollegin Nowack, da sind Sie ja! Kann ich Sie kurz sprechen?«

Die ungewöhnlich freundliche Miene des Mittfünfzigers überraschte sie.

»Ich habe mich sehr gefreut, dass Sie am Samstag mit uns gefeiert haben«, fuhr Herr Breitner aufgeräumt fort. »Dass Sie und Genosse Mattner seit einem Jahr ein Paar sind, wusste ich gar nicht. Und zwar ein sehr schönes Paar. Gratulation.« Sein Lächeln wirkte aufgesetzt, fast wölfisch: »Das Bild wäre jedoch noch stimmiger, wenn auch Sie in der Partei wären. Gerade weil Genosse Mattner einer unserer besten Männer ist.«

Wenn du wüsstest, dachte sie, während es in ihr zu brodeln begann.

»Ich habe noch ein Anliegen, liebe Frau Kollegin«, schien der Direktor jetzt das Thema zu wechseln und lenkte sie an die Seite vor die lange Fensterfront. »Ich habe heute für Ihre Stufe eine Ranzenkontrolle vorgesehen. Bitte tragen Sie alle staatsfeindlichen Funde mit Namen des jeweiligen Schülers ins Klassenbuch ein und liefern Sie es mir am Ende des Unterrichts ab.«

Barbara nickte stumm und zwang sich zu einem Lächeln, das ihre Wangenmuskeln schmerzen ließ. *Ranzenkontrolle* bedeutete für sie, ihre Schüler zu denunzieren. Es gab immer wieder einige, die tatsächlich irgendwelche Kassetten mit westlicher

Musik, *Asterix*-Hefte oder die *Bravo* mit in die Schule brachten, um sie mit anderen zu tauschen. War es ihnen zu verdenken? Sie wussten doch alle aus dem Westfernsehen, wie es beim Klassenfeind drüben aussah. Und zudem reizte pubertierende Jugendliche doch gerade das Verbotene. Das war sicher überall auf der Welt gleich.

Als Barbara ein paar Minuten später vor ihre Klasse trat und die allmorgendliche Losung der FDJler – Freundschaft – in den Raum rief, zitterte ihre Stimme. Ihre Schüler antworteten laut wie immer: »Freundschaft!«

»Natürlich hatten drei Schüler wieder westliche Zeitschriften dabei«, erzählte Barbara ihren Eltern mittags beim Essen. »Ich hätte gerne so getan, als hätte ich sie nicht gesehen, aber da die Taschenkontrolle vor der ganzen Klasse stattfindet, fanden sich sofort ein paar FDJler, die mich darauf aufmerksam gemacht haben. Da kam ich an einem Klassenbucheintrag nicht vorbei.« Mit wütender Miene sah sie ihre Eltern an. »Wie habt ihr euch eigentlich dabei gefühlt, als ihr das früher bei euren Schülern gemacht habt?«

»Genauso mies wie du jetzt«, antwortete ihr Vater, der viele Jahre als Lehrer gearbeitet hatte, so wie ihre Mutter auch.

»Das war nun schon das dritte Mal in sechs Monaten, dass mich der Breitner dazu verdonnert hat«, fuhr sie empört fort. »Normalerweise werden solche Kontrollen nur zweimal im Jahr durchgeführt.«

»Vielleicht solltest du doch in die Partei eintreten«, meinte ihre Mutter zaghaft. »Wahrscheinlich hat dich dein Direktor auf dem Kieker, weil du dich bis heute geweigert hast. Du weißt doch, wie das ist. Jetzt fordert er von dir auf diese Weise Linientreue ein.«

»Die sind hinter jedem neuen Parteimitglied her«, sagte ihr Vater. »Dem Staat gehen inzwischen doch immer mehr Leute verloren. Viele flüchten oder stellen Ausreiseanträge. Gestern war ich in Berlin. Wie viele weiße Bänder ich da an den Autoantennen gesehen habe! Alles Ausreisewillige, die einen Antrag gestellt haben und das auch öffentlich zeigen.«

Barbara sah ihre Mutter an, eine schlanke, attraktive Mittsechzigerin mit flottem Kurzhaarschnitt. »Wann seid ihr eigentlich in die Partei eingetreten?«

Während die Frage im Raum stand, kam es ihr so vor, als würde sich die Luft in der Küche plötzlich verdichten. Ihre Mutter ließ die Gabel auf den Teller fallen. Das klirrende Geräusch schien überlaut. Ihre Eltern sahen sich an. Wortlos. Ihr Schweigen war fast schmerzhaft. Draußen fuhr jetzt ein Kohlenwagen vorbei. Das Rattern seiner Räder auf dem Kopfsteinpflaster durchbrach die Stille in der Küche. Verwirrt sah Barbara von einem zum anderen. »Ist die Frage ein Problem für euch?«

Da lachte ihre Mutter auf. »Wieso sollte es? Ich bin nur erstaunt. Das hast du uns noch nie gefragt.«

»Das kam mir gerade im Zusammenhang mit unserem Thema in den Sinn. Außerdem seid ihr ja auch nicht gerade die leidenschaftlichsten Verfechter unseres Staates. Ich meine, warum seid ihr überhaupt in der SED?«

Ihr Vater drückte den Rücken durch. »Wir sind kurz vor deiner Geburt eingetreten«, sagte er dann und schenkte ihr ein entwaffnendes Lächeln. »Das war, nach Adam Riese …?«

Barbara musste lachen. »Vor achtundzwanzig Jahren, Herr Lehrer. Vielen Dank.«

Ihre Mutter lachte ebenfalls. Sie klang irgendwie erleichtert. »Das war, als unser Schuldirektor deinem Vater ziemliche Schwierigkeiten gemacht hat. Da hat uns Michaels Vater geraten, lieber Parteizugehörigkeit zu zeigen.«

»Genau, so war es.« Ralf Noack nickte bekräftigend. »Deshalb, vielleicht solltest du auch ... Oder soll ich mal mit Peter reden?«

Barbara schüttelte den Kopf. »Nein, erst mal nicht. Danke.«

An diesem Abend ging Barbara ins Gemeindehaus der Evangelischen Gemeinde Kleinmachnow am Jägerstieg. Seit zwei Monaten lud Wolf, dem Beispiel größerer Kirchengemeinden im Land folgend, alle zwei Wochen zu einem Jugendabend ein. Zu diesen Abenden kamen Lehrlinge, junge Facharbeiter, Studenten und Schüler, die sonst nicht viel mit der Kirche zu tun hatten. Sie machten Musik, redeten aber auch über ihre Probleme. Viele von ihnen erwarteten und bekamen auch Unterstützung in konkreten, materiellen Notsituationen. Diese Abende wurden von der Partei landesweit kritisch beäugt. Barbara war sich darüber im Klaren, dass Breitner von ihrem Besuch dort erfahren würde. Aber genau das wollte sie auch. Durch ihre Anwesenheit wollte sie bekunden, dass sie für das Bedürfnis der Jugendlichen, im und über den Staat frei und kritisch zu reden, Verständnis hatte.

Das kleine Gemeindehaus war so hell erleuchtet, als wollte es auch wirklich alle auf sich aufmerksam machen. Als Barbara eintrat, schlugen ihr Musik, Zigarettenrauch und der Geruch von Erbseneintopf entgegen.

Mit erstaunter Miene kam Wolf auf sie zu. »Du?« Er umarmte sie. »Das finde ich toll. Nimm dir ein Bier. Es gibt auch was zu essen.« Er zeigte hinter sich. »Ein paar von deinen Schülern sind auch hier. Und sogar etliche aus den umliegenden Gemeinden«, verkündete er stolz.

Barbara sah sich um. In dem Raum herrschte eine ausgelassene Stimmung. Jugendliche in Jeans und Parkas saßen auf alten Sofas oder auf den ausgetretenen Holzdielen in Gruppen zusammen und unterhielten sich. Einige trugen schwarzweiße Arafat-Tücher, das Symbol des Kampfes der Palästinenser für Unabhängigkeit. Viele hatten lange Haare. Einige waren tätowiert. Sie entdeckte Jens mit seinem grünen Irokesenhaarschnitt. Er war ihr bester Schüler im Staatsbürgerkundeunterricht. Nicht ein Blauhemd der FDJ war zu sehen. Die Leute hier gehörten offenbar fast alle der Blueserszene an. Ein Mädchen mit Nickelbrille und krauser Mähne spielte am Klavier ein Lied von Bettina Wegener. Im nächsten Moment kam Elke mit einem Tablett voller belegter Brote aus der kleinen Küche. Als sie Barbara entdeckte, ging ein Strahlen über ihr Gesicht. »Wie schön! Du hast mir ja gar nicht gesagt, dass du kommst.«

»Es war eine spontane Idee. Ich finde es einfach wichtig, den Jugendlichen die Möglichkeit zu geben, ihre Gedanken frei zu äußern und über ihre Probleme zu sprechen.«

Elke sah sie groß an. »Mann, das hört sich aber rebellisch an!« Sie drohte ihr schelmisch mit dem Finger. »Lass das bloß nicht deinen Direx hören.«

Barbara zuckte mit den Schultern. »Soll er ruhig.«

Die Tür ging auf, und ein Mann in schwarzer Motorradkleidung betrat den Raum. In der Hand hielt er eine Gitarre. Das dunkle Haar, das ihm über den Kragen der Lederjacke fiel, war zerzaust. Barbara hielt die Luft an. Ulrich.

»Das gibt's doch nicht«, sagte Elke verblüfft. »Hast du ihm gesagt …?« Fragend sah sie Barbara an.

»Ich habe ihn seit Silvester doch gar nicht mehr gesprochen.«

Beide beobachteten, wie Wolf ihn begrüßte. Die beiden Männer sprachen miteinander, lachten, dann zog Wolf den Neuankömmling zu Elke und Barbara hinüber.

»Guten Abend.« Ulrich sah zuerst Elke an, dann Barbara.

Und wieder glaubte Barbara in seinem Blick ertrinken zu müssen. Da war sie wieder – diese ungeheure Anziehung zwischen ihnen, dieses Knistern, als wäre die Luft elektrisch aufgeladen.

Ulrich lächelte sie an, mit diesem Lächeln, das sie seit Silvester so oft vor ihrem inneren Auge gesehen hatte. »Joachim hat mir gesagt, hier würde heute Abend Musik gemacht, und jeder sei willkommen. Da ich nichts anderes vorhatte …«

»Ja, bei uns ist jeder willkommen«, sagte Elke warmherzig. »Je mehr wir sind, desto besser. Die Jacke kannst du dort hinten auf den Stapel werfen. Wir haben Bier, Eintopf und die leckeren Schnittchen hier.« Sie zwinkerte ihrer Freundin verschwörerisch zu. »Ich gehe dann mal rum. Bis später.«

Barbara schluckte. Das Herz klopfte ihr bis in den Hals. Heute, in Motorradkleidung, gefiel ihr Ulrich noch besser als an Silvester – wenn überhaupt noch eine Steigerung möglich war: sein intensiver Blick, den sie jetzt wieder auf ihrem Gesicht spürte, der Duft von Sandelholz, der zu ihr herüberwehte, als er seine Jacke öffnete …

»Ich hatte nicht erwartet, dich hier zu treffen«, sagte er mit seiner tiefen Stimme. »Freue mich umso mehr.«

»Ich freue mich auch«, erwiderte sie, ohne zu zögern. »Ich habe noch öfter an unsere Begegnung denken müssen.« Dieses Mal war ihr ihre spontane Offenheit nicht peinlich.

Ulrich jedoch schien diese zu überraschen. Er hob die Brauen, ging jedoch nicht darauf ein. »Ich bringe mal meine Jacke weg. Rühr dich nicht vom Fleck, ich bin gleich wieder da.« Mit langen, ruhigen Schritten bahnte er sich den Weg durch den Raum, war für einige Momente aus ihrem Blickfeld verschwunden, kam dann mit zwei Bierflaschen wieder auf sie zu und reichte ihr eine. Was für ein Mann!

»Du siehst gut aus.« Mit diesen Worten blieb er vor ihr stehen. »Aber bestimmt weißt du selbst, dass du eine sehr schöne Frau bist.«

Donnerwetter! Solch ein Kompliment hatte sie noch nie bekommen. Es klang so ernst, so reif, erwachsen. Komplimente wie *Du bist hübsch* oder *urst* oder auch *geil* – wie man im Westen sagte – kannte sie, aber als *eine sehr schöne Frau* hatte sie noch kein Mann bezeichnet. Sie spürte, wie ihr die Röte in die Wangen stieg. *Du siehst auch nicht übel aus,* wollte sie gerade aus Verlegenheit flapsig entgegnen, konnte sich aber noch eben so bremsen. Stattdessen sagte sie nur »Danke«, was ihr wiederum ziemlich spröde vorkam. Schnell zeigte sie auf seine schwarze Lederhose. »Du fährst Motorrad?«

Er nickte und öffnete seine Bierflasche. Es zischte. Danach nahm er ihr wortlos ihre Flasche aus der Hand, öffnete sie ebenfalls und gab sie ihr zurück. »Zum Wohl!«

Gerührt von dieser fürsorglichen Geste trank sie einen Schluck.

»Bist du an Silvester noch lange geblieben?«, fragte er.

»Ich bin etwa eine Stunde nach dir auch gegangen«, antwortete sie. »Ich hatte es ja nicht so weit wie du. Nur einmal um die Ecke. Elke sagte, du wohnst am Müggelsee.«

»Seit kurzem erst. Ich hatte das Glück, dort eine Datsche kaufen zu können. Vorher habe ich mir mit einem Studienfreund eine Zweizimmerwohnung in Weißensee in der Nähe des Institutes geteilt. Du weißt ja, wie das bei uns mit der Wohnungssituation ist.«

Sie tranken und ließen ihre Blicke schweigend über die Jugendlichen schweifen.

»Gute Sache, die Wolf und Elke hier machen«, nahm Ulrich das Gespräch schließlich wieder auf. »Als ich noch in der Ausbildung zum Chemielaboranten war, habe ich auch eine Zeitlang Jugendarbeit in der Kirche gemacht – damals allerdings noch ohne politischen Hintergrund.«

»Bist du konfirmiert?«, erkundigte sie sich.

Er nickte. »Auch. Ohne Jugendweihe kannst du ja kaum Abitur machen. Und du?«

»Nur Jugendweihe. Warum meine Eltern das so entschieden haben, weiß ich auch nicht. Eigentlich sind sie gar nicht so linientreu, obwohl sie in der Partei sind.« Sie hob die Schultern, hielt inne. Ihr fiel plötzlich wieder die merkwürdige Reaktion ihrer Eltern auf ihre Frage nach deren Parteieintritt ein. Sie nahm sich vor, sie noch einmal darauf anzusprechen. »Wolf hat Mut, all die Leute hier zu versammeln«, sagte sie.

»Ja, um bei uns in der Kirche zu arbeiten, braucht man Mut«, erwiderte Ulrich mit grimmiger Miene. »Für die Partei ist die Kirche die letzte Bastion eines bürgerlichen Gesellschaftssystems, das es zu bekämpfen gilt.«

»Ich finde es richtig gut, dass die Kirche immer mehr zum Zentrum des Widerstandes gegen unsere Politik wird.«

»Du sprichst mir aus der Seele.«

Sie lächelte ihn an, und ihre Augen strahlten. Wieder fühlte sie sich diesem Mann, den sie doch kaum kannte, innerlich so nah.

Ulrich stellte sein Bier ins Bücherregal. »Ich gehe mal rüber zu den Jungs mit der Klampfe. Vielleicht können sie noch einen dritten Mann gebrauchen. Du wirst doch bestimmt noch bleiben, oder?«

»Klar.« Mit leisem Bedauern sah sie ihm nach. Sie hätte sich noch ewig mit ihm unterhalten und in seinem warmen Blick baden können.

Als hätte er schon darauf gewartet, sie allein zu sprechen, strebte jetzt ihr Schüler Jens geradewegs auf sie zu und verstrickte sie in ein Gespräch. Bald gesellten sich noch zwei Freunde von ihm aus Teltow zu ihnen, die bereits in der Lehre waren. In der nächsten halben Stunde wusste Barbara wieder, warum sie Lehrerin hatte werden wollen. Es machte ihr Spaß, mit Jugendlichen zusammen zu sein, sich mit ihren Meinungen auseinanderzusetzen, ihnen Ratschläge zu geben oder auch einfach nur mit ihnen herumzualbern.

»Sie sind eine *echt geile* Lehrerin«, sagte Jens schließlich mit einem Leuchten in den Augen. Zu ihrem Leidwesen hatte er auch in der Schule keine Angst, diese westlichen Modewörter zu gebrauchen, was ihm schon einige Strafen eingebracht hatte.

»Das war ein gelungener Abend«, sagte Ulrich, als sich gegen neun Uhr die meisten verabschiedet hatten. »Die hatten musikalisch was drauf. Von denen kann ich noch was lernen.« Er sah sich um. »Ich helfe Wolf noch beim Aufräumen, dann fahre ich. Was hältst du davon, wenn wir uns mal treffen?«

Barbaras Herz machte einen Freudensprung. »Ja, gern.«

»Kommenden Freitag?«

»Das passt.«

»Gehst du gerne ins Kino?«

»Ich liebe Filme.«

»Dann am Freitag um sieben Uhr vorm Kino Toni in Weißensee?«

DDR, Berlin-Weißensee, Freitag, 20. 1. 1989

Es sah so aus, als hätte sich der Winter vorerst verabschiedet. Die Nächte waren wieder frostfrei, die Tage mild und so grau wie die Landschaft. Barbara jedoch erschien die Welt licht und leuchtend, wenn sie an ihre bevorstehende Verabredung dachte. In Hochstimmung machte sie sich auf den Weg nach Weißensee. Während der fünfzigminütigen Autofahrt dachte sie noch einmal über Manfred nach, von dem sie nichts mehr gehört hatte. Dr. Manfred Mattner – einerseits der linientreue, engagierte Parteigenosse, andererseits der Kapitalist und Klassenfeind. Zweifelsohne war er ein talentierter Schauspieler. Hatte er auch ihr etwas vorgespielt? Gefühle, die er gar nicht gehabt hatte? Dass er nicht einen einzigen Versuch unternommen hatte, um sie zu kämpfen, war eigentlich schon Antwort genug auf diese Frage.

Sie erreichte den Antonplatz und hielt Ausschau nach Ulrich. Unweit des Kinoeingangs lehnte er an seinem Motorrad und winkte ihr zu. Als sie zu ihm hinüberging, fühlten sich ihre Knie ungewöhnlich weich an. »Hier bin ich.«

»Guten Abend.« Sein einzigartiges Lächeln ließ ihr das Blut durch den Körper rauschen. »Schön, dass du gekommen bist.«

»Und schön, dass du da bist.« Sie zwinkerte ihm fröhlich zu.

»Dann kann ja nichts mehr schiefgehen«, meinte er leichthin. »Es läuft ein Film von 1964. Von Konrad Wolf. *Der geteilte Himmel.* Ich kenne ihn schon, würde ihn mir aber gerne noch mal ansehen. Was sagst du?«

»Ich hab ihn auch schon gesehen. Ich fand ihn sehr gut.«

»Da haben wir ja wieder etwas gemeinsam.« Sein Blick tauchte in ihren. Dann legte er ihr die Hand auf den Rücken und dirigierte sie über die Straße. »Komm.«

Auch als er seine Hand schon längst weggenommen hatte, spürte sie sie immer noch. Sie hatte ihr ein Gefühl von Sicherheit und Geborgenheit gegeben.

Das Kino war bereits gut besetzt. Sie saßen eng nebeneinander, so eng, dass sich ihre Arme und Schenkel berührten. Die körperliche Nähe zu Ulrich und sein Duft, der ihre Nase umspielte, lenkten sie so ab, dass sie sich kaum auf den Film konzentrieren konnte. Stattdessen achtete sie auf jede Berührung ihrer Körper und fragte sich, ob sie tatsächlich nur rein zufällig passierte.

Als der Film zu Ende war und das Licht wieder anging, stand Ulrich auf und half ihr in den Mantel – eine Geste, die sie bisher von keinem Mann in ihrem Alter kannte.

»Gehen wir noch etwas essen?« Voller Erwartung sah er sie

an. »Ich kenne eine Kneipe hier in der Nähe. Sie wird privat geführt und hat gute Schnitzel mit Bratkartoffeln.«

Sie konnte nicht anders, als ihn anzustrahlen. »Ja, gern.«

»Ich komme hier oft hin«, sagte Ulrich. Er reichte Barbara eine Packung Cabinet über den Tisch. »Möchtest du?«

»Danke, erst nach dem Essen.«

Mit ruhigen, geradezu sinnlichen Bewegungen steckte er sich die Zigarette zwischen die Lippen, ließ das Feuerzeug aufschnappen und zündete sie an. »Hier wird man wenigstens freundlich bedient und muss nicht ewig warten wie in den HO-Gaststätten«, fuhr er fort, nachdem er den Rauch in Kringeln in die Luft geblasen hatte.

»Wie Elke sagt, ist das die einzige Kritik, die sie und ihre Kollegen an unserem Staat üben dürfen – nämlich die über die Zustände in unserer Gastronomie«, erzählte sie ihm. »Unflätiger Ton der Bedienung, lange Wartezeiten und dürftiges Speisenangebot dürfen die Journalisten öffentlich anprangern, zwecks Steigerung der Arbeitsmoral.«

»In Anbetracht unserer strengen Pressezensur wenigstens etwas«, meinte Ulrich trocken und zog an seiner Zigarette. Dabei suchte sein Blick ihren, hielt ihn zwei, drei Atemlängen fest. »Wie hat dir der Film gefallen?

»Ich finde, dass er auch heute noch, nach über zwanzig Jahren, Gültigkeit hat. *Rita* und *Manfred* repräsentieren zwei Standpunkte. Manfred sieht die Flucht in die BRD als einzige Möglichkeit, gegen die Willkür der politischen Führung in unserem Staat zu protestieren. Rita dagegen erkennt zwar die Mängel am sozialistischen System, ist jedoch bereit, materielle

Einbußen in Kauf zu nehmen, um ihren Anteil zur Umsetzung der sozialistischen Idee beizutragen.«

Er schenkte ihr wieder dieses besondere Lächeln. »Besser hätte ich es nicht ausdrücken können, Frau Lehrerin.«

In diesen Sekunden war Barbara zumute, als würde sich zwischen ihnen ein Band weben – ein Band aus Vertrautheit, Übereinstimmung und Sinnlichkeit.

Der Wirt brachte das Essen. Die Schnitzel waren golden paniert und mager, die Bratkartoffeln kross und würzig.

»Besser kann es auch bei unseren kapitalistischen Nachbarn nicht schmecken«, scherzte Barbara.

Während des Essens unterhielten sie sich über andere Filme, über Musik, ihre Berufe und Orte, an denen sie schon gewesen waren.

»Warst du schon mal an der Ostsee?«, fragte Ulrich.

Barbara schüttelte den Kopf. »Als Kind bin ich mit meinen Eltern immer in die Berge oder ans Schwarze Meer campen gefahren. Meine Eltern haben diese organisierten Reisen in FDGB-Heime nie gemocht. Vergangenes Jahr war ich mit zwei Kolleginnen in Ungarn zelten. Am Balaton. Aber wir haben uns dort nicht richtig wohl gefühlt. Es wimmelte nur so von Stasi-Spitzeln, die darauf geachtet haben, dass wir auch ja keinen Kontakt zu Westlern aufnehmen.«

»Dafür ist der Plattensee bekannt. Das Schwarze Meer kenne ich auch, aber die Ostsee gefällt mir besser. Besonders am Darß. Also die Halbinsel zwischen Rostock und Stralsund. Ihr Weststrand ist besonders schön. Nur Meer und wilde Landschaft.« Ulrich bekam einen verklärten Gesichtsausdruck. »Weicher, heller Sand, so weit das Auge reicht. Dahinter grasbewachsene

Dünen mit knorrigen, vom Wind gebeugten Kiefern. Weiter südlich schroff abfallende Steilküsten. Dort gibt es eine Klippe, von der aus du nur das Meer und den Himmel über dir sehen kannst. Keinen einzigen dieser bescheuerten Wachtürme, die die Küste säumen. Dort oben fühlst du dich so leicht und frei wie eine Seeschwalbe.«

Fasziniert hatte sie ihm zugehört. Wie nah sie sich ihm bereits fühlte! Getragen von diesem Gefühl der Nähe, wagte sie, zu einem persönlicheren Thema zu wechseln: »Elke erzählte mir, dass du geschieden bist.«

Ulrich zog die dunklen Brauen zusammen. »Geschieden?«

Verunsichert begegnete Barbara seinem erstaunten Blick. »Nicht?«

»Alessia und ich leben seit einem Jahr getrennt. Aber geschieden sind wir nicht. Das ist uns nicht wichtig.«

Ulrich war also noch verheiratet? Mit einem Mal lag ihr das leckere Schnitzel schwer im Magen. Verheiratete Männer waren bisher für sie stets tabu gewesen. Nicht unbedingt aus moralischen Gründen, sondern aus Angst vor den Problemen, die sich dadurch ergeben konnten.

»Alessia?«, wiederholte sie und lächelte tapfer. »Das klingt sehr ungewöhnlich.«

»Alessias Vater war Kubaner, ein hohes Tier in der kommunistischen Partei. Er ist ziemlich jung gestorben. Ihre Mutter ist Deutsche. Alessia und ich sind in Halle in die gleiche Oberschule gegangen.«

»Dann kennt ihr euch ja schon sehr lange.« Sie hörte selbst, wie tonlos ihre Stimme klang.

»Heute sind wir nur noch Freunde. Alessia und ich passen

nicht zusammen. Vor allem politisch nicht. Sie ist eine überzeugte und durch ihr Temperament sehr leidenschaftliche Genossin. Sie arbeitet als Richterin in Halle. Inzwischen ist sie wieder neu gebunden. Natürlich ein Parteigenosse.« Ulrich lehnte sich zurück. Dabei blitzten seine graugrünen Augen belustigt auf. »Ich bin also ungebunden. Das wolltest du doch wissen, oder?«

Ja, genau das hatte sie wissen wollen. Er hatte sie also durchschaut. Sie lächelte verlegen. In diesem Augenblick wurde ihr eines bewusst – das hier war kein Flirt, keine Anmache, kein sich verknallen. Nein, das war die Liebe auf den ersten Blick. Zumindest von ihrer Seite. Und eigentlich war es wirklich vollkommen unwichtig, ob die beiden auf dem Papier noch verheiratet waren oder nicht.

»Noch zwei Bier?«, bereitete der Wirt dem Zauber, der dieser Situation innewohnte, ein abruptes Ende.

Barbara und Ulrich zuckten gleichzeitig zusammen, als wären sie bei etwas Unsittlichem erwischt worden.

»Noch zwei Bier und die Rechnung bitte«, erwiderte Ulrich. Jetzt sah er Barbara wieder an: »Morgen muss ich früh raus. Ich bin mit meinem Professor im Institut verabredet. Wir müssen am Wochenende einen Vortrag ausarbeiten.«

»Ich muss morgen auch früh aufstehen«, erwiderte sie rasch, bemüht, sich ihre Enttäuschung nicht anmerken zu lassen. Sie hätte sich noch die ganze Nacht mit ihm unterhalten können.

»Jetzt möchte ich dich auch etwas Persönliches fragen«, sagte Ulrich, nachdem sich der Wirt entfernt hatte. »Joachim hat mir erzählt, dass du mit einem Zahnarzt zusammen bist. Wie soll ich unsere Verabredung heute verstehen?« Seine Frage war klar, geradeheraus. Das gefiel ihr.

»Ich habe die Beziehung kurz nach Silvester beendet. Manfred und ich haben keinen Kontakt mehr.«

»Das heißt, du bist auch ungebunden?«

»Ja.«

»Gut.« Sein Lächeln traf sie mitten ins Herz. »Dann sollten wir uns bald wiedersehen.«

»Keine schlechte Idee«, erwiderte sie betont leichthin, obwohl sie am liebsten aufgesprungen und ihm um den Hals gefallen wäre.

»Wie wäre es nächsten Samstag bei mir am Müggelsee?«

DDR, Müggelsee, Samstag, 28. 1. 1989

Es war ein trockener Wintertag, als Barbara vormittags zum Müggelsee aufbrach – mit einem selbstgebackenen Apfelkuchen im Gepäck. Ihre Mutter, die sich darüber freute, dass Dr. Manfred Mattner nun der Vergangenheit ihrer Tochter angehörte, steckte ihr vor der Abfahrt noch eine Flasche Sekt zu. »Mach dir einen schönen Tag.« Und mit verschwörerischem Lächeln fügte sie hinzu: »Wir brauchen den Wagen morgen nicht. Du kannst dir also Zeit lassen.«

Dem alten Trabi schienen über Nacht Flügel gewachsen zu sein. Statt zu fahren, kam es Barbara so vor, als schwebte sie auf einer dieser rosaroten Wolken durch die ruhige Landschaft – vorbei an Feldern, an deren Rändern Bäume ihre kahlen Äste winkend in den blauen Himmel streckten, vorbei an Gehöften, auf denen Gänse munter schnatternd umherliefen. Dann erhoben sich in der Ferne auch schon bald die Müggelberge. Je näher sie ihnen kam, desto mehr beschleunigte sich ihr Pulsschlag. Ulrichs Beschreibung nach lag seine Datsche außerhalb von Rahnsdorf in einem Waldgebiet direkt am Wasser. Sie fuhr an der Rahnsdorfer Kirche vorbei wieder aus dem Ort hinaus. Nach ein paar hundert Metern musste sie auf einen breiten Waldweg abbiegen, und nach ein paar Kurven konnte sie zwischen den Stämmen hindurch den See erkennen. Linker Hand stand ein kleines Holzhaus. Ein Steg führte aufs Wasser hinaus. Das musste Ulrichs Datsche sein.

Sie stieg aus und ließ erst einmal die Umgebung auf sich wirken. Eine heilige Stille umgab sie. Vor ihr lag der See, um sie herum romantische Wildnis, mächtige Eichen und geheimnisvolles Unterholz. Die Luft roch würzig nach Laub und feuchter Erde. Wie schön musste es hier erst im Frühling und Sommer sein, wenn alles grün war, Blumen blühten und Vögel zwitscherten!

»Da bist du ja!«, hörte sie Ulrich rufen. In Norwegerpullover und halbhohen Lederstiefeln kam er die knarrende Treppe an der rundum laufenden Veranda herunter. Wieder fiel ihr auf, wie männlich und attraktiv er war.

»Hast du es gut gefunden?« Dieses Mal reichte er ihr zur Begrüßung nicht die Hand, sondern strich ihr – ganz kurz nur – zärtlich mit dem Zeigefinger über die Wange.

»Bestens«, erwiderte sie. Dabei schlug ihr das Herz bis in den Hals. »Mit deiner Wegbeschreibung war das gar kein Problem.«

»Das ist gut.« Er legte den Arm um ihre Schultern und führte sie ins Haus. Ein Bollerofen, eine Sitzecke, die von überquellenden Bücherregalen eingerahmt wurde, Flickenteppiche und ein wuchtiger uralter Holzschreibtisch verliehen dem Wohnraum mit der Küchennische etwas Gemütliches und Einzigartiges. Der Blick durch die großen Fenster aufs Wasser war überwältigend.

»Schön hast du es hier«, sagte sie aus vollem Herzen.

»Und im Sommer ist es erst schön. Dann ist die Hütte umgeben von dichtem Wald und ist von weitem gar nicht mehr zu sehen.«

»Fühlst du dich hier nicht einsam?«

Er lachte sein warmes Lachen. »Überhaupt nicht. In einer Ehe kann man sich sehr viel einsamer fühlen.«

Überrascht von seiner Offenheit sah sie ihm in die Augen.

»Ich habe Kaffee gemacht«, meinte er leichthin und wendete sich um.

»Und ich habe einen Apfelkuchen im Auto.«

Während sie am Küchentisch, der so klein war, dass sich ihre Knie immer wieder berührten, Kuchen aßen, unterhielten sie sich über Literatur. So erzählte Barbara auch, dass sie mit Michael Pietsch seit ihrer Kindheit befreundet war.

»Dann haben wir ja noch einen gemeinsamen Bekannten«, meinte Ulrich erfreut. »Michael ist ein feiner Kerl.«

Bevor sich die Wintersonne gen Westen neigte, brachen die beiden zu einem Spaziergang auf. Es war bereits kälter geworden. Ihr Atem malte kleine Wölkchen in die klare Januarluft. Beide hatten die Hände tief in den Manteltaschen vergraben. Sie gingen nebeneinanderher und unterhielten sich über dies und das – ganz unverfänglich. Doch jedes Mal, wenn sie sich ansahen, sagten sich ihre Blicke das, was ihre Lippen noch verschwiegen.

»Warum hast du eigentlich zuerst die Ausbildung zum Chemielaboranten gemacht?«, erkundigte sich Barbara nach ihrer Wanderung, während Ulrich vor dem Ofen kniete und ihn neu befeuerte.

Er sah kurz zu ihr auf. »Mein Vater war Arzt. Du weißt doch, wie das ist. Kinder von Akademikern ohne Parteizugehörigkeit werden bei der Vergabe von Studienplätzen gerne übergangen.« Er stand auf und stocherte mit dem Schürhaken im auflodernden Feuer herum, dass die Funken stoben. »Nach der Lehre hat es dann doch geklappt. Dank Alessias Mutter, die damals ein Verhältnis mit einem hohen Funktionär hatte, der für die Vergabe von Studienplätzen zuständig war.«

Alessia! Dieser Name schmerzte Barbara wie ein glühend heißer Funke auf der Haut. Für ihren Geschmack war er an diesem Tag bereits ein bisschen zu häufig gefallen. Alessia schien in Ulrichs Leben eine bedeutende Rolle gespielt zu haben. Oder immer noch zu spielen.

»Du sagtest gerade, dein Vater *war* Arzt«, wechselte sie das Thema, um dem aufsteigenden Unbehagen in ihr entgegenzuwirken. »Arbeitet er nicht mehr?«

»Er war einer der wenigen, die noch eine eigene Praxis hatten. In Schwittersdorf bei Halle. Er hat sich geweigert, in einer der Polikliniken zu arbeiten.« Ulrich räusperte sich und stellte den Schürhaken in die Ecke. Ohne sie anzusehen, beantwortete er schließlich ihre Frage: »Er hat sich vor zehn Jahren das Leben genommen.«

Sie erschrak. »Das tut mir leid«, sagte sie betroffen. »Und deine Mutter?«

Ulrich lachte hart auf. »Meine Mutter ist vor vierzehn Jahren mit ihrem Geliebten in den Westen geflohen und dort zwei Jahre später bei einem Verkehrsunfall ums Leben gekommen. Mein Vater hat das nicht verkraftet. Ich meine, dass sie ihn verlassen hat.«

Barbara schluckte. »Wie alt warst du da?«

»Zwanzig. Drei Jahre später habe ich geheiratet.«

Elf Jahre Ehe, rechnete sie rasch im Stillen nach. Eine lange Zeit.

Während Ulrich stumm auf die Glasscheibe starrte, hinter der die Flammen tobten, jagte in ihrem Kopf eine Frage die andere. Schließlich gab sie sich einen Ruck. »Warum habt ihr keine Kinder?«

Ulrich hob die Schultern. »Es hat sich nicht so ergeben. Vielleicht, weil wir beide tief im Innern immer wussten, dass wir eigentlich nicht zusammenpassen.« Er ließ sich in den Sessel fallen und streckte die langen Beine von sich. Dann erst fand sein Blick ihren wieder. »Alessia und ihre Mutter wollten mich immer zum Parteigenossen machen. Doch ich habe mich standhaft geweigert. Je überzeugter meine Frau mit den Jahren wurde, desto mehr ging ich in die Opposition. Als ich 1983 bei dem Fahrradkorso zu den Buna-Chemiewerken mitgemacht habe, um für eine bessere Umwelt zu demonstrieren, war Alessia unheimlich sauer auf mich. Dummerweise bin ich dabei nämlich auch noch verhaftet worden.« Ein weiches Lächeln umspielte seine sinnlichen Lippen. »Und das rechne ich ihr bis heute hoch an: Dank ihrer haarsträubenden Geschichte, die sie der Stasi erzählt hat, war ich binnen weniger Stunden wieder auf freiem Fuß. Alessia kann sehr überzeugend sein.« Ulrich verstummte. Mit in sich gekehrter Miene schwieg er ein paar Atemzüge lang. Dann sah er sie wieder hellwach an. »Wein?«

»Ich habe Sekt im Auto. Er müsste schön kalt sein.«

»Und ich habe Rotwein für dich gekauft. Den magst du doch, oder?«

Das hatte er sich also gemerkt! »Noch besser«, entgegnete sie strahlend und folgte ihm in die Kochnische.

»Was ist mit deiner Familie?«, fragte er, während er mit ruhigen und sicheren Bewegungen die Flasche entkorkte. »Hast du noch Geschwister?«

»Nein. Meine Eltern haben mich erst ziemlich spät bekommen. Da waren sie beide schon Ende dreißig. Sie sind auch Lehrer gewesen und seit einem Jahr in Rente.«

Sie tranken. Dabei fanden sich ihre Blicke über den Rand ihrer Gläser hinweg. In diesem Augenblick war sie sich zum ersten Mal ganz sicher, dass sich die ungeheure Spannung zwischen ihnen irgendwann entladen würde – ob an diesem Tag oder einem anderen. Es konnte gar nicht anders kommen. Mit belegter Stimme fragte sie: »Spielst du mir noch was auf deiner Klampfe vor, bevor ich fahre?«

Ulrich stellte sein Glas ab und nickte nur. Dann verschwand er im hinteren Teil des Häuschens, wo sie Schlafzimmer und Bad vermutete. Sie lehnte sich ans Fenster. In ihrem Herzen tobte ein Sturm, in ihrem Kopf drehte sich alles. Draußen war es inzwischen dunkel geworden. Wie ein schwarzes Tuch breitete sich der Müggelsee vor ihr aus. Am gegenüberliegenden Ufer reihten sich die Lichter der Häuser auf wie Perlen an einer

Schnur. Ein Waldkauz rief sehnsuchtsvoll durch die abendliche Stille. Ein richtiges Liebesnest, dachte sie mit versonnenem Lächeln.

Sie hörte Ulrich zurückkommen, dann die ersten Gitarrenklänge. Er setzte sich in den Sessel und sie sich zwei Schritte von ihm entfernt auf den Boden vor den Ofen. Seine tiefe, rauchig weiche Stimme drang bis in ihr Herz. Wieder sang er für sie ein Lied von Leonard Cohen. Es erzählte von einer unerfüllten Liebe, von einer verpassten Chance.

»Das war sehr schön. Danke«, sagte sie, nachdem die letzten Akkorde verklungen waren.

Er beugte sich vor, nahm ihre Hand und küsste sie auf die Innenseite ihres Handgelenks – dorthin, wo die Haut besonders dünn war. Die Berührung seiner Lippen, leicht wie ein Hauch, jagte ihr eine heiße Welle durch den Körper. Sie sah in seine Augen, in denen sich die züngelnden Flammen des Ofens spiegelten. Ihre Blicke hielten einander fest, begannen miteinander zu tanzen. Am liebsten hätte sie Ulrich umarmt, geküsst, gestreichelt. Und normalerweise hatte sie auch bei Männern keine Scheu, die Initiative zu ergreifen, aber bei Ulrich war alles anders. Während ihr Herz aufgeregt vor sich hin stolperte, wandte Ulrich sich wieder seiner Gitarre zu. Er schlug ein paar Saiten an, spielte mit abwesender Miene eine Tonfolge. Warum nur machte er nicht den ersten Schritt? War die Anziehung vielleicht nur für sie so stark? Hing er doch noch an Alessia? *Einzelgänger und Bücherwurm,* fiel ihr wieder ein. Vielleicht wollte er gar keine Frau in seinem Leben haben.

Während Ulrich weiter ein paar Saiten zupfte, stand sie auf. Ihre Bewegung ließ ihn hochblicken. »Ich denke, ich muss langsam los«, sagte sie halbherzig in der Hoffnung, er würde sie zurückhalten.

Jetzt stand er ebenfalls auf und legte die Gitarre weg. »Sehen wir uns wieder?«

Irritiert von dieser Frage, deren Antwort für sie so selbstverständlich war, sah sie ihn an. »Wenn du möchtest«, erwiderte sie unsicher.

»Du musst auch wollen.«

»Ich will.«

»Vielleicht kannst du beim nächsten Mal das ganze Wochenende hierbleiben.« Und da war wieder dieses besondere Lächeln, als er hinzufügte: »Ich würde mich sehr freuen. Sagen wir übernächstes Wochenende?«

DDR, Kleinmachnow, 29. 1.–10. 2. 1989

»Ihr seht euch erst in vierzehn Tagen wieder?«, fragte Elke erstaunt, als Barbara ihr am Sonntagnachmittag von ihrem Besuch bei Ulrich erzählte.

»Kommendes Wochenende fährt er mit seinem Professor nach Leipzig. Und während der Woche hat er ziemlich viel zu tun. Er arbeitet gerade an einer Versuchsreihe, und die Ergebnisse werden in ein paar Wochen auf einem Pharmaziekongress in Heidelberg vorgestellt.«

»Er fährt in den Westen?«

»Nicht Ulrich, sein Professor.«

Die beiden nippten an ihrem Tee. Und als Barbara schweigend die Tasse auf ihrem Handteller drehte, sah Elke sie prüfend an. »Sag mal, bedrückt dich irgendwas?«

Barbara hob den Blick. »Quatsch. Es war wunderschön gestern.«

»Aber?« Elkes Blick traf sie nun mit voller Wucht.

Unwirsch schüttelte sie den Kopf. »Was heißt denn hier *aber*?«

»Ich kenn dich doch.«

Barbara seufzte ergeben. »Stimmt. Da gibt es etwas, das sich blöderweise in meinem Kopf festgesetzt hat.

»Was?«

»Ulrichs Ehefrau. Er hat sie gestern mehrmals erwähnt. Irgendwie zu oft, dafür dass sie bereits seit einem Jahr getrennt sind und sie einen Neuen hat. Alessia heißt sie. Da scheint noch eine tiefe freundschaftliche Beziehung zwischen ihnen zu bestehen. Sie kennen sich schon seit der Oberschule.«

»Ja und? Ist doch besser, als wären sie sich spinnefeind.« Ein wissendes Lächeln zeigte sich auf Elkes Zügen. »Bist du etwa eifersüchtig?«

»Unsinn.« Aber Elke hat recht, musste sich Barbara eingestehen.

Die Freundin sah sie ernst an. »Also, jetzt mach bloß keine Probleme, wo keine sind. Seine Noch-Ehefrau lebt in Halle – und Ulrich hier. Die laufen sich doch nicht täglich über den Weg. Außerdem ist sie wieder in festen Händen.«

»Stimmt.« Barbara biss sich auf die Lippe. »Aber findest du es nicht auch merkwürdig, dass er gestern nicht mit mir schlafen wollte?«

Ihre Freundin zuckte mit den Schultern. »Ich weiß nicht. Man muss ja nicht sofort zusammen in die Kiste springen. Es gibt auch Männer, die sind nicht so draufgängerisch wie Genosse Mattner.«

Barbara lachte. »Stimmt. Und die sind mir eigentlich ja auch viel lieber.«

»Also …«, meinte Elke trocken. »Ulrich hätte dich bestimmt nicht für ein Wochenende zu sich eingeladen, wenn er kein Interesse an dir als Frau hätte. Er ist im letzten Jahr zwar keine feste Bindung eingegangen, aber wie ein Mönch hat er sicher auch nicht gelebt. Das weiß ich von Joachim.«

Wenn es Barbara in den nächsten Tagen auch gelang, dieses diffuse Gefühl, Alessia Dreyer könnte einer Beziehung zwischen ihr und Ulrich im Weg stehen, abzuschütteln, gelang es ihr doch nicht, sich gegen die Sehnsucht nach Ulrich zu wehren, die von Tag zu Tag wuchs.

Mittwochs rief er sie aus dem Institut an. »Du machst mich süchtig nach dir«, gestand er ihr.

Danach konnte sie es erst recht kaum mehr erwarten, ihn wiederzusehen. Sie zählte die Tage, die ihr seit Beginn der Winterferien besonders lang vorkamen. Ihre Besuche bei Michael, ein Konzertbesuch mit ihrer Mutter wie auch die Kartenspielabende bei Elke und Wolf – all das erschien ihr mit einem Mal längst nicht mehr so interessant wie bisher. Und statt es zu genießen, diente es ihr nur dazu, die Zeit bis zum Wiedersehen mit Ulrich zu verkürzen.

DDR, Müggelsee, Samstag, 11.2. – Sonntag, 12.2.1989

Am Samstagmorgen machte sich Barbara endlich auf den Weg zum Müggelsee. Dieses Mal fuhr sie mit dem Zug. Wie in einem Schwarzweißfilm sah sie die Landschaft an sich vorbeigleiten. Noch versteckte sich die Wintersonne hinter einer dichten Wolkendecke, dennoch erschien ihr an diesem Vormittag die ganze Welt golden und warm. Als der Zug in den Bahnhof von Rahnsdorf einlief, stand Ulrich bereits auf dem Bahnsteig. Mit langen, festen Schritten kam er auf sie zu. Ihr Herz öffnete sich, als er sie in die Arme schloss.

»Barbara.« Ganz sanft sprach er jede Silbe ihres Namens aus, wie eine Liebkosung. Dabei glitt sein Blick über ihr Gesicht, als würde er sie zum ersten Mal sehen. Sie bewegte sich nicht, hielt den Atem an, um den Zauber dieses Augenblicks so lange wie möglich festzuhalten. Dann nahm er ihr Gesicht in seine großen, warmen Hände und sagte leise: »Ich habe mich so sehr auf dich gefreut. Wie ich am Telefon schon gesagt habe, du hast mich süchtig nach dir gemacht.«

Ohne nachzudenken, zog sie ihn am Kragen seiner Lederjacke zu sich herunter und gab ihm einen Kuss auf den Mund. Es war eher ein scheuer, vorsichtiger Kuss, aber es war ein Anfang in der Hoffnung auf mehr. Und als Ulrich ihren Kuss erwiderte, war sie sich sicher, dass sich an diesem Wochenende all ihre Sehnsüchte erfüllen würden.

Ulrich nahm ihr die Tasche ab und legte den Arm um ihre Taille. »Komm! Lass uns fahren.«

Als sie hinter ihn auf die MZ aufgestiegen war, legte sie ihre

Arme um Ulrichs Mitte und schmiegte sich an seinen breiten Rücken. Sie schloss die Augen und lächelte. Ja, sie war angekommen – hier am Müggelsee, in Ulrichs Leben.

Kaum hatte sich die Tür der Datsche hinter ihnen geschlossen, sagte Ulrich mit verschwörerischem Zwinkern: »Ich habe etwas für dich.« Er zog sie mit sich.

Auf dem Küchentisch lag ein Päckchen. Weißes Glanzpapier mit roter Schleife.

Gleichermaßen erstaunt wie erfreut darüber, dass er ihr offensichtlich etwas schenken wollte, sah sie ihn an.

»Mach es auf!«

Vorsichtig entfernte sie das Papier, und zum Vorschein kam eine kleine Flasche mit honigfarbener Flüssigkeit. Auf dem Etikett stand handgeschrieben: *Barbaras Duft.*

»Ich habe meinen Kollegen im Institut gebeten, ein Parfüm für dich zu kreieren«, sagte Ulrich mit diesem besonderen Lächeln, das ihren Herzschlag gleich wieder in einen schnelleren Rhythmus versetzte. »Wie du bist, wollte er von mir wissen. Da hab ich dich ihm so beschrieben, wie ich dich sehe.« Er sah sie mit träumerischem Blick an, bevor er weitersprach: »Ich hab ihm gesagt, dass dein Haar die Farbe von hellem Bernstein hat, deine Augen das helle Blau der Ostsee an einem Frühlingstag. Und dass du hoch gewachsen bist, weiblich, leidenschaftlich und total süß.«

Barbara schmolz innerlich dahin. Dabei waren es weniger seine Komplimente, die sie berauschten, sondern vielmehr die Poesie seiner Worte. Dieser Mann war wirklich einmalig!

»Mein Kollege hat mir versprochen, einen passenden Duft für dich herzustellen«, erzählte Ulrich weiter. »Und hier ist er.«

Behutsam entfernte er den Stöpsel der Flasche und ließ sie riechen. »Ich glaube, er passt zu dir: Lilien, Hyazinthen, englische Rosen, Vanille, Moschus und Ylang-Ylang.

»Wunderschön«, sagte sie andächtig, berauscht von den Aromen, die sich ihrer Nase offenbarten.

Ulrich träufelte etwas Parfüm auf seinen Zeigefinger und zog aufreizend langsam eine feuchte Linie von ihrem Ohrläppchen über ihren Hals bis hin zu der Spitze des V-Ausschnitts ihres eisblauen Pullovers. Er räusperte sich. »Jetzt packen wir erst mal deine Tasche aus, und dann machen wir einen Spaziergang.«

Als würde sie aus einem Traum erwachen, blinzelte Barbara ihn an. »Schade …«

Er lachte sein tiefes, ansteckendes Lachen. »Keine Sorge, wir haben noch ganz viel Zeit.«

Sie musste lächeln und den Kopf über sich schütteln. Noch nie hatte sie sich so sehr gewünscht, mit einem Mann eins zu werden. Und noch nie hatte ein Mann sie so sehr zappeln lassen wie dieser.

Barbara und Ulrich waren an diesem Samstagmittag nicht die einzigen Spaziergänger auf dem Uferweg rund um den Müggelsee, aber sicherlich die ausgelassensten. Wie zwei übermütige Kinder ließen sie flache Steine auf der Wasseroberfläche tanzen, spielten Fangen und rangelten miteinander. Für den Rückweg verließen sie den angelegten Weg und bogen in den Wald ein, wo ein schmaler Pfad parallel zum Ufer zur Datsche zurückführte. Hier waren sie allein. Nach ein paar Schritten blieb Ulrich abrupt stehen. Auch Barbara hielt inne und nahm ebenfalls die Gestalt wahr, die so rasch zwischen den Stämmen verschwand, als wollte sie von ihnen unentdeckt bleiben. Klein, rundliche Figur, halblanges, blondes Haar, das unter einer dunklen Mütze hervorquoll. *Alessia?,* schoss es ihr durch den Kopf. Aber das war Unsinn. Die Halbkubanerin hatte doch taillenlanges, schwarzes Haar, wie Ulrich gesagt hatte. Außerdem hatte seine Noch-Ehefrau an diesem Wochenende hier nichts zu suchen. Nicht in ihren Gesprächen und leibhaftig schon mal gar nicht.

Sie schaute Ulrich prüfend von der Seite an. Er blickte immer noch in die Richtung, in die die Fremde verschwunden war.

»Alles klar?«, fragte sie betont munter.

Geistesabwesend sah er sie an. Sein kurzes Lachen klang unecht. »Alles bestens. Komm, wir gehen weiter.« Er legte seinen Arm um ihre Taille und zog sie mit sich.

Eine Weile liefen sie schweigend nebeneinanderher. Doch für Barbara war überhaupt nichts *bestens.* Ulrich konnte ihr nichts vormachen. Wie sie hatte er auch die Frau bemerkt. Und ganz offensichtlich hatte ihr Anblick ihn durcheinandergebracht.

Barbara blieb stehen, berührte sanft sein Gesicht und drehte es so, dass er sie ansehen musste. »Kanntest du die Frau?«

Er lächelte matt. »Wahrscheinlich eine Spaziergängerin wie wir.«

Sie sah ihm in die Augen. Warum glaubte sie ihm nicht? »Warum ist sie dann so schnell verschwunden? Ich hatte fast den Eindruck, als hätte sie sich vor uns versteckt.«

»So ist das leider in unserem Staat. Begegnet man jemandem,

der sich irgendwie merkwürdig verhält, schon denkt man, dass man verfolgt wird.«

Erstaunt hob sie die Brauen. »Das klingt ja fast so, als würdest du es bedauern, hier zu leben.«

Er legte den Arm um ihre Schultern und ging weiter. »Tu ich nicht. Genauso wenig wie du.« Er schwieg eine Weile, in der sie sich fragte, an was oder wen er denken mochte. »Weißt du was?«, fragte er dann mit blitzenden Augen. »Sobald es wärmer wird, fahren wir an die Ostsee.«

Sie lächelte ihn an. »Dort zeigst du mir dann deine Klippe, ja?«

»Versprochen.« Ulrich drückte sie an sich. »Aber jetzt gehen wir erst mal angeln. Dann grillen wir unseren Fang, und danach …« Ein zärtlicher, bedeutsamer Blick traf sie.

»Ja?«, fragte sie erwartungsvoll.

»Danach gehen wir im See schwimmen.«

»Schwimmen?« Abrupt blieb sie stehen. »Bei diesen Temperaturen?«

»Eisschwimmen nennt sich das. Obwohl der Müggelsee ja noch nicht mal zugefroren ist.«

Ungläubig sah sie ihn an. »Also sei mir nicht böse, aber ich steige bestimmt nicht in so eiskaltes Wasser. Außerdem …«, sie zögerte, weil es ihr unangenehm war, »… außerdem kann ich gar nicht schwimmen.«

»Dann gehen wir nur so weit raus, wie du noch Boden unter den Füßen hast«, ging Ulrich ganz selbstverständlich und ohne überrascht zu wirken, auf ihren Einwand ein.

»Ich habe auch keinen Badeanzug dabei.«

»Natürlich nackt. An meinem Uferabschnitt sieht uns niemand.«

»Ob angezogen oder nackt, das ist mir zu kalt.«

»Ich mache das schon seit Jahren. In Halle war ich sogar in einem Verein. Eisschwimmen stärkt das Immunsystem. Und wenn du erst die Kälte überwunden hast, fühlst du dich wie befreit.«

Sie lächelte ihn herausfordernd an. »Dann mach du es mir doch vor. Von mir aus auch gerne nackt. Ich schaue dir vom Ufer aus zu und sorge für deine Rettung, falls dir in dem kalten Wasser die Arme einfrieren.«

Kurze Zeit später hatten die beiden tatsächlich auf Anhieb Anglerglück. Ulrich machte am Ufer ein Feuer, und Barbara füllte den ausgenommenen Zander mit Petersilie, Dill und Schnittlauch. Nachdem sich die Wintersonne vom Himmel verabschiedet hatte und die ersten Sterne aufleuchteten, saßen die beiden am Feuer und genossen ihr Abendessen. Später verschwand Ulrich im Haus, um nach ein paar Minuten lediglich mit einem weißen Badelaken um die Hüften wieder herauszukommen. So selbstverständlich, als wäre er für die frostigen Temperaturen an diesem Abend passend gekleidet, betrat er den Holzsteg.

»Bereit für den Erste-Hilfe-Einsatz?« Seine Augen blitzten Barbara übermütig an. »Keine Sorge, ich bleibe in Ufernähe.«

»Sehr beruhigend«, gab sie trocken zurück. Dann sah sie ihm nach, wie er bis ans Ende des Steges ging, dort stehenblieb und das Tuch fallen ließ. Nur beschienen vom Licht des Mondes und der Sterne wirkte er wie eine antike Statue. Muskulöse Beine, wohldefinierte Rückenmuskeln, schmale Hüften. Sie vergaß zu atmen. Die Zeit, die er ihr schenkte, um seinen

Körper zu betrachten, empfand sie als viel zu kurz. In einer einzigen Bewegung glitt er elegant vom Steg ins Wasser. Jetzt zog sie die kalte Luft scharf ein. Erleichtert atmete sie aus, als sein dunkler Kopf unweit des Ufers wieder auftauchte. Er winkte ihr zu. »Komm doch auch. Es ist herrlich.«

Einmal in der Woche ging sie mit Elke oder auch mit ihrer Mutter in die Sauna. Jedes Mal genoss sie nach dem Saunagang das Eintauchen ins Kaltwasserbecken. Aber hier und jetzt? *Wag es einfach! Mit diesem Mann ist alles anders, ist alles möglich,* dachte sie, stand auf und entledigte sich rasch ihrer Kleidung. Stiefel, Jacke, Pullover, Jeans, schließlich BH und Slip. Sie zögerte nicht, wollte sich nicht allzu lange Ulrichs Blicken aussetzen, und ging mit entschlossenen Schritten über den Strand in den See hinein, immer weiter, bis das Wasser ihre Brüste verdeckte. Die Kälte ließ ihr den Atem stocken. Nachdem sie jedoch bis zum Hals eingetaucht war und ein paar Sekunden so verharrt hatte, richtete sie sich wieder auf und atmete durch. Es war wie beim Saunieren: Die Außentemperatur und der See kamen ihr jetzt gar nicht mehr so kalt vor. Sie sah hinauf zum Himmel, von dem ihr nun abertausend Sterne entgegenstrahlten.

Da tauchte Ulrichs Kopf neben ihr auf, und dann sein nackter Oberkörper. »Schau mal da.« Ulrich wies mit dem Finger nach oben. »Dort steht die Venus.«

Sie lächelte ihn an, frei und ohne jede Hemmung. »Die römische Göttin der erotischen Liebe und Schönheit.«

Ihre Blicke tauchten ineinander. Ulrich stand so dicht vor ihr, dass ihre Brustspitzen seine Haut fast berührten.

»Möchtest du, dass ich dir irgendwann mal das Schwimmen beibringe?«, fragte er mit rauer Stimme.

»Wenn es wärmer ist, können wir gerne noch mal darüber sprechen.«

»Abgemacht.«

Während sie redeten, hielten sich ihre Blicke fest – und erzählten sich wieder einmal etwas ganz anderes. Sie erzählten von Sehnsucht und Verlangen. Und dann kam Ulrich auf sie zu, fasste mit einem einzigen Griff in ihr Haar, zog sanft ihren Kopf in den Nacken und senkte seine Lippen auf ihre Haut. Als sich sein Mund auf ihren legte, schloss sie die Augen. Sein Kuss war leidenschaftlich, voller Begierde und innig zugleich. Und während sie ihn erwiderte, wünschte sie sich, diese Arme, die ihr in dem kalten Seewasser so viel Wärme schenkten, würden sie niemals mehr loslassen. Hand in Hand liefen sie ins Haus. Sie nahmen sich weder die Zeit, sich abzutrocknen, noch in Ulrichs Schlafzimmer zu gehen. In völliger Hingabe liebten sie sich auf dem Wohnzimmerboden, umhüllt vom warmen Schein des Feuers. Raum und Zeit schienen nicht mehr zu existieren. Barbara hatte das Gefühl, in Ulrichs Armen alle Sphären des Kosmos zu durchfliegen.

Und dann hielt Ulrich sie so lange fest an sich gedrückt, bis ihre Herzen wieder langsamer schlugen. Eine tiefe Ruhe breitete sich in ihrem Inneren aus. Es waren Minuten ohne Liebesgeständnisse oder gar Versprechungen für die Zukunft. Dennoch wusste sie: Dieser Mann war ihr Schicksal, ganz gleich, wie es mit ihnen weitergehen würde.

Als am nächsten Tag der helle, rötliche Streifen am Horizont den Aufgang der Sonne ankündigte, liebten sich Barbara und Ulrich aufs Neue. Sie konnten nicht genug voneinander bekommen. Danach lagen sie noch lange eng aneinandergeschmiegt und überlegten, wie sie den Sonntag bis zu Barbaras Abfahrt verbringen wollten. Sie entschieden, nach dem Frühstück einen Motorradausflug zu machen.

Auf der Landstraße war es ruhig. Barbara, die sich im Schutz von Ulrichs Rücken auf der MZ schon wie zu Hause fühlte, hörte nur das leise Brummen des Motors und das sanfte Rauschen des Windes. Die Fahrt ging durch kleine Orte, in denen es fast immer einen Dorfkonsum, eine Gaststätte und eine LPG gab, durch Heidelandschaften, vorbei an Seen, deren glatte Wasseroberflächen den Himmel spiegelten. Idylle pur. Irgendwann bemerkte Barbara, dass Ulrich auffällig häufig in den Rückspiel blickte. Als sie nach hinten sah, entdeckte sie einen weißen Lieferwagen. Irgendwann überholte er und war nicht mehr zu sehen. In einem kleinen Dorf hielten sie an und aßen Ketwurst. An der Bude herrschte Hochbetrieb. Deshalb war sich Barbara auch nicht sicher, ob der unscheinbar wirkende Mann mittleren Alters tatsächlich sie und Ulrich fotografierte oder die neben ihnen spielenden Kinder. Kurz überlegte sie, ob sie Ulrich darauf ansprechen sollte. Sie ließ es sein. Sie wollte nicht zu denen gehören, die sich ständig und überall verfolgt fühlten, obwohl es gar keinen Grund dafür gab.

Als die Sonne sich dem Horizont entgegenneigte, kamen sie zur Datsche zurück. Ulrich schaltete den Motor aus. »Alle bitte aussteigen!«, forderte er sie auf, bemüht, lustig zu wirken.

Sie nahmen ihre Helme ab, und Barbara sah ihn eindringlich an. »Ist was?«

»Was soll denn sein?« Betont arglos hob er die Brauen.

Es blieben ihnen noch zwei Stunden, bis ihr Zug ging. Sie

schliefen nicht mehr miteinander. Ulrich war mit seinen Gedanken ganz offensichtlich irgendwo anders, jedenfalls nicht bei ihr.

»Irgendwas ist doch«, sagte sie, als sie zusammen ihre Tasche packten. »Du bist plötzlich so anders.«

In seinen graugrünen Augen blitzte es den Bruchteil einer Sekunde unwillig auf. »Bitte, Barbara …« Er wandte sich ab und ging ins Wohnzimmer zurück.

Mit hängenden Armen blieb sie neben dem Bett stehen, in dem sie an diesem Wochenende so schöne Stunden erlebt hatte. Was war passiert? Hatte sein Stimmungswechsel etwas mit dem weißen Lieferwagen zu tun? Oder mit dem Mann mit dem Fotoapparat? Der blonden Frau von gestern? Stand er etwa unter Beobachtung der Stasi?

Als sie auf der Fahrt zum Bahnhof aus dem Waldweg herauskamen, entdeckte sie den Lieferwagen. Er parkte am Straßenrand. Hinter dem Steuer saß jemand. Ganz deutlich konnte sie das Aufglimmen einer Zigarette erkennen, jedoch kein Gesicht. Dafür war es zu dunkel.

»Dieser Lieferwagen an der Straße eben, ist der nicht heute eine Zeitlang hinter uns hergefahren?«, fragte sie Ulrich geradeheraus, als sie die Treppe zum Bahnsteig hinaufgingen.

»Ich weiß nicht, ob das der gleiche ist«, antwortete er, ohne sie anzusehen.

Er wusste also genau, wovon sie sprach. »Und wenn ja, was bedeutet das?«

»Jetzt lass uns bitte nicht die wenigen Minuten, die uns noch bleiben, mit irgendwelchen Vermutungen vertun.«

Seine Küsse auf dem Bahnsteig schmeckten anders als zuvor

und konnten sie in dem kalten Wind, der hier wehte, nicht mehr wärmen. Auf ihrer Rückfahrt begleitete sie die bange Frage, ob Ulrich irgendetwas vor ihr verheimlichte.

Als Barbara zu Hause ankam, stand der Trabi ihrer Eltern nicht da, was sie erleichterte. Ihre Mutter hätte bestimmt wissen wollen, wie das Wochenende gewesen war. Aber um darüber zu reden, war sie jetzt nicht in der Stimmung. Immer noch nagte Ulrichs Stimmungswechsel an ihr. Sie hatte gerade ihre Tasche ausgepackt, als das Telefon im Durchgang klingelte.

»Ich bin's. Bin noch mal zur Telefonzelle gefahren, um dich etwas zu fragen«, drang Ulrichs Stimme durch den Hörer.

Sie hielt den Atem an. Was kam jetzt?

»Mir ist eben erst so richtig bewusst geworden, dass unser Abschied auf dem Bahnsteig … Ich weiß auch nicht. Ich bin manchmal schwierig. Tut mir wirklich leid. Aber was ich dich fragen wollte: Du hast doch noch zwei Wochen Schulferien. Was hältst du davon, wenn du ein paar Tage davon bei mir am See verbringst?« Er verstummte.

Sie spürte durch die Leitung, dass er verunsichert war. Mit einem Mal war ihr zumute, als würde an diesem Abend die Sonne noch einmal aufgehen und sie mit ihren Strahlen erwärmen. »Ich könnte morgen wiederkommen«, erwiderte sie, weil sie es kaum erwarten konnte, mit ihm erneut in ihren ganz eigenen Kosmos einzutauchen. »Oder nächstes Wochenende«, verbesserte sie sich schnell mit gespielter Gelassenheit und horchte angespannt in den Hörer.

»Morgen wäre schön. Ich würde mich sehr freuen. Allerdings wärst du tagsüber allein in der Datsche«, gab er zurück.

Ihr Herz begann zu jubilieren. »Macht nichts. Ich kann mich gut allein beschäftigen.«

»Dann hole ich dich morgen Abend nach der Arbeit zu Hause ab.«

DDR, Kleinmachnow/Berlin, Montag, 13. 2. 1989

Als es an der Haustür klingelte, saß Barbara schlaftrunken am Küchentisch bei ihrem Morgenkaffee. Sie blickte auf die Wanduhr. Es war erst kurz vor sieben.

Einmal, zweimal, dreimal. Das Klingeln klang fordernd, unnachgiebig, wie ein Befehl. Verblüfft über die frühe Störung ging sie zur Tür. Vor ihr standen zwei Männer. Kurz geschnittene Haare, graue, billige Anzüge. Barbaras Herz setzte für ein paar Schläge aus. Diese Typen rochen geradezu nach Stasi. Was um Himmels willen wollten die von ihr?

»Barbara Nowack?«, fragte der Größere, ohne seine stoische Miene zu verziehen.

Sie nickte.

»Ziehen Sie sich bitte an und kommen Sie mit.«

»Wohin?«

»Berliner Allee, Ecke Liebermannstraße«, sagte der andere. »Ministerium für Staatssicherheit.«

Sie atmete tief durch und nahm allen Mut zusammen. Mit hörbar bebender Stimme fragte sie: »Würden Sie mir bitte sagen, was ich da soll?«

»Das werden Sie dort erfahren. Also bitte …«

Mit rasendem Puls nickte sie wieder. »Gut, ich mache mich fertig. Wollen Sie hier drinnen warten?«

»Selbstverständlich.«

Klar, sie hätte ja fliehen können.

Nur wenig später saß sie auf der Rückbank eines Trabants. Die Straße schien noch zu schlafen, auch die Rollläden bei ihren Eltern waren noch unten. Im Nachbarhaus jedoch bemerkte sie, wie sich die Küchengardine leicht bewegte. Schon bald würden alle Anwohner von ihrer Abführung erfahren.

Auf der Fahrt nach Weißensee kam es ihr vor, als würde sich eine eiserne Klammer immer fester um ihr Herz schießen. Sie hatte Angst. Verzweifelt überlegte sie, was die Stasi von ihr wollen mochte. Der weiße Lieferwagen gestern, der Mann mit dem Fotoapparat an der Ketwurstbude, diese blonde Frau im Wald, Ulrichs merkwürdige Reaktion darauf … Es musste etwas mit Ulrich zu tun haben.

»Aussteigen!«, ordnete der Kleinere mit den eng zusammenstehenden Augen an, als sie im Innenhof des MfS angekommen waren. Sein Griff, mit dem er sie am Oberarm auf den Hintereingang zuführte, tat ihr weh. Sie stieg in einem dunklen, maroden Treppenhaus die Stufen hinauf und kam sich vor wie eine Schwerverbrecherin. Oben angekommen, fand sie sich in einem weitläufigen, hellen Empfangsbereich wieder, wo Männer in Uniformen hin und her liefen. Eine breite Marmortreppe führte in die oberen Stockwerke hinauf. Die beiden Stasimänner blieben vor einer der Bürotüren stehen. Sie traten ein. Der Mann im braunen Jackett, bewacht von Erich Honecker, dessen Konterfei über ihm an der Wand hing, schien sie schon zu erwarten.

Er blieb hinter seinem Schreibtisch sitzen, als der größere der beiden Beamten sie auf den Holzstuhl, der ihm gegenüberstand, drückte.

»Danke«, sagte er nur, woraufhin ihre Bewacher schweigend das Zimmer verließen. Kalt blickende Augen, die das freundliche Lächeln auf den nicht unattraktiven Zügen Lügen straften, fixierten sie über den Schreibtisch hinweg. »Guten Morgen, Frau Nowack.«

Sie schluckte krampfhaft. In dem Büro war es warm, ja geradezu heiß. Ihr brach der Schweiß aus allen Poren. Sie wagte jedoch nicht, den Mantel auszuziehen. »Guten Morgen«, erwiderte sie tonlos.

»Mein Name ist Hartmann. Sie wissen, warum Sie hier sind?«

Sie setzte sich kerzengerade auf, als könnte diese äußere Haltung ihr innerlich die Stärke geben, die sie jetzt brauchte. »Nein.«

Hartmann wiegte den Kopf hin und her, als hätte er große Bedenken. Sein Lächeln glitt ins plump Vertrauliche ab. »Das kann ich nicht glauben.«

»Ich weiß es wirklich nicht«, bekräftigte sie mit fester Stimme. »Ich habe mir nichts zuschulden kommen lassen. Und ich hatte noch nie mit Ihren Leuten zu tun.«

»Sie stehen seit Samstag unter unserer Beobachtung.« Hartmann, den sie auf Mitte dreißig schätzte, lehnte sich mit genießerischer Miene in seinem Schreibtischsessel zurück. »Wegen Republikflucht.« Das Wort zerging ihm förmlich auf der Zunge.

»Was?« Sie konnte nicht anders: Sie musste lachen. »Ich sitze doch vor Ihnen. Leibhaftig. Wieso Republikflucht?«

»Lachen können Sie woanders. Sie wollten Freitagnacht mit Dr. Mattner fliehen. Das brauchen Sie gar nicht zu leugnen. Wir haben den Schleuser festgenommen und verhört. Er hat ausgesagt, dass er für seinen Auftraggeber – Dr. Manfred Mattner – zwei Pässe besorgen sollte. Einen für ihn und einen für Sie.«

Sie griff sich an den Kopf, in dem zig Gedankenfetzen einander jagten. Es ging also gar nicht um Ulrich, sondern um Manfred. Er war tatsächlich in den Westen geflohen? Was sollte sie sagen? Dieser Hartmann würde ihr sowieso nicht glauben, dass Manfred in Eigenregie gehandelt hatte, dass er einfach nicht hatte wahrhaben wollen, dass sie ihn niemals begleitet hätte.

»Hören Sie …«, sie biss sich fest auf die Lippe, um die aufsteigenden Tränen zurückzudrängen, und zwang sich sachlich fortzufahren: »Ich habe mit der Flucht von Manfred Mattner nichts zu tun. Der Pass kann nicht für mich bestimmt gewesen sein. Ich habe ihn nicht in Auftrag gegeben.«

»Sie sind ein Paar.«

»Wir *waren* ein Paar. Ich habe längst eine neue Beziehung.«

Hartmann lächelte selbstgefällig. »Das wissen wir.«

»Klar«, kam es ihr ganz von selbst über die Lippen. Erschrocken über diesen unbedachten Kommentar sah sie ihn an. »Aber warum sitze ich dann hier?«

»Weil wir Ihnen nicht glauben. Wir gehen davon aus, dass Ihre Beziehung zu Herrn Dreyer nur ein Ablenkungsmanöver ist, und dass Sie beabsichtigen, in nicht allzu ferner Zukunft Manfred Mattner in den Westen zu folgen. Zum Beispiel als seine Ehefrau.«

Dieser Verdacht machte sie sprachlos. Schließlich stammelte sie: »Aber … Ich meine, warum bin ich dann nicht sofort mit ihm geflohen, wenn ich ihn, Ihrer Annahme nach, heiraten will?«

»Weil Sie nicht schwimmen können und Ihnen der Fluchtweg über die Ostsee zu gefährlich war. Als seine Ehefrau auszureisen ist für Sie weit weniger riskant. Dafür nehmen Sie bestimmt gern eine Zeit der Sehnsucht in Kauf, die Sie sich mit Herrn Dreyer versüßen.«

»Also wirklich!« Empört lachte sie auf. »Sagt Herr Mattner das?«

Ein spöttisches Lächeln. »Das sagen wir.«

Sie schluckte schwer, überlegte, ob die Frage, die ihr auf der Zunge brannte, ihre Lage vielleicht noch verschlimmern könnte. Dennoch sprach sie sie aus. Sie musste es wissen. »Was ist mit Manfred?«

Die blonden Brauen ihres Gegenübers schnellten in die Höhe. »Haben Sie noch nichts von ihm gehört?«

»Das wüssten Sie doch bestimmt, oder?«

Hartmanns Blick gefror zu grauem Eis. »Ihm ist die Flucht gelungen.«

Gott sei Dank!

»Freuen Sie sich nicht zu früh«, bellte Hartmann sie an. »Sie wissen hoffentlich, wie wir mit Angehörigen von Staatsflüchtigen verfahren. Falls nicht, könnten Sie es jetzt erfahren.«

Ja, das wusste sie. Darüber waren viele Geschichten im Umlauf: Strafmaßnahmen für die Zurückgebliebenen in Form von Schikanen, Verfolgungen, brutalen Verhören und schlimmstenfalls Gefängnis. Mit beiden Händen griff sie sich an die Stirn, als könnte sie so das Chaos in ihrem Kopf bändigen. *Außer dir, Markus und dem Schleuser weiß niemand Bescheid,* erinnerte sie sich an Manfreds Worte. Also konnte sie es wagen, bei ihrer Lüge zu bleiben.

Sie zwang sich, ihr Gegenüber wieder anzusehen. »Hören Sie. Ich wusste nichts von Manfreds Fluchtgedanken oder gar -plänen. Ich kenne ihn nur als absolut überzeugtes Mitglied der Partei. Nie wäre ich auf die Idee gekommen, er würde unser Land verlassen wollen. Und was die beiden Pässe angeht – keine Ahnung. Ich habe ihm niemals ein Passbild von mir dafür gegeben. Das müssten Sie doch auch von dem Schleuser wissen. Vielleicht wollte Herr Mattner mit jemand anderem fliehen. Ich jedenfalls wollte niemals fliehen. Ich liebe mein Land, auch wenn ich nicht in der Partei bin. Ich unterrichte in der Schule Staatsbürgerkunde, erziehe meine Schüler zu linientreuen Menschen …« Abrupt hielt sie inne. Ob er ihrem Plädoyer glaubte? Wusste er oder spürte er vielleicht, wie sehr sie mit der Schulpolitik dieses Staates haderte? In Aufbietung all ihrer noch verbleibenden Kraft lächelte sie ihn an. »Bitte, glauben Sie mir. Ich habe nichts von alledem gewusst.« Voll innerer Spannung verstummte sie. Sie glaubte plötzlich, ihren eigenen Angstschweiß riechen zu können.

Hartmann machte eine Handbewegung, als würde er ein lästiges Insekt verscheuchen. »Der Schleuser hat kein Passbild von Ihnen bekommen«, erwiderte er tonlos. Er mied ihren Blick.

»Also.« Hörbar erleichtert atmete sie aus. Sie schöpfte Hoffnung. Wie sie Manfred einschätzte, hatte er dem Schleuser wahrscheinlich gar nicht genau gesagt, mit wem er fliehen wollte. In der Vergabe von Informationen war er in jeder Hinsicht immer sehr sparsam gewesen.

In diese Gedanken hinein klingelte das Telefon. Hartmann nahm den Hörer ab, meldete sich zackig, hörte zu und sagte dann: »Zu Befehl, Genosse General.« Danach drückte er sich aus dem Sessel hoch. »Wir werden Sie unter Beobachtung halten. Das ist Ihnen hoffentlich klar.« Mit spöttischer Zuvorkommenheit verbeugte er sich vor ihr, machte eine ausschweifende Handbewegung zur Tür hin und riss sie auf, um sie hinaustreten zu lassen. Ehe sie begriff, dass sie als freier, unbeschadeter Mensch gehen durfte statt wegen Beihilfe zur Republikflucht festgesetzt zu werden, fand sie sich im Eingangsbereich des MfS wieder.

Von der Berliner Allee aus fuhr Barbara mit der Straßenbahn auf direktem Weg zu Michael, der nicht schlecht staunte, als sie eine Stunde vor Öffnung seines Geschäftes an die Hintertür seiner Wohnung klopfte.

»Was machst du denn hier?« Er war noch im Schlafanzug, und im Hintergrund pfiff der Wasserkessel.

»Bist du allein?«

»Klar. Roman kann doch als Tagestourist nicht über Nacht bleiben.« Michael gähnte herzhaft. »Komm rein. Ich setze gerade Kaffee auf.«

»Kann ich mal kurz meine Eltern anrufen?«

Nachdem sie ihre Eltern beruhigt und ihnen versichert hatte, am frühen Nachmittag wieder zu Hause zu sein, forderte Michael sie auf: »Jetzt erzähl mal.«

»Lass mich erst mal einen Schluck Kaffee trinken«, bat sie ihn, und dann schilderte sie ihm, was passiert war.

»Sieh mal einer an! Der linientreue Genosse Mattner hat sich in den Westen abgesetzt, um dort das große Geld zu machen.« Michael lachte herzhaft. »Ich habe dir ja immer gesagt, das ist ein Rottweiler mit Dackelblick.«

Jetzt musste sie auch lachen. Allmählich fiel die Anspannung von ihr ab.

Michael sah sie ernst an. »Wusstest du wirklich nichts von seinen Fluchtplänen?«

»Doch schon. Ich hatte Manfred nur mein Wort gegeben, mit niemandem darüber zu reden. Manni wollte natürlich, dass ich mit ihm gehe, aber du kennst meine Einstellung.«

Michael seufzte. »Du wirst hier nichts verändern können.«

»Ich allein nicht, aber inzwischen haben immer mehr Menschen diesen Wunsch«, ereiferte sie sich. »Leute, die sich in Kirchen zusammenfinden und dort Kritik üben, Jugendliche, die zu den Jugendabenden kommen und über ihre Zukunft diskutieren. Das sind Menschen, die sich von Repressalien nicht abschrecken lassen, anderen Hoffnung geben und Mut machen, auch auf die Straße zu gehen. Sie alle lieben dieses Land, wo es Nachbarschaftlichkeit und Hilfsbereitschaft gibt und ein gut funktionierendes Gesundheitssystem, und sie wollen helfen, es politisch auf einen besseren Kurs zu bringen, statt ihm den Rücken zuzuwenden.«

Um Michaels Mund spielte ein spöttisches Lächeln. »Das klingt ja geradezu nach DDR-Idylle.«

»Was soll die Ironie?« Sie sah ihn prüfend an. »Könnte es sein, dass Roman dich beeinflusst?«

»Natürlich haben wir schon darüber gesprochen, wie es wäre, wenn ich in den Westen käme. Und natürlich hat er als Westler, und dazu auch noch als Intellektueller, von unserem Staat kein positives Bild.«

»Ach, Michael! Du weißt doch selbst: Die Welt zeigt sich im Vergleich. Unsere Mangelwirtschaft, unsere Pressezensur, die Stasi, all das gibt es natürlich im Westen nicht und lässt das Leben dort viel angenehmer erscheinen. Aber glaube mal ja nicht, dass dort alles nur rosarot ist.«

»Natürlich nicht.« Er trank den Rest seines Kaffees in einem Zug aus. Dann lachte er sie an. »Ich sehe schon, in hundert Jahren wird mal in den Geschichtsbüchern stehen, dass in der DDR nicht alles schlecht gewesen ist.«

Sie zuckte nur mit den Schultern und trank einen Schluck. Beide schwiegen sie eine Weile und horchten auf die Geräusche im Haus – Toilettenspülung, Kindergeschrei, Gepolter im Treppenhaus.

»Was machst du jetzt?«, fragte Michael mit eindringlichem Blick. »Willst du mit meinem Vater reden, falls die Stasi dich nicht in Ruhe lässt?«

Sie zögerte. »Erst mal abwarten. Falls sie keine Ruhe geben sollten, vielleicht.«

»Meine Güte, du hast uns einen ganz schönen Schrecken eingejagt«, sagte Ingrid Nowack, als Barbara zur Tür hereinkam.

»Nicht ich, die Stasi«, erwiderte Barbara mit mattem Lächeln.

»Setz dich erst mal, Kind«, meinte Ralf in seiner ruhigen Art. »Ich hab Kaffee gemacht. Dann erzählst du uns erst mal, was passiert ist.«

»Ich kann noch gar nicht glauben, dass es so glimpflich für

mich gelaufen ist«, sagte Barbara, nachdem sie mit ihrer Schilderung zu Ende war. Prüfend sah sie ihre Eltern an. »Habt ihr gleich Peter benachrichtigt, nachdem ich heute Morgen abgeholt worden bin?«

Ihr Vater nickte. Genau das hatte sie sich schon gedacht!

»Willst du nicht doch lieber in die Partei eintreten?«, meinte ihre Mutter mit besorgter Miene.

»Kommt überhaupt nicht in Frage«, erwiderte sie. »Jetzt erst recht nicht. Und wenn ich ehrlich bin, kann ich auch nicht verstehen, warum ihr dieser Truppe angehört.« Sie hörte selbst den aggressiven Unterton in ihrer Stimme, und wieder bemerkte sie, dass ihren Eltern dieses Thema unangenehm war.

»Wir sind zwar in der SED, aber doch keine engagierten Genossen«, verteidigte sich ihr Vater.

»Immerhin warst du während deiner Berufstätigkeit ehrenamtlicher Schöffe, bist im Sportbund, und Mama ist nach wie vor Mitglied im Kulturbund«, zählte Barbara auf, wo sie einmal dabei war, die politische Überzeugung ihrer Eltern auf den Prüfstand zu stellen.

Ihr Vater sah sie streng an. »Bei den Parteiversammlungen lassen wir uns aber nur selten blicken, weil wir nicht mit voller Überzeugung hinter den Leitlinien stehen.«

»Merkwürdig, dass ihr deshalb noch keinen Druck erfahren habt.« Barbara wusste selbst nicht, warum sie plötzlich ein solches Gespräch mit ihren Eltern suchte. Politik war in ihrem Elternhaus bisher kaum ein Thema gewesen. Lag es daran, dass sie an diesem Morgen zum ersten Mal mit den Praktiken dieser Politik hautnah Erfahrung gemacht und Angst bekommen hatte?

»Weil Peter schützend die Hand über uns hält«, entgegnete

ihre Mutter mit hochroten Wangen. »So, und jetzt bitte ein anderes Thema.«

Barbara wurde klar, dass sie die beiden mit diesem Gespräch bedrängt hatte. Doch irgendwie hatte sie sich festgebissen und konnte es nicht auf sich beruhen lassen. »Wisst ihr, was ich mich seit einiger Zeit frage? Warum ihr mit Michaels Eltern eigentlich so eng befreundet seid. Politisch seid ihr doch ziemlich weit voneinander entfernt. Peter ist ein ranghohes SED-Mitglied mit Einfluss im MfS, und ihr seid Genossen, die es mit ihrer Mitgliedschaft nicht so ernst nehmen. Dass Peter eure Einstellung einfach so akzeptiert …«

Ingrid und Ralf wechselten einen Blick, den Barbara an den erinnerte, mit dem ihre Eltern vor noch gar nicht allzu langer Zeit auf ihre Frage nach ihrem Parteieintritt reagiert hatten. Ein bedeutungsvoller Blick, irgendwie hilflos und voller Besorgnis.

»Du weißt doch, Papa hat Peter im Krieg das Leben gerettet«, sagte ihre Mutter in zurechtweisendem Ton. »Das hat Peter ihm nie vergessen.«

»Außerdem haben wir viele gemeinsame Hobbys«, ergänzte Ralf schnell. »Das schweißt zusammen.«

Niemals zuvor hatte Barbara die enge Freundschaft ihrer Eltern zu Michaels Eltern so hinterfragt. Für sie und Michael war diese Beziehung immer selbstverständlich gewesen. Warum gerade jetzt? Hatte sie in den vergangenen Tagen vielleicht zu oft die Frage *Soll ich mit Peter reden?* gehört?

Sie griff sich an die Stirn. »Bitte, verzeiht, ich weiß auch nicht, was heute mit mir los ist. Ich mag Charlotte und Peter doch auch. Aber heute Morgen im MfS, das hat mich ziemlich durcheinandergebracht. Ich hatte verdammte Angst. So etwas darf es in unserem Land doch nicht geben. Das ist nicht der Sozialismus, den ich mir vorstelle. Das muss sich ändern.«

Da lächelte ihr Vater sie versöhnlich an. »Das wollen wir auch. Und Peter ebenfalls. Und er ist inzwischen ja in einer Stellung, in der er vielleicht genügend Einfluss hat, etwas zu bewegen. Aber er muss sehr vorsichtig vorgehen, um nicht abgesägt zu werden. Seit kurzem ist bei uns allerhand im Umbruch.« Er seufzte leise und sah sie dabei eindringlich an. »Glaub mir, wir wollten nach dem Zweiten Weltkrieg auch alle einen anderen Sozialismus haben als den, den wir heute haben. Deshalb finde ich es gut, dass du dich so beharrlich weigerst, in die Partei einzutreten. Es sind immer die jungen Menschen, die etwas bewegen können. Aber sei dir bewusst, dass du dir mit dieser Entscheidung bestimmt Schwierigkeiten einhandelst. Sie haben dich jetzt auf dem Kieker.«

Barbara fühlte sich wie erschlagen von diesem Morgen, umso dankbarer war sie ihren Eltern jetzt. Sie stand auf und umarmte ihren Vater. »Ihr seid die tollsten Eltern, die es gibt«, sagte sie bewegt. »Niemals würde ich andere haben wollen – so wie Michael es sich manchmal wünscht.«

Ihr Vater lachte gutmütig. »Das wäre aber auch noch schöner.«

Als sie zu ihrer Mutter hinüberlächelte, bemerkte sie, dass sie Tränen in den Augen hatte und ihrem Blick auswich, als hätte sie Angst, ihre Tochter könnte in ihnen etwas lesen, was sie nicht wissen sollte.

Ulrich rief Barbara um achtzehn Uhr aus dem Institut an. »Bist du reisefertig? Ich bin in circa einer halben Stunde bei dir.«

Allein seine Stimme spülte Wärme in ihr Herz und ließ sie all das an diesem Tag Erlebte für einen Moment vergessen. »Ich freue mich auf dich«, antwortete sie weich.

Barbara hatte sich fest vorgenommen, Ulrich nichts von dem Vorfall am Morgen zu erzählen. Sie wollte die gemeinsame Zeit mit ihm nicht belasten. Auf der einsamen Landstraße warf sie deshalb auch keinen Blick in den Rückspiegel. Sie wollte gar nicht wissen, ob ihnen ein Auto folgte. Sie wollte nur eines: ein paar Tage lang ungetrübtes Glück genießen.

Kaum hatten sie die Datsche betreten, fielen sie sich in die Arme. Ulrich half Barbara aus dem Mantel, sie ihm aus der Motorradjacke. Die anderen Kleidungsstücke fielen wie von selbst von ihnen ab.

»Ich habe einen Nachbarn gebeten, heute Nachmittag den Ofen für uns anzuheizen«, flüsterte Ulrich in ihr Haar, während seine große warme Hand ihre Brust umfasste.

Trotz der Wärme im Wohnzimmer erschauerte sie unter seiner Berührung. Sie fuhr mit den Händen über seine Schultern, seinen Rücken, seine Hüften, hörte seinen schweren Atem an ihrem Ohr, als ihre Hand sich von seinem Bauchnabel abwärts bewegte. Sanft zog Ulrich sie mit sich auf den Boden. Er schenkte ihr das Gefühl, jenseits von Zeit und Raum zu schweben. Alle Gedanken und Ängste ließ sie zurück in der anderen Welt. Jetzt gab es nur noch sie beide. Sie atmete seinen Duft ein, den von Sandelholz, Muskat und seiner Männlichkeit, und trank seinen heißen Atem wie ein Lebenselixier. Ja, das ist es, dachte sie. So fühlt sich Glück an.

DDR, Müggelsee, Dienstag, 14.2. – Sonntag, 19.2.1989

Die Tage in Ulrichs Datsche erlebte Barbara wie im Rausch. Sie schliefen nur wenig. Die Zeit dafür erschien ihnen zu kostbar. Stattdessen liebten sie sich und redeten bis in die frühen Morgenstunden, obwohl Ulrich um sieben Uhr zur Arbeit fahren musste. Es gab so vieles, was sie voneinander wissen wollten. Tagsüber stöberte Barbara in Ulrichs Bibliothek, ging spazieren, kaufte ein und kochte. Und wenn sie nach dem Abendessen mit einem Glas Rotwein eng an ihn geschmiegt vor dem bullernden Ofen saß, erschien ihr das Leben vollkommen. In diesen Tagen interessierte sie der Mann mit dem Fernglas am Seeufer nicht, der so tat, als würde er stundenlang Vögel beobachten, genauso wenig das Auto, das ihr folgte, wenn sie in den Ort zum Einkaufen ging.

Am Samstagvormittag, als Ulrich einem Bekannten beim Tapezieren half, machte Barbara einen Spaziergang entlang des Seeufers. Die Sonne schien von einem wolkenlosen Himmel, und der See glitzerte wie mit Diamanten bestreut. Es war viel zu mild für Ende Februar. Immer wieder begegneten ihr Laufgruppen und Fahrradfahrer – und auf dem Rückweg zur Datsche eine junge Frau. Barbara sah sie schon von weitem. Sie war klein, rundlich und blond. Ihre großen, fast schwarzen Augen jedoch verrieten, dass ihr dichtes, welliges Haar gefärbt war. Und diese Augen fixierten sie, als sie an ihr vorbeiging. Ihren glühenden Blick konnte Barbara noch fühlen, als sie schon längst an ihr vorüber war. Sie wagte nicht, sich umzudrehen. Nein, sie wollte gar nicht wissen, wo diese Frau jetzt war.

Mit hämmerndem Herzen blieb Barbara schließlich am Ufer stehen und schlang die Arme um sich. Sie fror. Als sie zum Himmel aufsah, bemerkte sie, dass die Sonne gerade hinter einer dunklen Wolke verschwunden war. Am Horizont zog es sich zu. Das Ende der Schönwetterperiode kündigte sich an.

Barbara presste die Lippen fest aufeinander und beschleunigte ihren Schritt. Wer war diese Frau? Jemand von der Stasi oder tatsächlich Alessia Dreyer? Am Spätnachmittag hielt es Barbara nicht länger aus und brach ihr Schweigen. Außerdem hatte Ulrich längst Verdacht geschöpft, dass sie etwas belastete.

»Alessia?« Mit gerunzelter Stirn sah er sie an. »Zugegeben, als wir die Blonde auf dem Waldweg gesehen haben, kam mir auch kurz dieser Gedanke. Aber nein! Unmöglich. Sie ist zwar auch klein, aber sie ist schlank und hat taillenlanges, pechschwarzes Haar, auf das sie unheimlich stolz ist.«

Ganz überzeugen konnte Barbara das nicht. »Hast du ein Foto von ihr?«

»Nein. Ich hebe keine Fotos auf, wenn ich mit der Vergangenheit abgeschlossen habe.«

Unter anderen Umständen hätte sie sich über diese Geradlinigkeit gefreut. Jetzt jedoch bedauerte sie, dass sie sich keine Klarheit verschaffen konnte.

DDR, Kleinmachnow, Sonntagabend, 19. 2. 1989

»Manni ist geflohen?« Elke fielen fast die Augen aus dem Kopf. »Und das erzählst du mir erst jetzt?«

»Ich bin doch gerade erst vom Müggelsee zurückgekommen«, rechtfertigte sich Barbara.

»Manfred, der stramme und linientreue Parteigenosse!« Elke schüttelte den Kopf. »Darauf brauche ich einen *Kristall.* Du auch?«

Barbara nickte. Sie sah sich im Wohnzimmer ihrer Freunde um, wo Bücher und Zeitungen auf dem Boden lagen und noch der Geruch vom Abendessen in der Luft hing.

»Das muss ich Wolf erzählen«, sagte Elke, als sie mit der Wodkaflasche und zwei Gläsern aus der Küche kam. »Er ist bei Pfarrer Wendland. Die beiden überlegen, ob man auch in unserer Gemeinde nach dem Vorbild der Nikolaikirche in Leipzig das Friedensgebet am Montag einführen soll.« Während sie weitersprach, schenkte sie ein. »In Leipzig sind die Montagsgebete ein voller Erfolg, trotz staatlicher Versuche, darauf Einfluss zu nehmen. Viele der Teilnehmer verweilen im Anschluss noch auf dem Kirchhof und diskutieren. Dort findet echte Meinungsbildung statt. Prost.« Elke kippte den eiskalten *Kristall* in einem Zug hinunter. »Aber jetzt noch mal zu Manfred. Hat er sich danach bei dir oder deinen Eltern gemeldet?«

»Nein. Manfred und ich sind nicht gerade in bester Freundschaft auseinandergegangen. Außerdem könnte jetzt ja auch unser Telefon angezapft sein. Das weiß er natürlich.«

»Und die Stasi hat dich die ganze Woche beschattet?«

Barbara nickte. »Sogar eben noch bis zu eurem Haus. Die werden mich bestimmt auch zurückbegleiten.«

»Was sagt Ulrich dazu?«

»Ich habe es ihm verschwiegen. Ich wollte die Tage mit ihm nicht belasten. Davon abgesehen wird die Stasi bald einsehen, dass ich nicht vorhabe, Manni zu folgen.«

»Dann mal zu etwas Schönerem«, meinte Elke. »Wie war es denn bei Ulrich?«

»Ach!« Barbara lächelte sie an. »Ich bin total verknallt. Zum ersten Mal fühlt es sich so ganz richtig an, weißt du.« Ihr Blick wanderte zum Erker hinüber, wo sie Ulrich in ihrer Erinnerung wieder mit der Gitarre auf den Knien sitzen sah. »Er ist so ganz anders als all die anderen Männer, die ich bislang kennengelernt habe. So reif, feinfühlig und poetisch. Gar kein trockener Wissenschaftler. Und so leidenschaftlich.« Schwärmerisch verdrehte sie die Augen.

»Von Manfred warst du anfänglich auch begeistert«, wandte Elke ein.

Barbara stutzte. »Aber nicht so. Das ist jetzt etwas ganz anderes.«

Elke zuckte mit den Schultern und lächelte sie warmherzig an. »Ich wünsche dir jedenfalls, dass Ulrich der Richtige für dich ist.«

Barbara fühlte sich plötzlich unwohl. »Zweifelst du daran?«

»Ich kenne ihn ja kaum. Aber ich wünsche es dir.« Ihre Freundin drehte das leere Glas auf dem Handteller und wirkte irgendwie unsicher, was Barbara von ihr gar nicht kannte.

»Weißt du etwas über ihn, was ich auch wissen sollte?«, insistierte sie nun voller Misstrauen.

»Nein.« Elke schenkte sich noch einmal nach.

»Ich dachte, Ulrich ist ein guter Bekannter von deinem Schwager«, fuhr sie mit prüfendem Blick fort. »Also, jemand von uns.«

»Das ist er ja auch. Zumindest laut Joachim.« Elke nahm Barbaras Hand und drückte sie. »Entschuldige bitte, aber wem soll man denn noch richtig trauen, wenn man jetzt so was von Manni hört.«

Im Stillen musste Barbara ihrer Freundin sogar recht geben und erzählte schließlich doch nichts von der Frau am See, die ihr immer noch im Kopf herumgeisterte.

DDR, Kleinmachnow / Weißensee / Müggelsee, Dienstag, 21. 2. – Sonntag, 26. 2. 1989

In der letzten Ferienwoche ging es Barbara ähnlich wie in der ersten: Sie wusste nicht so richtig, was sie mit der freien Zeit anfangen sollte. Niemals zuvor hatte ein Mann ihre Gedanken so sehr beherrscht wie Ulrich. Sie sehnte sich nach ihm. Nein, sie verzehrte sich geradezu – mit jedem Tag, an dem er sich nicht meldete, etwas mehr. Und das nach ihrer wunderschönen gemeinsamen Zeit! Hätte er sie nicht mal kurz anrufen können? Je unruhiger sie wurde, desto mehr kreisten ihre Gedanken um die blonde Frau. Gab es zwischen Ulrichs Schweigen und deren Auftauchen einen Zusammenhang?

Am Freitagnachmittag hielt sie es nicht länger aus. Sie lieh sich den Trabi ihrer Eltern und fuhr zum Pharmazeutischen Institut in Weißensee. Pünktlich zur Feierabendzeit wartete sie auf der gegenüberliegenden Straßenseite im Auto. Durch den strömenden Regen bot sich ihr nur ein verzerrtes Bild. Dennoch erkannte sie die Frau neben dem Tor auf Anhieb. Unter der Straßenlaterne leuchtete ihr Haar wie ein rotgoldener Helm. Obwohl die Standheizung lief, begann Barbara zu frieren. Sie schaltete die Scheibenwischer ein, beugte sich vor, um bessere Sicht zu haben. Dann rollte Ulrichs MZ aus dem Tor – und hielt an. Die Frau lief auf ihn zu, sie sprachen miteinander. Schließlich parkte Ulrich seine Maschine am Straßenrand und lief mit der blonden Frau zusammen unter deren Regenschirm auf einen grünen Wartburg zu. Als der Wagen losfuhr, konnte Barbara sein Kennzeichen erkennen. Er kam aus Halle an der Saale.

Der Pförtner des Institutes hatte längst das Tor wieder geschlossen, als Barbara aus ihrer Starre erwachte. Die Blonde konnte nur Alessia sein!

Barbara startete den Motor und bog in die Straße ein, in die die beiden gefahren waren. Nach etwa fünfhundert Metern entdeckte sie tatsächlich den Wartburg vor einer Gaststätte. Im Schritttempo fuhr sie an der Kneipe vorbei. Ulrich und seine Frau saßen an einem der beschlagenen Fenster. Sie steckten die Köpfe über dem Tisch zusammen, als würden sie über etwas höchst Vertrauliches reden. Kurz durchzuckte sie der Gedanke, anzuhalten und hineinzugehen. Doch dazu fehlte ihr der Mut. Noch nie hatte sie einem Mann nachspioniert.

Auf der Rückfahrt begann die Eifersucht in ihrer Brust zu brennen. Sie raubte ihr in der Nacht den Schlaf. Gedanken und Bilder prasselten auf sie ein wie die Regentropfen auf ihr Schlafzimmerdach. Sie stellte sich vor, wie Ulrich seiner Frau sein einzigartiges Lächeln schenkte, wie er sie in die Arme nahm, sie küsste ... Die Gedanken ließen ihr keine Ruhe. Energisch schüttelte sie den Kopf und öffnete die Augen. *Soll er doch,* sagte sie sich mit aufsteigender Wut auf sich selbst, weil sie mit einem ihrer Grundsätze, sich niemals mit verheirateten Männern einzulassen, gebrochen hatte. Zu ihrer Eifersucht gesellten sich nun auch immer mehr grundsätzliche Zweifel an Ulrichs Person, an seiner Vertrauenswürdigkeit, seiner Glaubwürdigkeit. Vielleicht arbeiteten er und Alessia ja beide für die Staatssicherheit. Vielleicht hatte Ulrich seine Teilnahme an der Umweltdemo bei den Buna-Werken nur erfunden, um auch ihr ein parteilinienfeindliches Geheimnis zu entlocken. Die Spitzel waren doch überall.

Sie wusste nicht mehr, was sie glauben sollte. Sie begann zu weinen. Sie weinte, weil über ihrer jungen Liebe bereits ein dunkler Schatten lag. Immer deutlicher kam ihr die Erkenntnis, dass es die Liebe in einem Staat, in dem keiner keinem trauen konnte, sehr schwer hatte.

An diesem Wochenende verkroch sich Barbara in ihrer Wohnung. Sie brauchte diesen Rückzug von der Welt – von ihren Eltern, ihren Freunden –, um das Erlebte zu verarbeiten. Alle lieben Worte wären ihr kein Trost gewesen. In der Stille ihrer vier Wände, die nur durch das Klopfen der Regentropfen gegen die Fensterscheiben unterbrochen wurde, erinnerte sie sich schmerzlich an die Stunden mit Ulrich, an den Spaß, den sie zusammen gehabt hatten, an die Gespräche, die sie geführt hatten, an Ulrichs glatte Haut unter ihren Händen, seinen warmen Atem zwischen ihren Brüsten, seinen Herzschlag an ihrem. Wie sollte sie aufhören, ihn zu lieben?

DDR, Kleinmachnow,
Montag, 27. 2. – Samstag, 4. 3. 1989

Wie nach den Ferien zum Jahreswechsel, wurde Barbara bereits auch an diesem Montagmorgen von Direktor Breitner in der Eingangshalle der Schule erwartet. Sie ahnte, was jetzt auf sie zukam.

»Mir ist zu Ohren gekommen, dass Herr Mattner unser Land verlassen hat«, eröffnete er das Gespräch, nachdem er sie in eine ruhige Ecke gezogen hatte. »Ich muss sagen, dass mich das ziemlich sprachlos macht.«

Was bei Ihnen ja nicht oft vorkommt, dachte sie, sagte aber nichts.

»Dass jemand seine Mitmenschen derart täuschen kann. Wir alle in der Partei haben ihm vertraut, manche haben sogar große Hoffnungen in ihn gesetzt, dass er einmal nach ganz oben kommen würde.« Breitner schüttelte sein ergrautes Haupt. »Und dann so was.« Sein Blick traf ihren. »Wussten Sie davon?«

Sie musste lachen. *Welch eine bescheuerte Frage!* Als ob sie das jetzt zugeben würde.

»Das hat mich schon die Staatssicherheit gefragt. Natürlich nicht.«

»Natürlich nicht«, beeilte sich der Direktor zu wiederholen, der ihr an diesem Morgen so umgänglich wie selten erschien. Er trat einen Schritt näher an sie heran, beugte sich an ihr Ohr und sagte mit unterdrückter Stimme: »Ich lege Ihnen nochmals nahe, in die Partei einzutreten. Das wird Ihnen in Zukunft mancherlei Unannehmlichkeiten ersparen, gerade in Anbetracht dieser Sache.«

Barbara straffte sich. Mit einem freundlichen Lächeln erwiderte sie mit ebenso unterdrückter Stimme: »Dass die Parteizugehörigkeit offensichtlich kein Garant dafür ist, Staatstreue zu empfinden, haben wir doch gerade am Beispiel von Herrn Mattner gesehen.«

Direktor Breitner trat zurück, in ihm schien es zu arbeiten. Dann nickte er mit zerstreuter Miene und verabschiedete sich schnell. Erstaunt blickte sie ihm nach. So kannte sie ihren Chef gar nicht. Hatte er etwa inzwischen auch Zweifel an der Partei und der Integrität seiner Genossen?

In dieser Woche herrschte das feuchte, dunkle Wetter, das so gut zu Niederlagen und traurigen Liebesgeschichten passte. Barbara kämpfte sich durch die Tage, mit einer Zentnerlast auf den Schultern und einer schmerzenden Leere im Herzen.

Das merkten sogar ihre Schüler. »Geht es Ihnen nicht gut?«, fragte Jens sie. »Sie sehen so traurig aus.«

Für diese Feinfühligkeit hätte sie ihn am liebsten in die Arme genommen. Um ihn ihre aufsteigenden Tränen nicht sehen zu lassen, drehte sie sich rasch um und erwiderte: »Alles in Ordnung.« Eine solche Vertrautheit zwischen Lehrer und Schüler war nicht gern gesehen.

Erst abends ließ sie bei den Liedern von Leonard Cohen ihren Tränen freien Lauf. Und jeden Abend fragte sie sich, wie sie am nächsten Tag wieder unterrichten und so tun sollte, als wäre alles in Ordnung. Ulrich meldete sich nicht mehr. Dass er so feige war, hätte sie ihm niemals zugetraut. Immer wieder musste sie an ihre erste Begegnung auf der Silvesterparty denken. Er hatte Stärke, Ruhe und Selbstbewusstsein ausgestrahlt. Da war nichts von Feigheit und Schwäche zu ahnen gewesen.

Und nach jeder Nacht, in der sie der Schmerz umtrieb, wusch sie sich morgens die geschwollenen Augen mit eiskaltem Wasser und fuhr mit dem Fahrrad zur Arbeit.

Als sie nach der ersten Arbeitswoche Samstagmittag aus dem Schulgebäude trat, zeigte sich erstmals wieder die Sonne. Überrascht blieb sie auf der Treppe stehen und blinzelte in die hellen Strahlen, die sich während des Vormittags durch die Wolkendecke gekämpft und den Himmel freigeputzt hatten. Sie wärmten ihr Gesicht. Laue Luft umfächelte ihre Wangen. Barbara schloss die Augen und hob schnuppernd die Nase. Es lag etwas in der Luft. Eine verheißungsvolle Leichtigkeit. Eine Vorahnung des Frühlings?

Auf dem Nachhauseweg fiel ihr auf, dass der farblose Trabi fehlte, der ihr seit Manfreds Flucht stets im Abstand von wenigen Metern gefolgt war. Hatte die Stasi aufgegeben? Erleichterung schlich sich in ihr Herz. Als sie jedoch in ihre Straße einbog, stockte ihr der Atem. Vor dem Haus ihrer Eltern blitzte ihr eine schwarze MZ entgegen. Das silberne Monogramm *UD* auf dem glänzenden Tank verriet ihr, wem die Maschine gehörte. Ulrich war weit und breit nicht zu sehen. Sie hielt an, sah sich um. Was hatte das zu bedeuten? Was wollte er von ihr?

Mit hämmerndem Herzen radelte sie weiter, stellte das Fahrrad neben ihrer Wohnungstür ab und schloss auf. Ihre Hände fühlten sich steif und klamm an. Ihr Puls raste. Mit innerem Zittern blieb sie in ihrem kleinen Flur stehen, horchte auf die Geräusche draußen, wartete. Es dauerte nicht lange, bis sie ruhige, feste Schritte auf dem Kies vernahm. Dann klingelte es – und sie standen sich gegenüber.

»Lässt du mich rein?« Diese Stimme! Dieser eindringliche Blick aus den graugrünen Augen, der bis in ihre Seele zu dringen schien. Dieses Lächeln, in das sie sich auf Anhieb verliebt hatte. Wie vertraut ihr dieser Mann war! Wie nah sie sich ihm immer noch fühlte!

Stumm trat sie zur Seite. Sie wagte nicht zu sprechen, aus Angst, ihr könnte die Stimme versagen. Ulrichs Duft stieg ihr in die Nase, als er an ihr vorbei ins Wohnzimmer ging.

»Deine Eltern waren so nett und haben mir Kaffee angeboten«, sagte er, als er mitten im Raum stehen blieb. »Ich wusste ja nicht, wann du Schulschluss hast.«

»Warum bist du gekommen?«, brachte sie schließlich hervor. Wie sie selbst hörte, klang sie sehr distanziert.

Sein Blick ruhte auf ihrem Gesicht, forschend und misstrauisch zugleich. »Ich will die Wahrheit wissen. Ich brauche Klarheit.«

Wie bitte? »Ich auch.«

Seine dunklen Brauen schnellten hoch. Ein erstaunter Ausdruck trat in seine Augen.

Herausfordernd hob sie das Kinn. »Ich will wissen, wer diese blonde Frau ist. Die, die wir zusammen im Wald in der Nähe deiner Datsche gesehen haben; die, die vor einer Woche vor dem Pharmazeutischen Institut auf dich gewartet hat.« Und bevor Ulrich hätte zu Wort kommen können, fuhr sie mit bebender Stimme fort: »Nicht dass du denkst, ich hätte dir nachspioniert. Ich wollte nur mit dir reden, weil du dich nicht mehr bei mir gemeldet hast. Und da habe ich dich mit ihr zusammen gesehen. Und eigentlich ist damit auch alles klar. Du bist wieder mit Alessia zusammen.«

Ulrich sah angestrengt aus. Mit einer knappen Kopfbewegung wies er auf das Sofa. »Darf ich mich setzen?«

Sie nickte, überlegte kurz, ob sie ihm etwas zu trinken anbieten sollte, beschloss dann jedoch, auf solch höfliches Beiwerk zu verzichten.

»Von welcher Wahrheit redest du? Was willst du eigentlich wissen?« Immer noch stand sie mitten im Zimmer und hatte nicht vor, sich zu ihm zu setzen.

Er legte den Kopf in den Nacken, wobei er sich mit beiden Händen das Haar aus der Stirn strich. Dann sah er sie an und lachte kurz auf, ein seltsames Lachen ohne jeden Humor. »Warum hast du mir nicht erzählt, dass Manfred Mattner in den Westen geflohen ist?«

Ihr stockte der Atem. Von wem wusste er das? Klar, von seiner Frau! Wenn sich Alessia wieder für ihren Ehemann interessierte, wusste sie natürlich auch von seiner Affäre mit ihr. Als leidenschaftliche Parteigenossin und Richterin hatte sie bestimmt einen guten Draht zur Stasi und Erkundigungen über sie eingeholt.

»Alessia hat es mir erzählt«, bestätigte Ulrich nun auch prompt ihren Verdacht.

»Wer sonst.«

»Alessia meint, dass ich für dich nur ein Alibi bin. Dass du nur Zeit verstreichen lassen willst, um deinem Freund in den Westen zu folgen.«

Sie griff sich an die Stirn. Unglaublich! Alessia nutzte die Meinung der Stasi für ihren persönlichen Vorteil, um zwischen Ulrich und ihr Zwietracht zu säen. Sie musste sich räuspern, um ihrer Stimme einen festen Ton zu geben. »So, das meint sie also.

Ja, das meint auch die Staatssicherheit«, sagte sie dann, während sie ihm fest in die Augen sah. »Was mich ziemlich überrascht und auch sehr enttäuscht, ist, dass du diese Meinung einfach so übernimmst. Du hättest dich ja auch nach unseren gemeinsamen Tagen bei mir melden und mich fragen können.«

Ulrich hielt ihren Blick fest. »Mich interessiert nur deine Antwort. Was bin ich für dich? Und warum hast du mir Manfreds Flucht verschwiegen?«

Was bin ich für dich? Saß Ulrich hier, weil ihm die Beziehung zu ihr wichtig war? Sie nahm allen Mut zusammen und antwortete: »Du bist der Mann, in den ich mich verliebt habe. Und ich habe dir nichts von Manfreds Flucht erzählt, weil ich die Tage mit dir dadurch nicht belasten wollte.«

»Wusstest du, dass er fliehen wollte?«

Sie biss sich auf die Lippe, zögerte. Schließlich nickte sie entschlossen. »Ja, aber der Stasi gegenüber habe ich das natürlich nicht zugegeben. Seither beschatten die mich. Nur heute habe ich sie noch nicht gesehen«, fügte sie mit mattem Lächeln hinzu.

»Und ich hatte gedacht, die Stasi wäre mir auf den Fersen. Dass Alessia sie auf mich angesetzt hätte, um über mein Leben Bescheid zu wissen. Der weiße Lieferwagen, der Mann mit dem Fotoapparat an der Ketwurstbude …«

»Warum hast du mir nicht gesagt, dass die Frau im Wald deine Noch-Ehefrau war?«

»Ich habe sie wirklich nicht erkannt. Ich hatte sie ein Vierteljahr nicht mehr gesehen und bin total überrascht, wie sehr sie sich in der kurzen Zeit verändert hat.« Sein offener Blick versicherte ihr, dass er die Wahrheit sagte.

Sie fing diesen Blick ein und hielt ihn fest. »Ich habe dir jetzt die Wahrheit gesagt, aber was ist mit dir? Und mit Alessia? Seid ihr wieder zusammen?« So souverän ihr die Frage auch über die Lippen gekommen war, so hätte sie sich jetzt am liebsten aus Angst vor der Antwort die Ohren zugehalten.

»Jetzt setz dich doch mal«, sagte Ulrich mit seiner rauen und zugleich samtenen Stimme, die sie so vermisst hatte. Dabei deutete er auf den Platz an seiner Seite.

Sie konnte nicht anders. Sie setzte sich neben ihn aufs Sofa, und da sie nicht wusste, wohin mit ihren Händen, verschränkte sie ihre Finger so fest, dass die Knöchel weiß hervortraten. Mit angehaltenem Atem wartete sie darauf, dass Ulrich ihr endlich eine Antwort geben würde.

»An dem Samstag, als wir Alessia am Müggelsee gesehen haben, hat sie eine Freundin in Berlin besucht. Auf dem Hinweg wollte sie mal schauen, wo ich wohne. Da hat sie uns beide gesehen und hatte plötzlich keinen Mut mehr, sich zu erkennen zu geben. Ihr Freund ist zu seiner Ehefrau zurückgegangen. Sie ist einsam und dachte sich, sie und ich könnten vielleicht noch einmal einen Neuanfang starten. Sie ist von ihrem Freund schwanger.«

»Und sucht nun einen Vater für ihr Kind«, kam es ihr tonlos über die Lippen, während sich in ihrem Inneren ein schwarzer Abgrund auftat.

Ulrich lächelte schwach. »Ich konnte ihr klarmachen, dass es für sie und mich keinen Neuanfang geben wird. Dass ich mich in dich verliebt habe. Sie hat mir einreden wollen, ich wäre für dich nur ein Alibi, damit du aus der Schusslinie der Staatssicherheit herauskommst – bis zu deiner Flucht in den Westen.

Als ich ihr sagte, dass ich auch unabhängig von unserer Beziehung nicht mehr zu ihr zurückkehren würde, ist sie ziemlich wütend geworden.« Sein Blick bat um Verständnis, als er weitersprach: »Natürlich nagten Alessias Worte an mir. Ich glaube, ich habe schon erwähnt, dass sie sehr überzeugend sein kann. Und du hast mir Manfreds Flucht verschwiegen. Natürlich habe ich mich gefragt, warum. Wir waren uns in diesen Tagen doch so nah.« Ulrich lehnte sich zurück, als wäre er erleichtert darüber, nun alles losgeworden zu sein.

Noch nie hatte er so viel und so lange gesprochen. Ja, jetzt hatten sie einander die Wahrheit gesagt. Ulrich war in sie verliebt und sie in ihn. Nur das zählte. Weder Alessia noch Manfred hatten in ihrer Beziehung etwas zu suchen.

Trotzdem rumorte da noch eine letzte Frage in Barbara. »Bist du sicher, dass Alessia jetzt Ruhe geben wird?«

Er sah ihr mit diesem besonderen Lächeln in die Augen. »Das kann ich dir nicht versprechen, aber ausschlaggebend ist doch nur, wie wir beide zueinander stehen. Ich will dich. Und wenn ich mich gerade nicht verhört habe, willst du mich auch.« Sein Lächeln vertiefte sich. Dabei glitt sein Blick zärtlich über ihr Gesicht. »Lass es uns miteinander versuchen. Wir haben doch schon einen guten Anfang hingelegt. Komm!« Seine Stimme klang warm und sanft. Er stand auf und zog sie an der Hand hoch. Dabei ließ sein Blick sie nicht los.

Da wusste sie, mit ihrem ganzen Innern, dass sich in ihrem Leben gerade etwas änderte, dass es von diesem Moment an unwiderruflich einen neuen Verlauf nehmen würde. Ulrich küsste sie und drückte sie so fest an sich, dass sie das Gefühl hatte, ihre beiden Herzen würden zu einem verschmelzen.

DDR, Ostsee, Ostern, 24.3.–26.3.1989

Der Frühling war in diesem Jahr ungewöhnlich früh gekommen – viel zu früh, um der Leichtigkeit und Heiterkeit, die in der Luft lagen, zu trauen. Doch darüber machte sich Barbara keine Gedanken, während sie sich an Ulrichs Rücken schmiegte. Hinter ihr lagen drei wunderbare Wochen, in denen sich ihre Beziehung gefestigt hatte – ohne Stasi, ohne Alessia –, und vor ihnen drei Tage und Nächte an der Ostsee. Barbaras Herz jubelte zusammen mit den Vögeln in den Bäumen der langen Alleen, die zum Meer führten. Auf den Feldern zu beiden Seiten der schnurgeraden Kopfsteinpflasterstraße rasteten Kraniche auf ihrem Weiterflug in den Norden. Über ihnen spannte sich ein leuchtender Himmel. Die Sonne ließ die Straße erstrahlen, als wollte sie den beiden Verliebten versichern, auf dem richtigen Weg zu sein. Je näher sie der Ostsee kamen, desto mehr mischte sich in den Duft von fruchtbarer Erde eine salzige Brise.

Dann hatten sie ihr Ziel erreicht. Vor ihnen lag das Meer, das in der Ferne mit dem Horizont zu einer blaudunstigen Linie verschmolz. Seine Farbe wechselte mit dem Wind, der mit ihm spielte. Wellen türmten sich auf und brachen am Ufer. Linker Hand erstreckte sich ein scheinbar endloser Sandstrand, und rechts von ihnen begann die Steilküste – schroff, zum Meer abfallende Wände aus lehmiger Erde.

»Wunderschön«, schwärmte Barbara versonnen.

»Jetzt zeige ich dir etwas noch Schöneres«, sagte Ulrich und wendete das Motorrad.

Er fuhr bis zu einem Kiefernwald. Von dort aus gingen sie zu Fuß weiter. Sie bogen in einen schmalen Pfad ein, der bergauf führte. Bald ging der Wald in eine Wiese über, die sich bis zur Kuppe der Klippe zog. Hand in Hand liefen sie hinauf, stolperten lachend über Grasbüschel und kamen atemlos oben an. Hier pfiff ihnen eine steife Brise um die Ohren. Unter das Pfeifen des Windes mischten sich die Schreie der Seeschwalben, die in der Steilwand nisteten.

Barbara kam sich vor wie auf dem Dach der Welt. An Ulrichs Hand wagte sie einen Blick über die Grasnarbe hinweg nach unten. Hier traf das Meer tosend aufs Land. Die Luft roch salzig und klar. Ulrich zog sie ins Gras. Ganz nah neben ihm sitzend lauschte sie der Melodie des Meeres, die sie in einen unwirklichen Zustand versetzte, in dem sie nichts mehr dachte. Sie nahm die Landschaft um sich herum mit allen Sinnen auf, fühlte sich eins mit dem Wind, dem Wasser und dem Himmel und eine tiefe Ruhe in sich.

»Das Meer setzt dem Auge keine Grenzen. Es erlaubt dir den Blick in die Ewigkeit«, sagte Ulrich irgendwann. »Es ist wie ein Bildnis der Freiheit.«

»Liebst du diesen Ort deshalb? Weil du hier die Freiheit spüren kannst?«

»Ja, und auch wegen der archaischen Natur und der Musik des Meeres – wegen dieses Liedes, das alle Zeiten überdauert und sich nie verändert. Ganz gleich, wie dein Leben verläuft.«

Sie legte den Kopf auf seine Schulter.

Ulrich küsste sie auf die Stirn. »Du bist die erste Frau, die ich hierher mitgenommen habe.«

Sie nahm seine Hand fest in ihre und drückte sie. Seine

große, warme Hand versicherte ihr, genau hierhin zu gehören, an seine Seite – so lange wie das Meer sein Lied sang.

Nachdem sie eine Weile in innigem Schweigen in die Ferne geschaut hatten, kam ihr die Frage in den Sinn: »Hast du dir nie mal gewünscht, in den Westen zu reisen? Nach Frankreich oder Italien?«

»Doch.«

Überrascht sah sie ihn von der Seite an. »Wohin?«

»San Francisco. Dort wollte meine Mutter immer hin. Zur Flower-Power-Zeit. Damals war ich zehn.« Sein Blick hing mit traurigem Ausdruck am Horizont. Dann begann er leise zu singen: »*If you are going to San Francisco* …« Er sah sie an. »Kennst du den Song von Scott McKenzie? Meine Mutter hat ihn damals auf Kassette aufgenommen und ständig abgespielt.«

Sie schüttelte den Kopf. »Hat sie sich nach ihrer Flucht ihren Traum erfüllen können?«

»Nein. Zumindest hat sie es in ihren Briefen nie erwähnt.«

»Wie hast du zu ihr gestanden?«

»Ich habe sie geliebt. Sehr sogar.«

»Bist du denn dann nicht wütend auf sie gewesen, als sie gegangen ist?«

»Nein. Wir haben vorher darüber geredet. Ich war ja schon zwanzig, hatte bereits eine eigene Bude, verdiente mein eigenes Geld, und mein Vater war nicht gerade einfach. Irgendwie habe ich sie sogar verstanden.« Ulrich löste sich aus ihrer Umarmung und stand auf. »Komm! Vergiss San Francisco! Lass uns ein Zimmer suchen.«

Das war war gar nicht so einfach. Es war Ostern, und so viele Privatvermieter gab es nicht am Darß. Die beiden wurden schließlich außerhalb von Ahrenshoop fündig. Das kleine Haus mit dem Schild *Zimmer frei* an dem wackeligen Holzzaun lag abseits der Straße inmitten einer Wiese. Seine abgeblätterte Fassade und sein zerzaustes Reetdach zeugten davon, dass es schon so manchem Sturm getrotzt hatte. Die gelben Veilchen auf den Fensterbänken schienen die beiden willkommen zu heißen – genauso wie die Hauseigentümerin, eine rundliche Frau mit wettergegerbtem Gesicht, strahlend blauen Augen und einem ebenso strahlenden Lächeln.

»Meinetwegen könnt ihr das Wochenende hierbleiben, aber ich sage euch gleich, Frühstückseier gibt's keine«, kündigte sie an. »Die habe ich gestern alle an den HO-Laden im Dorf verkauft. Dafür kann ich euch aber zum Nachmittagstee den Schokoladenkuchen anbieten, den ich gerade im Ofen habe.«

Barbara lächelte sie an. »Das klingt doch wunderbar.«

Das Häuschen lag zwischen Ostsee und Bodden. Aus den Zimmerfenstern im ersten Stock konnte man sogar ein Stück vom Meer sehen.

»Wie sauber alles ist«, stellte Ulrich zufrieden fest.

»Und so gemütlich eingerichtet. Ein richtiges Liebesnest.« Barbara zwinkerte ihm verschwörerisch zu.

»Liebesnest?«, fragte Ulrich mit betont ungläubiger Miene. »Also, das möchte ich aber ganz genau wissen.« Er streckte die Hand nach ihr aus und zog sie in seine Arme. Ein dunkler Glanz war in seinen Augen. Er verriet ihr, dass er sich nach der langen Fahrt jetzt genauso nach körperlicher Nähe sehnte wie sie. Sie legte die Arme um seinen Nacken, als er sie auch schon küsste. Während ihre Lippen miteinander verschmolzen, begriff sie, dass diese Beziehung etwas Einzigartiges war. Ja, sie liebte Ulrich. Zum ersten Mal in ihrem Leben erfuhr sie, wie es sich anfühlte zu lieben. Allein dafür war sie ihm und dem Schicksal unendlich dankbar.

Der Morgenhimmel am Samstag war wolkenlos heiter. Er versprach einen weiteren schönen Frühlingstag. Als Barbara und Ulrich nach dem Frühstück vors Haus traten, begrüßte sie eine glasklare, prickelnde Luft. Sie wanderten landeinwärts durch die Boddenwiesen, in deren frischem Grün der Frühlingswind weiche Wellen zeichnete, aßen in dem kleinen Boddenhafen Räucherfisch, wo behäbige Zeesenboote mit den für sie so typischen braunen Segeln an verwitterten Stegen schaukelten. Nachmittags fuhren sie ans Meer. Am Abend gaben sie sich ihrer Liebe hin.

Am nächsten Tag wurde Barbara in den frühen Morgenstunden von Ulrichs zärtlichen Küssen geweckt. »Aufstehen, meine Schöne«, hörte sie ihn sagen.

Sie blinzelte in die Dunkelheit. »Es ist doch noch Nacht«, murmelte sie verwirrt.

Er lächelte sie zärtlich an. »Frühmorgens. Genau die richtige Zeit, um ans Meer zu gehen.«

Plötzlich war sie hellwach und saß aufrecht im Bett. »Etwa zum Eisschwimmen?«

Ulrichs Antwort war ein herzliches Lachen. »Um Bernstein zu suchen. Wenn man an der Ostsee ist, muss man Bernstein suchen.«

»Mitten in der Nacht?«

»Heute Nacht kam der Wind aus Nordwest. Bernsteinwind.«

Ein paar Minuten später schon liefen die beiden in ihren dicken Parkas an den Strand.

»Die richtigen Bernsteinfischer tragen Gummihosen und haben Netze an langen Stielen bei sich, um den Bernstein aus dem Wasser zu fischen«, erzählte Ulrich. »Der meiste Bernstein bleibt nämlich im Meer. Aber vielleicht haben wir ja Glück. März ist noch eine gute Zeit. Das Wasser muss kalt sein. Dann hat es eine höhere Dichte und spült den Bernstein leichter ans Land.«

Über der Ostsee hingen noch die Schwaden der Nacht, aber ein schmaler, orangeroter Streifen am Himmel über dem Bodden kündigte bereits den Aufgang der Sonne an. Es wurde sehr schnell heller. Ein böiger Wind trieb den Sand landeinwärts. Ulrich zeigte auf die Ablagerungen am Wellensaum. »In solchen Haufen aus Algen, Tang und Treibholz musst du suchen«, rief er gegen den Wind an.

Barbara machte es ihm nach und hatte bald schon Erfolg. Sie fischte einen walnussgroßen, flachen Stein aus dem Schaum. Wäre er nicht viel zu leicht für einen Kieselstein gewesen, hätte sie ihn sicherlich zurück ins Meer geworfen. Doch so betrachtete sie ihren Fund genauer. Seine Kanten waren verkrustet, aber in der Mitte war er durchsichtig wie honiggelbes Harz. In seinem Zentrum entdeckte sie etwas Dunkelbraunes. Sie konnte es nicht glauben: Das goldene Harz hatte irgendwann einmal, vor vielen Jahrtausenden, einen Marienkäfer gefangen und in sich eingeschlossen. Im aufgehenden Licht des neuen Tages war er ganz deutlich zu erkennen. Völlig unbeschadet, wie lebendig.

»Das ist ja …« Ungläubig lachte sie auf, während sie den Stein ins Licht hielt.

»Ja, das ist wie ein Wunder«, stimmte Ulrich ihr zu. Er sah sie an und lächelte dann. »Das kann wirklich nur dir passieren. Du bist eben etwas ganz Besonderes.«

»*Uns*«, verbesserte sie ihn. »Das kann nur *uns* passieren, weil wir so glücklich miteinander sind.« So vorsichtig, als wäre er zerbrechlich, legte sie den Bernstein in ihre Handfläche und deckte ihn mit der anderen Hand schützend zu.

Ulrich legte den Arm um sie. »Ich wusste schon immer, dass dieser Ort ein ganz besonderer ist.«

»Und von nun an soll es *unser* Ort sein«, bat sie ihn. »Versprich mir, dass wir uns hier immer wiederfinden werden, ganz gleich, was passiert.«

»Ich verspreche es dir.«

Eng umschlungen gingen sie zurück zur Pension. Auf der Wiese, in der der Morgentau in der Sonne glitzerte, blieb Barbara stehen. Sie wollte innehalten, wollte die Zeit anhalten. Eng an den Mann geschmiegt, den sie liebte, schaute sie hoch zu dem gläsernen, endlosen Himmel, der so viel Raum zum Träumen ließ. Unter ihren Füßen spürte sie die Erde mit dem jungen Gras, die ihr Bodenhaftung schenkte, und in ihren Händen hielt sie den Bernstein als Garant ihres Glücks. Diesen Moment wollte sie zur Ewigkeit werden lassen, hätte ihn am liebsten selbst in honiggelbes Harz gegossen, um ihn über alle Zeiten hinweg zu konservieren. Sie war sich nur allzu bewusst, dass das Leben eine launenhafte Diva war und bald schon alles anders sein konnte.

DDR, Kleinmachnow, Mittwoch, 29.3.1989

Als Barbara und Ulrich am Ostersonntag wohlbehalten in Kleinmachnow ankamen, luden Barbaras Eltern die beiden zum Osterkaffee ein. Ulrich begann begeistert von ihrem Kurzurlaub zu erzählen, und Barbara hörte ihm mit leuchtenden Augen zu. Ulrich verstand sich gut mit ihren Eltern, auch mit Elke und Wolf und mit Michael und Roman – und sie liebten sich. Sie war rundherum glücklich.

Eingehüllt in ihren Kokon aus Liebe war Barbara gar nicht überrascht, als Ulrich dann Mittwochabend unangekündigt vor ihrer Haustür stand. Sie fiel ihm um den Hals und zog ihn in den Flur. Als sie ihn nach Tagen und Nächten voller Sehnsucht jetzt küssen wollte, hielt Ulrich sie auf Abstand. Verwirrt sah sie ihn an.

Er lächelte, zuckte verlegen mit den Schultern. »Können wir ins Wohnzimmer gehen?«

Mit einem Mal fröstelte ihr. Sie ahnte, dass etwas geschehen sein musste. Und dass es nichts Erfreuliches war.

»Ich fahre morgen nach Heidelberg«, begann Ulrich mit rau klingender Stimme.

Heidelberg? Das lag doch im Westen!

Sie zog die Stirn zusammen. »Nach Heidelberg?«

»Ja, du hast richtig gehört. Zu dem Pharmaziekongress. Ich habe es eben erst erfahren. Morgen früh um acht Uhr geht mein Zug. Mein Professor ist krank geworden. Er hat mich gebeten, für ihn einzuspringen. Wir haben ja gemeinsam an dem Projekt gearbeitet. Ich soll es dort für ihn präsentieren.«

Als wäre sie gegen eine Mauer gerannt, schüttelte sie benommen den Kopf. »Du sollst in den Westen fahren?«, brachte sie schließlich voller Unglauben hervor.

»Professor Baumann bürgt für mich, dass ich auch wiederkomme. Die Institutsleitung scheint eingesehen zu haben, dass außer mir niemand aus der Fakultät den Vortrag halten kann. Wir wollen uns auf dem Kongress ja nicht vor den westlichen Kollegen blamieren.«

»Tja … Was soll ich dazu sagen?« Hilflos lächelte sie ihn an.

»Ich weiß auch noch nicht so richtig, was ich davon halten soll«, gab Ulrich mit schiefem Lächeln zu. »Das kommt alles so plötzlich. Ich habe zu wenig Zeit, um mich an den Gedanken zu gewöhnen, morgen zum ersten Mal in den Westen zu reisen.«

»Dass die dich überhaupt fahren lassen. Deine Mutter ist damals geflohen. Dein Vater hat sich geweigert, in einer der Polikliniken zu arbeiten. Du bist konfirmiert und bei der Demo zu den Buna-Werken verhaftet worden.« Verständnislos schüttelte sie den Kopf. Doch gleich darauf kam ihr in den Sinn: »Oder hat etwa Alessia wieder ihre Beziehungen spielen lassen?«

Ulrich sah sie mit großen Augen an. »Wie kommst du denn jetzt auf die?«

Unwirsch blies sie sich eine Strähne aus der Stirn. »Das weiß ich auch nicht, aber das wäre immerhin eine Erklärung. Schließlich bist du immer noch mit einer leidenschaftlichen

Genossin verheiratet, die sich bestimmt für deine politische Integrität verbürgen würde, wenn sie dich dadurch zurückgewinnen könnte.«

Ulrich fuhr bei ihren Worten zurück, als hätte sie Feuer gespuckt. Seine Miene verfinsterte sich. »Was soll das, Barbara? Ich dachte, mit diesem Thema wären wir durch.«

Sie griff sich an die Stirn. Ja, damit waren sie durch. Wie war sie jetzt bloß darauf gekommen?

Da machte er einen Schritt auf sie zu und legte beide Hände auf ihre Schultern. »Ich bin doch genauso durcheinander wie du«, begann er in versöhnlichem Ton. Dabei wurde sein Blick wieder weicher. »Was bedeutet das schon? In drei Tagen bin ich zurück. Würden wir in Westdeutschland leben, und ich müsste zum Beispiel zu einem Kongress nach Amsterdam, wäre das ganz normal.«

Sie nickte zögerlich: »Aber wir leben nun mal in der DDR, aus der man normalerweise nicht so einfach ins kapitalistische Ausland reisen kann.«

»Ich mache ja keinen Urlaub in Heidelberg, sondern vertrete dort das Pharmazeutische Institut unseres Landes. Das ist etwas anderes.«

»Es hat schon Sportler gegeben, die haben auf einer Olympiade im kapitalistischen Ausland auch die DDR vertreten und sind dann dageblieben.«

Da lächelte Ulrich sein Lächeln. »Alles, was ich brauche, um glücklich zu sein, ist hier. *Du* bist hier. Ohne dich möchte ich nirgendwo auf der Welt sein.«

Da fielen alle Zweifel von ihr ab. Sie umarmte und küsste ihn voller Leidenschaft. Als sich Ulrich weit nach Mitternacht von ihr verabschiedete, drückte sie ihm etwas in die Hand. Erstaunt sah er sie an. »Der Bernstein?«

»Nimm ihn mit in den Westen«, bat sie ihn. »Er gehört zu uns, zu unserer Liebe. Und bring ihn wieder nach Hause.«

»Versprochen. Am Sonntagabend um sieben Uhr Bahnhof Friedrichstraße.« Er lächelte sie an. »Holst du mich ab?«

»Versprochen.«

Teil 2

DDR, Ostberlin, Sonntag, 2. April 1989

Bei trübem, kühlem Wetter machte sich Barbara an diesem Sonntag viel zu früh zum Bahnhof auf. Sie konnte es nicht erwarten, Ulrich wiederzusehen. Im Schritttempo fuhr sie an den mit Gepäck beladenen Menschen vorbei, die auf den Bahnhofseingang zuliefen. Zwischen zwei Ladas fand sie eine Parklücke. Jetzt hieß es warten. Die Tage ohne Ulrich waren ihr lang vorgekommen. Er hatte sich nicht gemeldet, womit sie aber auch gerechnet hatte. Jeder wusste, dass die Telefonleitungen zwischen den beiden Teilen Deutschlands rar waren. An manchen Tagen kam man sogar überhaupt nicht durch.

Als der große Zeiger ihrer Armbanduhr sich auf die Zwölf zubewegte, ließ sie den Bahnhofsausgang nicht mehr aus den Augen. Mit hämmerndem Herzen beobachtete sie, wie die Menschen herausströmten. Einige fielen den davor Wartenden in die Arme, andere gingen zielstrebig auf die Taxen zu. Inzwischen hatte es zu regnen angefangen. Immer wieder schaltete Barbara den Scheibenwischer an, um klare Sicht zu haben. Und immer wieder warf sie einen Blick auf ihre Uhr, die ihr sagte, dass Ulrichs Zug längst eingetroffen sein musste. Nach zwanzig Minuten hielt sie es nicht mehr länger im Auto aus. Hatte sie Ulrich etwa verpasst? Hatte sie ihn übersehen? Unmöglich! Der Zug musste Verspätung haben.

Entschlossen ging sie ins Bahnhofgebäude und sprach den

erstbesten Schaffner an. Sie hatte Glück: Er wusste Bescheid.

»Der Zug ist plangemäß angekommen«, teilte er ihr mit. »Aber bis elf Uhr heute Nacht kommen noch zwei weitere aus dieser Richtung.«

»Danke.« Ihr Lächeln fühlte sich matt an. Vielleicht hatte Ulrich irgendwo umsteigen müssen und den Anschlusszug verpasst? Sie setzte sich wieder in den Wagen und wartete weiter. Aber auch der letzte Zug aus der Rhein-Neckar-Region brachte ihr Ulrich an diesem Abend nicht zurück.

»Was machst du denn hier?« Michaels braune Augen sahen sie groß an.

»Du bist der Einzige, der um diese Uhrzeit noch wach ist«, erwiderte Barbara. »Und der Einzige, außer Elke, mit dem ich jetzt reden kann.«

»Setz dich.« Ihr Jugendfreund zeigte auf das Cordsofa mit den vielen bunten Patchworkkissen, das ihm auch als Bett diente. »Wodka?«

Sie nickte nur, zog die Stiefel aus, schlug die Beine unter und die Arme um sich. Sie fror, obwohl es in dem großen Zimmer hinter dem Buchladen wie immer wohltuend warm war. Der Bollerofen knisterte, in der Luft hing der würzig-süße Duft von Pfeifentabak, und auf den plattgetretenen Flokatiteppichen herrschte ein gemütliches Durcheinander von Büchern und Zeitschriften.

»Er ist also aus dem Westen nicht zurückgekommen«, sagte Michael, als er ihr den Wodka reichte, den sie mit einem Schluck hinunterstürzte.

»Vielleicht hat er ja den Zug verpasst«, überlegte Michael.

»Das kann ich mir nicht vorstellen. Ulrich muss morgen wieder pünktlich im Institut sein. Er weiß ganz genau, dass diese Reise ein Privileg war. Sein Professor hat sich für seine staatsbürgerliche Gesinnung verbürgt. Ich bin mir sicher, er würde ihn niemals enttäuschen und in Schwierigkeiten bringen und einfach länger bleiben.«

Michael sah sie ruhig an. »Es sei denn, er hatte von vornherein nicht vor, zurückzukommen.«

»Also bitte ...« Voller Empörung sprang Barbara auf. »Das würde ja bedeuten, dass er mich gar nicht wiedersehen will, dass ich ihm nichts bedeute. Wir lieben uns. Ulrich liebt mich«, wiederholte sie, wobei sie jedes einzelne Wort betonte. »Er liebt unser Land. Er will mit mir hier leben. Außerdem warst du doch derjenige, der gesagt hat, ich könne ihm vertrauen. Ulrich ist anders als Manfred«, fügte sie noch mit Nachdruck hinzu, bevor sie sich wieder aufs Sofa fallenließ.

Michael hielt ihr die Wodkaflasche hin. »Noch einen?«

Sie schüttelte den Kopf. Michael nahm seine Pfeife und zündete sie wieder an. Während er dem Rauch nachsah, fuhr er fort: »Vielleicht habe ich mich in ihm getäuscht. Wahrscheinlich würde manch einer, der ansonsten absolut vertrauenswürdig ist, eine solch einmalige Gelegenheit nutzen, um sich im Westen ein neues Leben aufzubauen. In einem Land, in dem man freier leben kann als bei uns.«

»Sind das Romans Worte?« Barbara hörte selbst, wie aggressiv sie klang.

Michael zuckte lässig mit den Schultern. »Roman hat nicht unrecht.«

»Was weiß Roman denn schon über unser Land?«

»Er hat einige Artikel über die DDR veröffentlicht.«

»Aber Ulrich würde das nicht machen.« Sie sah ihn herausfordernd an. »Da bin ich mir ganz sicher.«

Wieder zuckte er mit den Schultern, paffte seine Pfeife: »Vielleicht ist er ja auch krank geworden, oder es ist irgendetwas anderes passiert.«

»Aber dann hätte er mich doch benachrichtigt.«

»An deiner Stelle würde ich morgen früh im Institut anrufen«, riet Michael ihr mit warmherzigem Lächeln. »Die wissen bestimmt Bescheid. Und dann sagst du mir auf jeden Fall auch, was los ist.«

Mit einem Anflug von Hoffnung im Herzen sah sie ihn an. »Du hast recht, wahrscheinlich weiß Professor Baumann längst, was passiert ist, und ich sitze hier und mache mir die schlimmsten Gedanken.«

DDR, Kleinmachnow, Montag, 3. April 1989

Am nächsten Tag rief Barbara in der ersten Schulpause im Pharmazeutischen Institut in Berlin-Weißensee an und ließ sich mit dem Sekretariat von Professor Baumann verbinden.

»Der Professor ist in einer Besprechung«, lautete die Antwort der Sekretärin in einem Ton, den Barbara nicht deuten konnte. Sie klang nicht unfreundlich, aber sehr reserviert. War es Misstrauen, war es Vorsicht, die in ihrer Stimme mitschwangen?

»Wann kann ich ihn denn heute erreichen?«, erkundigte sie sich.

»Das kann ich Ihnen nicht sagen.«

»Und Herrn Dreyer?«, fuhr sie mutig fort.

»Herrn Dreyer?«, wiederholte die Sekretärin gedehnt.

»Ich bin seine Freundin und muss ihn unbedingt sprechen«, erklärte Barbara hastig. Das Schweigen, das mit einem Mal in der Leitung zwischen Kleinmachnow und Weißensee hing, gab Barbaras schlimmer Vorahnung weitere Nahrung. »Ist er noch nicht zurück?«, fragte sie mit belegter Stimme.

»Nein.« Eine kurze Pause, in der ihr Herz zu hämmern begann. Dann fuhr die Sekretärin hörbar verlegen fort: »Bitte seien Sie mir nicht böse, aber ich muss jetzt weiterarbeiten. Auf Wiederhören.« Es klickte in der Leitung.

Barbara blieb mit dem Telefonhörer am Ohr im Schulsekretariat stehen und fühlte sich, als hätte sich gerade der Linoleumboden unter ihren Füßen aufgetan. In den nächsten Stunden unterrichtete sie wie ein Automat, als könne diese vertraute Tätigkeit sie gegen den Schrecken des Unglücks schützen, das über sie hereingebrochen war.

Als Barbara nach Schulschluss nach Hause radelte, war die Wolkendecke, die in den vergangenen Tagen über dem Land gelegen hatte, aufgerissen. Eine klare, milde Aprilsonne verlieh den Häusern in Kleinmachnow etwas Heimeliges und Friedliches. Doch Barbara war blind für ihre Umgebung. Auch die Vögel in den noch kahlen Linden hörte sie nur wie aus weiter Ferne. Und dennoch kam ihr der Gesang so vor wie Hohn und Spott. Hatte Ulrich tatsächlich Republikflucht begangen? Waren all seine

Worte von Liebe und gemeinsamer Zukunft gelogen gewesen? Hatte sie ihn für immer verloren? Und ja – Manfred hatte auch zwei Gesichter. Nein und nochmals nein! Nicht Ulrich.

Mit einem bitteren Geschmack auf der Zunge und verschwommenem Blick bog sie in den Weg zu ihrem Elternhaus ein – erleichtert darüber, erst einmal in ihrer Wohnung Zuflucht zu finden und ihre Gedanken ordnen zu können. Als sie den kleinen Flur betrat, bemerkte sie sofort, das etwas anders war: Zigarettenrauch! Ihr stockte der Atem. Sie rührte sich nicht. Ulrich? Hoffnung glomm in ihr auf. Sie zögerte, wollte dieses Gefühl noch ein wenig auskosten. Es tat ihrer wunden Seele so gut. Innerlich zitternd betrat sie das Wohnzimmer. Was sie erblickte, ließ ihr das Blut in den Adern gefrieren. Nichts stand mehr an seinem Platz. Sofa, Sessel und Tische waren umgestoßen, Bücher lagen umher, dazwischen verstreut Zeitungen, Fotoalben, ihre Schulmaterialien. Die Schubladen ihres Kirschbaumschreibtisches, ein wertvolles Erbstück ihrer Großeltern, waren herausgerissen, eine auseinandergebrochen. Barbara rang nach Luft. Natürlich wusste sie, wer diese Verwüstung angerichtet hatte. Und warum.

»Guten Tag, Frau Nowack«, erklang es in ihrem Rücken. »Wie Sie sehen, haben wir Sie erwartet.«

Sie drehte sich um und sah in die eng zusammenstehenden Augen des Stasimannes, der sie nach Manfreds Flucht abgeholt hatte. Neben ihm tauchte jetzt auch sein größerer Kollege auf. Man hatte also wieder die gleiche Truppe geschickt.

»Sie wissen, warum wir hier sind?«, fragte der Große mit frostigem Lächeln.

Warum verhalten die sich mir gegenüber eigentlich so feindlich?, ging es ihr durch den Sinn. *Als ob ich ihnen persönlich etwas getan hätte.*

Sie nickte stumm.

»Und weswegen?« Der Kleine hob mit strenger Miene die Brauen, als würde er mit einem störrischen Kind sprechen.

»Wahrscheinlich wegen Ulrich Dreyer«, sagte sie mit einem leisen Seufzer. Widerstand half jetzt nicht, wenn sie noch Schlimmeres vermeiden wollte.

»Bei Ihren Eltern nebenan waren wir bereits. Sie hatten ja auch einen guten Kontakt zu Ihrem Freund«, fuhr der Große sachlich fort. »Wenn Sie uns bitte folgen würden …«

Ihre Eltern saßen bereits in einem eierschalenfarbenen Trabi, den sie wohl vorhin, als sie nach Hause gekommen war, übersehen hatte. Ingrid Nowack war leichenblass und warf ihrer Tochter einen besorgten Blick zu. Ihr Mann wirkte wütend. Die beiden Stasimänner führten sie zu einem olivfarbenen Wartburg. Im Konvoi ging die Fahrt wieder zum Ministerium für Staatssicherheit – Berliner Allee, Ecke Liebermannstraße in Ostberlin. Dann das gleiche Spiel: Innenhof des MfS, wo sie von ihren Eltern getrennt wurde, Treppenhaus, Büro im ersten Stock, und hinter dem Schreibtisch, unter Erich Honeckers immer noch strengem Blick, saß wieder Genosse Hartmann, der sie so strahlend begrüßte, als wären sie bereits die besten Bekannten.

»Nehmen Sie doch Platz, Frau Nowack«, empfing er sie aufgeräumt und mit falscher Wärme in der Stimme. »Kaffee oder Wasser?«

Barbara schüttelte den Kopf. *Jetzt legen Sie doch schon los,* hätte sie ihn am liebsten angefahren, aber natürlich beherrschte sie sich.

»Sie gestatten, wenn ich …?« Aufreizend langsam schenkte er sich aus der schwarzen Thermoskanne ein, zog die Tasse bedächtig zu sich heran, damit ja nichts überschwappte, und rührte mit versonnener Miene den Zucker um – während sie, wie beim letzten Mal, unter ihrem Mantel zu schwitzen begann.

»Legen Sie doch ab«, forderte Hartmann sie mit aufgesetztem Lächeln auf, als würde er ihren Angstschweiß bereits riechen. »Bei uns laufen die Heizungen noch auf vollen Touren, obwohl heute schon ein so schöner Frühlingstag ist. Finden Sie nicht auch?«

Ohne seiner Aufforderung Folge zu leisten oder seine rhetorische Frage zu beantworten, blieb sie bewegungslos auf der Stuhlkante sitzen.

»Also, Frau Nowack. Nun zu Ulrich Dreyer. Was haben Sie uns dazu zu erzählen?«, begann Hartmann mit einem Lächeln, das seine Attraktivität untermalte. *Schade, dass ein eigentlich so nett aussehender Typ bei einem so miesen Haufen arbeitet,* sinnierte sie.

Ihr langes Schweigen jedoch ließ jetzt das Lächeln dieses *eigentlich so nett aussehenden Typen* abrupt einfrieren. »Ich rate Ihnen, zu reden.«

Sie schluckte. Dumpfe Ergebenheit breitete sich in ihr aus. In knappen Sätzen erzählte sie, was seit Sonntagabend passiert war – oder vielmehr nicht passiert war. »Seit Mittwochabend vergangener Woche habe ich nichts mehr von Ulrich gehört«, beendete sie ihren kurzen Bericht.

Jetzt spielte ein belustigtes Lächeln um Hartmanns Lippen und er sagte in amüsiertem Ton: »Herr Dreyer ist nun schon binnen kurzer Zeit Ihr zweiter Freund, der sich in den Westen abgesetzt hat.«

»Es scheint wohl neuerdings mein Schicksal zu sein, dass die Männer vor mir fliehen«, erwiderte sie trocken.

Hartmann lachte, was natürlich und sympathisch klang. Dann wurde er wieder ernst. »Können Sie sich das erklären?«

Sie sah ihn an, geradewegs in die Augen. »Nein. Ich bin jedoch davon überzeugt, dass Herr Dreyer nicht geflohen ist, sondern dass ihm etwas zugestoßen ist, das ihn gehindert hat, gestern Abend zurückzukommen.«

Hartmann lehnte sich zurück und schlug lässig die langen Beine übereinander. »Wir haben eine andere Erklärung dafür. Wollen Sie sie hören?«

Was kam denn jetzt? Sie ließ die Schultern fallen. »Bitte.«

»Wir haben den Verdacht, dass Sie als Fluchthelferin arbeiten.«

»Was?« Dieser Gedanke war so absurd, dass sie lachen musste – ein Lachen, das eher verzweifelt klang als lustig. »Beim letzten Mal haben Sie mich verdächtigt, Herrn Dreyer als Ablenkungsmanöver zu benutzen, um später Dr. Mattner in den Westen zu folgen, und jetzt soll ich mich als Schleuserin betätigen? Verzeihen Sie, bei allem Respekt, aber das ist doch völlig …« *Bescheuert,* wollte sie schon sagen, besann sich jedoch eines Besseren und fügte hinzu: »… absurd. Ich hätte gar nicht die entsprechenden Beziehungen und schon überhaupt nicht den Mut dazu. Außerdem liebe ich unser Land.«

»Was die entsprechenden Beziehungen angeht …« Hartmann lächelte sie arglos an. »Haben Sie Verwandte im Westen?«

»Nein.«

Er zog die Brauen hoch. »Sind Sie sicher?«

»Natürlich bin ich sicher.« Sie setzte sich aufrecht hin und fuhr mit hörbarer Aggressivität in der Stimme fort: »Und das sollten Sie auch sein. Sie werden doch bestimmt eine Akte über mich angelegt haben, in der alles steht.«

Da zog Hartmann auch schon eine blaue Kladde aus seiner Schreibtischschublade, schlug sie auf, blätterte gelassen darin herum und wandte sich schließlich ihr wieder zu. Wieder ein argloses Lächeln. »Geschwister?«

Jetzt wurde es ihr zu bunt. »Ich habe weder Verwandte im Westen noch Geschwister, weder hier noch in der BRD oder sonst irgendwo auf der Welt.« Dieser Schwachsinn gab ihr ihren Mut zurück. »Was soll das?«, sprach sie erbost weiter. »So etwas haben Sie mich beim ersten Mal doch auch nicht gefragt.«

»Beim ersten Verhör hatten wir auch nicht den Verdacht auf Schleusertätigkeit«, lautete Hartmanns Antwort, die er mit einem süffisanten Lächeln begleitete.

In diesem Moment klingelte das Telefon. Hartmann meldete sich, hörte mit unbewegter Miene zu, beendete das Gespräch und sagte wie beim letzten Mal zu ihr: »Sie können gehen. Vorerst. Selbstverständlich stehen Sie wieder unter unserer Beobachtung.« Dieses Mal traf sie sein falsches Lächeln. »Sie und Ihre Eltern können sich glücklich schätzen, dass es im Zentralkomitee der Partei ranghohe Mitarbeiter gibt, die Sie schützen – ob berechtigt oder unberechtigt, wage ich zurzeit noch nicht zu beurteilen.«

Nach dem Verhör fuhr Barbara mit dem Zug nach Hause. Als sie dort ankam, erwarteten ihre Eltern sie bereits vor der Haustür. Erschöpft fiel sie ihnen um den Hals. Nach der Begrüßung zogen Ingrid und Ralf sie in den Garten.

»Wir müssen reden, aber nicht im Haus«, sagte ihr Vater.

Ingrid strich ihrem Mann zärtlich über die Wange. »Dein Vater war ein richtiger Held. Als die Beamten uns getrennt verhören wollten, hat er in ganz energischem Ton gefordert, umgehend General Pietsch sprechen zu müssen. Ich habe mir fast vor Angst in die Hose gemacht. Ich dachte nur: Jetzt schlagen sie ihn zusammen. Aber dann wechselten sie einen Blick miteinander, und der eine griff zum Hörer. Es dauerte nur wenige Sekunden, bis Peter am Telefon war. Da standen die beiden stramm. Das hättest du sehen müssen. Eine Minute später ließen sie uns gehen.«

»Als wir hier ankamen, bin ich sofort zur Telefonzelle gelaufen und habe Charlotte angerufen, die schon Bescheid wusste«, erzählte Ralf weiter. »Sie hat gesagt, dass wir vermutlich verwanzt sind. Pass also bitte genau auf, was du in deiner Wohnung sagst. *Horch&Guck* hört ab jetzt mit.«

Ihre Mutter sah sie eindringlich an. »Was unter anderem bedeutet, ab jetzt keine *Tagesschau* mehr, sondern nur noch *Aktuelle Kamera.*«

»Das ist doch Quatsch!«, begehrte Barbara auf. »Jeder guckt bei uns heute die *Tagesschau* und hört Westmusik. Selbst die Stasi. Damit machen wir uns doch nur noch mehr verdächtig. Vielleicht hören die uns schon seit Manfreds Flucht ab. Was ich euch noch gar nicht gesagt habe: Die glauben ernsthaft, dass ich mich als Schleuserin betätige.«

»Was?«, stießen ihre Eltern wie aus einem Mund hervor.

Barbara tippte sich an die Stirn. »Ich kann es nicht begreifen. Gott sei Dank hat Peters Anruf diesem schwachsinnigen Verhör ein Ende gemacht. Stellt euch vor, der Typ hat irgendetwas von

Beziehungen und Verwandten im Westen geredet. Dabei hatte der Idiot doch meine Akte vor sich liegen. Aber genau das ist deren Taktik: Verwirrung stiften, jemanden bis zum Rand des Nervenzusammenbruchs treiben, damit er schließlich etwas zugibt, was er gar nicht getan hat.« Als sie ihre Eltern ansah, bemerkte sie, wie die beiden einen angsterfüllten Blick wechselten. Ihre Mutter schien noch um eine Spur blasser geworden zu sein.

Hastig hob Barbara beide Hände. »Mutti, entspann dich. Tut mir leid, aber ich bin gerade so wütend. Ab jetzt werde ich genau darauf achten, was ich tue. Keine *Tagesschau,* keine Westmusik. Versprochen.«

»Und vorerst lieber auch keine Besuche im Gemeindehaus mehr«, fügte ihr Vater hinzu, während sie zurück ins Haus gingen. »Peter bürgt für unsere staatsbürgerliche Gesinnung. Vergiss das nicht. Wir wollen ihm nicht auch noch Schwierigkeiten machen.«

Ein paar Stunden später, es war bereits dunkel, stand Elke vor Barbaras Haustür.

»Joachim hat uns erzählt, dass Ulrich nicht wiedergekommen ist«, begann sie aufgeregt. »Das kann doch nicht wahr sein! Niemals …« Aufgeregt wollte sie an Barbara vorbei ins Wohnzimmer laufen.

Doch Barbara stellte sich ihr in den Weg. »Hast du Lust auf einen Spaziergang?«, unterbrach sie den Redeschwall ihrer Freundin mit vielsagendem Blick zur Flurdecke. Elke verstand sofort.

»Du bist verwanzt?«, fragte sie, nachdem sie das Gartentor hinter sich geschlossen hatten.

»Mit Sicherheit. Michaels Eltern haben uns gewarnt.«

»Erzähl! Was ist denn überhaupt passiert?«

Barbara berichtete ihr. Als Elke danach den Arm um sie legte und sie tröstend an sich drückte, kamen ihr die Tränen. Zum ersten Mal, seit sie vor dem Bahnhof Friedrichstraße vergeblich auf Ulrich gewartet hatte, begann sie haltlos zu schluchzen – und das mitten auf der Straße.

»Komm mit zu uns«, sagte Elke. »Da reden wir in Ruhe weiter. Wir sind allein. Wolf hat heute wieder seinen Jugendabend.«

Als die beiden das Reihenhaus betraten, brannte im Untergeschoss Licht, und im Wohnzimmer lief der Fernsehapparat.

»Mein Mann!« Elke verdrehte die großen, dunklen Augen. »Da hatte er es wieder mal ganz eilig gehabt.«

Im nächsten Moment erklang aus dem Fernsehen die Melodie der *Tagesschau. »Guten Abend, meine Damen und Herren …«*

»Warte, ich mach den Fernseher aus.«

»Nein, lass uns ruhig gucken«, hielt Barbara sie zurück. »Zu Hause kann ich ja nicht mehr.«

Doch zum ersten Mal hörte sie den Nachrichten aus Westdeutschland nur mit halbem Ohr zu. *»Nach der Explosion in einem Chemiewerk in Ludwigshafen am Samstag bietet das umliegende Gelände immer noch ein Bild der Verwüstung. Die Rettungskräfte sind unermüdlich im Einsatz …«* Während sie auf den Bildschirm starrte, erinnerte sie sich an die Abende, als sie mit Ulrich zusammen, in seinen Arm gekuschelt, diese Sendung gesehen hatte und danach … Wieder wurde ihr die Kehle eng. Sie fragte sich, ob Ulrich jetzt auch, irgendwo jenseits der Mauer, vor dem Fernseher saß. Die Sehnsucht nach ihm zerrte an ihrem Herzen. *»Und nun zum Wetter …«*

Elke schaltete den Apparat aus. »Da siehst du mal, nicht nur bei uns gibt es marode Fabrikanlagen, obwohl die BRD doch viel mehr Geld für sichere Technik haben müsste als wir.«

Barbara nickte nur und murmelte wie zu sich selbst: »Ich glaube nicht daran, dass sich Ulrich in den Westen abgesetzt hat. Das kann nicht sein. Vielleicht kommt er ja morgen wieder, und alles ist wieder gut. Die Staatssicherheit dreht ja immer gleich durch. Die denken sofort an Republikflucht und fahren die schärfsten Geschütze auf. Ulrich würde mich nicht verlassen. Und er hat, genau wie ich, nie daran gedacht, die DDR zu verlassen. Er kann doch nicht noch verlogener sein als Manfred.« Und wieder brach die Verzweiflung aus ihr heraus, und sie begann zu schluchzen. Elke ließ ihr Zeit, sich zu beruhigen, hielt sie in den Armen und wiegte sie wie ein kleines Kind.

Nachdem sie sich wieder beruhigt hatte, sah Elke sie eindringlich an. »Könnte es vielleicht sein, dass Ulrich ein Spion ist? Ein Agent, den man für den Kongress rübergeschickt hat, um Wirtschaftsspionage zu betreiben, und den man dort noch eine Weile lassen will?«

Wie von einer Natter gebissen fuhr Barbara sie an. »Wie kommst du denn darauf?«

Unschlüssig zuckte Elke mit den Schultern. »Ich weiß nicht. Oder vielleicht ist er sogar ein Westagent, der jetzt abgezogen worden ist.«

»Das klingt ja wie im Spionagefilm. Ulrichs Eltern kommen von hier. Sein Vater hatte eine eigene Arztpraxis. Ich kenne Ulrichs Biographie.«

»Biographien können erfunden werden«, meinte Elke ruhig. »Ist doch komisch, dass er angeblich elf Jahre lang mit einer engagierten Parteigenossin verheiratet war, ohne selbst in der Partei zu sein.«

»Die Ehe ist ja auch gescheitert«, erwiderte Barbara frostig.

Elke schwieg. Ein paar Augenblicke lang waren nur das Knistern des Ofens und das Ticken der Standuhr zu hören. Dann fuhr sie fort: »Vielleicht solltest du dich mal mit Alessia Dreyer in Verbindung setzen.«

Barbara warf ihr einen befremdeten Blick zu. »Falls Ulrich tatsächlich ein DDR-Agent sein sollte und die Stasi das ganze Theater nur macht, um ihn zu decken, wird seine Frau es mir bestimmt nicht erzählen.«

Elke seufzte. »Stimmt auch wieder.«

DDR, Ostberlin, Freitag, 14. April 1989

Die Stasi folgte Barbara wie ein Schatten. Wenn sie nach Hause kam, sah sie schon den farblosen Wartburg ein paar Meter weiter am Straßenrand parken. In ihrer Wohnung hatte sie drei Wanzen gefunden. Eine in der Flurlampe, eine im Wohnzimmer, ebenfalls in der Lampe, die dritte im Schafzimmer unter ihrem Nachttisch. Wie einfallslos! Sie ließ sie dort, wo sie waren. Irgendwann würde dieser Spuk vorbei sein. Ihr reines Gewissen – anders als im Fall von Manni, von dessen Fluchtplänen sie ja gewusst hatte – gab ihr Hoffnung, dass die Staatssicherheit bald einsehen würde, dass sie keine Fluchthelferin war. Und damit Schluss. Die Frage jedoch, wo Ulrich war, raubte ihr den Schlaf. Hatte Elke mit ihrem Verdacht womöglich recht?

Wieder war eine Woche vergangen, und sie hielt es einfach nicht mehr aus, untätig darauf zu warten, dass sich Ulrich doch noch einmal bei ihr meldete. Sie beschloss, am Nachmittag nach Weißensee zum Pharmazeutischen Institut zu fahren. Sie musste mit Professor Baumann sprechen und wollte kein zweites Mal von dessen Sekretärin abgewimmelt werden.

»Professor Baumann ist seit vergangenem Montag krank«, teilte ihr der Pförtner mit.

Barbara sah ihn erstaunt an. »Krank?« Ihr Instinkt sagte ihr, dass er log. Sie bemühte sich um ihr schönstes Lächeln und fuhr mit fester Stimme fort: »Dann sagen Sie mir bitte, wo ich seine Sekretärin finde. Wir kennen uns bereits vom Telefon.«

Der Mann zögerte sichtlich, lächelte schließlich zurück und meinte dann gutmütig: »Dann gehen Sie mal in den ersten Stock. Das Büro vom Professor ist ausgeschildert.«

Erleichtert schenkte sie dem Pförtner noch einmal ein Lächeln und eilte die Stufen hinauf, bevor er es sich hätte anders überlegen können. Mit zitternden Knien klopfte sie an der Tür mit dem Schild *Sekretariat von Prof. Baumann, Frau Reinert*, woraufhin sie von einer Frauenstimme, die sie als die der Sekretärin erkannte, hereingebeten wurde.

»Bitte entschuldigen Sie die Störung«, legte sie gleich los, wobei sie in der Tür stehen blieb. »Ich bin Barbara Nowack, die Freundin von Ulrich Dreyer. Ich mache mir so große Sorgen. Er ist nicht zurückgekommen und hat sich bis heute nicht bei mir gemeldet. Wissen Sie etwas von ihm? Oder Professor Baumann? Er soll krank sein, wie mir der Pförtner gerade sagte.« Während sie wie ein Wasserfall redete, blickte die ältere, gepflegt wirkende Frau sie verständnisvoll an. Offenbar würde sie sie nicht umgehend hinauswerfen.

Frau Reinert stand auf und schloss behutsam die Tür. »Professor Baumann wird erst einmal nicht mehr kommen«, sagte sie leise.

»Heißt das …?« Barbara ahnte, was das hieß.

»Der Parteisekretär des Instituts hat ihn vorerst aus dem Verkehr gezogen, weil er für Herrn Dreyer gebürgt hat«, bestätigte Frau Reinert ihre Ahnung.

Barbara seufzte schwer. »Aber Sie wissen auch nicht, was passiert ist.«.

»Hier gehen alle davon aus, dass er drüben geblieben ist«, erwiderte Frau Reinert.

»Das glaube ich nicht!«, begehrte Barbara auf.

»Pssst.« Beruhigend legte Frau Reinert ihr die Hand auf den Arm. »Ich glaube es auch nicht. Und der Professor genauso wenig. Wir haben jedoch auch keine andere Erklärung.«

Barbara kam plötzlich ein Gedanke. »Frau Reinert«, sagte sie mit eindringlicher Stimme. »Haben Sie vielleicht eine Liste der Teilnehmer des Kongresses in Heidelberg? Meistens gibt es die doch, damit sich jeder vorab informieren kann.«

»Ja, die habe ich. Aber was wollen Sie damit? Ulrich war der einzige Teilnehmer aus der DDR.«

Barbara sah sie flehend an. »Bitte geben Sie sie mir!«

Ein Ausdruck deutlichen Unbehagens machte sich auf dem Gesicht der Sekretärin breit.

»Bitte«, wiederholte Barbara in beschwörendem Ton. »Ich muss herausfinden, was mit Ulrich passiert ist. Ich liebe ihn.

Wir lieben uns. Er hat mich nicht verlassen, um im Westen ein neues Leben zu beginnen. Ich muss wissen, ob er bis zum letzten Tag auf dem Kongress gewesen ist. Was er abends gemacht hat. Vielleicht weiß einer der Teilnehmer, ob er am Sonntag wie geplant abgefahren ist. Auf solchen Veranstaltungen lernt man sich doch kennen. Ich werde die Leute nacheinander anrufen.« Sie rang nach Luft. In ihrem Kopf herrschte Chaos, in ihrem Herzen die Panik, Frau Reinert könnte ihr diese Bitte abschlagen.

»Sie stehen doch bestimmt unter der Beobachtung der Staatssicherheit, oder?«

Barbara nickte. »Trotzdem.«

»Frau Nowack«, begann Frau Reinert in geduldigem Ton. »Sie wissen selbst, wie das mit den Telefonleitungen zwischen Ost und West ist. Außerdem sind die Kongressteilnehmer nicht mit ihren Telefonnummern auf der Liste verzeichnet.«

»Aber mit ihren Adressen?« Hoffnungsvoll sah Barbara sie an.

»Auch nicht. Es ist jeweils nur die Stadt angegeben. Zum Beispiel London, Paris oder Ostberlin wie bei Ulrich. Schauen Sie …« Die Sekretärin trat an die Regalwand und zog einen Ablagekorb heraus. »Hier! Das ist die Teilnehmerliste. Die kann ich Ihnen allerdings nicht geben.«

»Aber …« Barbara blieb das Herz stehen. »Bitte, Frau Reinert. Ich komme um vor Angst um Ulrich. Ich halte die Ungewissheit nicht mehr aus. Können Sie das nicht verstehen? Als Frau, meine ich. Wenn der Mann, den Sie lieben …« Die Kehle wurde ihr enger. »Ich will wenigstens eine Chance haben, die winzige Chance, nach ihm suchen zu können. Stasi hin oder her.« Das Blut pochte in ihren Schläfen. Sie fühlte sich plötzlich hundeelend.

»Ich werde eine Kopie machen«, sagte Frau Reinert leise und lächelte sie freundlich an.

DDR, Kleinmachnow, Samstag, 15. April 1989

An diesem Abend ging Barbara zu Elke und Wolf hinüber. Der Wartburg der Stasi rollte brav hinter ihr her, was sie inzwischen nicht mehr störte. Sie hatte ihn akzeptiert wie die Linden auf dem Bürgersteig. Als sie mit ihren Freunden in deren Erker saß – dort, wo alles mit ihr und Ulrich begonnen hatte –, erzählte sie ihnen von der Teilnehmerliste des Kongresses.

»Joachim hat mir schon gesagt, dass du gestern im Institut gewesen bist«, erwiderte Wolf. »Er hat dich von weitem gesehen.«

»Hat er irgendetwas wegen Ulrich gehört?«, erkundigte sich Barbara.

»Die Sache wird im Institut totgeschwiegen – wie immer, wenn einer in den Westen geflohen ist.«

»Wir wissen doch gar nicht, ob Ulrich wirklich drüben geblieben ist«, griff Elke nun energisch in das Gespräch ein.

»Ich weiß, dass er es wenn, dann zumindest nicht freiwillig getan hat«, verteidigte Barbara ihren Geliebten. »Und ich werde herausfinden, was passiert ist. Zumindest werde ich es versuchen«, fügte sie etwas kleinlauter hinzu.

»Wie willst du denn die Leute auf der Liste kontaktieren?«, fragte Wolf. »Dr. Smith, London …« Er zeigte auf die entsprechende Zeile, »… oder Dotore Lautieri aus Mailand. Wie willst du von hier aus an deren Adressen oder Telefonnummern kommen? Zumal du auch noch unter Beobachtung stehst. Wenn du dich plötzlich für Leute im kapitalistischen Ausland interessierst, deuten die das doch gleich als Beweis für ihren Verdacht auf Schleusertätigkeit.«

»Wolf hat recht«, sagte Elke.

»Ich hab da eine Idee«, entgegnete Barbara mit wissendem Lächeln. »Roman. Ich habe euch von ihm erzählt. Michael will ihn fragen, ob er den Professor aus Bonn, der als Vertreter der BRD auf dem Kongress war, für mich ausfindig machen kann.«

Wolf nickte anerkennend. »Gute Idee.«

»Glaubst du, dass Roman das macht?« Elke sah sie skeptisch an.

»Warum nicht? Als BRD-Bürger begibt er sich dadurch doch nicht in Gefahr.«

»Dass die Grenzer noch keinen Verdacht geschöpft haben, obwohl Roman jede Woche mit einem Tagesvisum nach Ostberlin kommt …«, wunderte sich Elke.

»Offiziell schreibt er an einem Buch über Karl Marx und recherchiert hier bei uns dafür, weil wir angeblich mehr Literatur zu diesem Thema haben«, erwiderte Barbara.

»Diese Erklärung zieht aber auch nicht über einen längeren Zeitraum.«

Barbara seufzte. »Nee, das weiß Michael wahrscheinlich auch.«

»Will Michael auch in den Westen?«, fragte Wolf.

Barbara zuckte mit den Schultern. »Keine Ahnung. Ich weiß

nur, dass er und Roman sich sehr gut verstehen. Und natürlich wollen sie irgendwann mal zusammen sein.«

»Vielleicht geht das schneller, als wir denken«, wandte Elke ein. »Seit dem Frühjahr werden eine Menge Ausreiseanträge genehmigt, um den Druck rauszunehmen.« Sofort entspann sich zwischen den dreien eine Diskussion, die Barbara für kurze Zeit ihre Verzweiflung und Sehnsucht nach Ulrich vergessen ließ.

Als Barbara an diesem Abend im Bett lag, fand sie wieder keinen Schlaf. Ulrichs Gesicht vor Augen, wälzte sie sich hin und her. Sie spürte seine Blicke auf sich ruhen, spürte seine graugrünen Augen auf ihrer Haut, las in ihnen Begehren und Zärtlichkeit. Sie hörte seine Stimme, diese raue und dennoch samtene Stimme, sehnte sich nach seinen schönen Händen, nach seinem sinnlichen Mund, seinem Duft. Bei dem Gedanken, sie würde ihn nie mehr wiedersehen, stieg grenzenlose Einsamkeit in ihr auf. Wie sollte sie am Montag wieder unterrichten und so tun, als wäre alles in Ordnung? In ihrem Innern brannte ein harter Knoten, der sich nicht lösen wollte. Das Atmen fiel ihr schwer. Und wie in den vergangenen Nächten überkam sie auch jetzt wieder das Gefühl, laut schreien zu müssen, um sich Luft zu verschaffen. Ihr war übel vor Schmerz, Trauer und auch Wut – Wut auf den Staat, der ihr die Suche nach dem geliebten Mann so schwer machte, und Wut auf Ulrich, der sich nicht bei ihr meldete.

Weit nach Mitternacht stand sie auf und stellte sich ans Fenster. Wenige Meter weiter auf der gegenüberliegenden Straßenseite parkte der Wartburg. Sie schaute hinauf zum Himmel. Voller Sehnsucht verlor sich ihr Blick in dem Sternenmeer. Vielleicht verband sie mit Ulrich ja nur noch ihre Hoffnung, dass er in diesem Augenblick auch irgendwo auf der Welt in den Himmel schaute und an sie dachte.

DDR, Kleinmachnow, Montag, 17. April 1989

Barbara hatte sich in der Schule schon die vergangenen beiden Wochen zunehmend unwohl gefühlt. Wahrscheinlich hatte es sich im Kollegium herumgesprochen, dass auch ihr zweiter Freund ein freies Leben im Westen ohne sie einem Leben mit ihr in der DDR vorgezogen hatte. Barbara hatte das Gefühl, dass ein älterer Kollege sie mied und merkwürdig beäugte. War er ein IM? Seit die Staatssicherheit in ihrem Leben ein Thema war, wusste Barbara, dass sie überall ihre Spitzel hatte. Man konnte nie wissen, wer für sie spionierte. An diesem Montagmorgen war sie froh, das Lehrerzimmer verlassen und mit dem Unterricht beginnen zu können. Selbst die Unterhaltung mit ihren beiden Kolleginnen, mit denen sie sich sonst sehr gut verstand, empfand sie als zähflüssig. Oder bildete sie sich das alles nur ein?

In der ersten Pause kam Direktor Breitner zu ihr ins Klassenzimmer und scheuchte den letzten noch anwesenden Schüler, der in seinem Ranzen ewig nach seinem Pausenbrot suchte, energisch hinaus, bevor er sagte: »Der Parteisekretär unserer Schule will, dass Lars Adams vom Schulorchester ausgeschlossen wird. Sie, als seine Klassenlehrerin, veranlassen das bitte.«

Sprachlos sah Barbara ihn an.

»Seine Eltern haben einen Ausreiseantrag gestellt.«

»Und ich soll den Jungen jetzt dafür bestrafen? Nein, nein …« Energisch schüttelte sie den Kopf. »Das werde ich ganz gewiss nicht tun. Lars liebt die Musik. Das wäre ungerecht und unfair.«

Breitner trat einen Schritt näher auf sie zu. »Frau Kollegin, ich rate Ihnen dringend, diese Anweisung zu befolgen – gerade in Ihrer persönlichen Situation. Sie müssen jetzt eine eindeutige staatsbürgerliche Haltung zeigen.«

Sie straffte sich und überragte ihren Chef dadurch um ein paar Zentimeter. »Aber nicht zum Nachteil einer meiner Schüler.« Sie hörte selbst den schneidenden Ton in ihrer Stimme, der Breitners stets gerötetes Gesicht zucken ließ. Ganz offensichtlich brachte sie ihren Chef mit ihrem Widerstand in Nöte. Er zog ein Taschentuch aus der Jackentasche und fuhr sich damit über die Stirn. Und wieder einmal gewann sie den Eindruck, dass er in seinem Inneren auch nicht ganz so linientreu war, wie er nach außen auftrat. Hinter der Forderung des Parteisekretärs der Schule schien er genauso wenig zu stehen wie sie.

»Denken Sie sich einen Grund aus. Meinetwegen, dass das Klavier neu gestimmt werden muss und das eine Weile dauert.«

Voller Empörung schnappte sie nach Luft. »Also wirklich … Das ist doch genauso gemein. Lars' Vater ist Hochschullehrer. Der durchschaut das doch sofort.«

»Wer unserem Staat den Rücken kehrt, hat hier nichts mehr zu sagen oder gar zu fordern. Die Adams gehören zu denen, deren Ausreiseanträge von der Parteiführung bis Mai bewilligt werden. Das haben sie mit ihren Demonstrationen in Leipzig erreicht.« Eindringlich sah er sie an. »Ich gebe Ihnen kein zweites Mal diesen Rat. Lars wird aus dem Schulorchester eliminiert.« Dann drehte er sich um und verließ schnellen Schrittes das Klassenzimmer, ganz so, als wäre er froh, der Situation endlich entkommen zu können.

Wie vor den Kopf geschlagen blieb Barbara zurück. Ihr war zumute, als hätte sich ihr gerade eine Schlinge um den Hals gelegt.

Als Barbara nach Schulschluss auf ihr Fahrrad steigen wollte, bemerkte sie aus den Augenwinkeln eine Männergestalt, die sich ihr näherte. Sah sie richtig? Der Mann in dem langen Trenchcoat war Hartmann. Was wollte der denn schon wieder von ihr? Und dazu noch hier vor der Schule?

»Immer wenn wir uns sehen, scheint die Sonne«, begrüßte er sie bestens gelaunt. »Das kann nur an Ihnen liegen.«

»Bestimmt«, gab sie trocken zurück.

Er lachte belustigt. »Wie soll ich denn das verstehen?!

»Richtig«, erwiderte sie mit eisigem Blick.

Mit einem feinen Lächeln auf den Lippen und einem flirtenden Blick in ihre Augen fragte er betont arglos: »Sie glauben also wirklich, dass ich nur Schlechtes bringe?«

»Mir ja. Statt mir zu glauben, verdächtigen Sie mich der Fluchthilfe. Eigentlich müssten Sie doch die Wanzen in meiner Wohnung und in der meiner Eltern inzwischen eines Besseren belehrt haben.«

Da froren die attraktiven Züge ihres Gegenübers ein. »Vorsicht, Frau Nowack, Sie lehnen sich weit aus dem Fenster. Aber ich bin nicht gekommen, um mit Ihnen zu streiten. Gehen wir doch ein Stück zusammen. Ich habe Ihnen einen Vorschlag zu machen.«

Da bin ich aber gespannt, lag es ihr auf der Zunge, ironisch zu erwidern, doch sie nickte nur.

Während sie ihr Fahrrad neben sich herschob, passte sie sich Hartmanns schlenderndem Schritt an. Er machte ein paar launige Bemerkungen über das schöne Wetter, das so gar nicht der typischen Aprilwitterung entspräche.

Doch Barbara hielt es nicht länger aus. Abrupt blieb sie stehen und sah ihn an. »Herr Hartmann, haben Sie etwas von Ulrich Dreyer gehört?«

Er erwiderte ihren Blick, wie es schien aufrichtig und freundlich. »Nein. Er ist auch für uns wie vom Erdboden verschluckt.«

Sie biss sich auf die Lippe, wog ab, wie offen sie zu ihm sein durfte. Schließlich konnte sie die Frage nicht länger unterdrücken: »Falls Ulrich für die Staatssicherheit, also für Sie, arbeiten würde – ich meine als Ostagent im Westen –, würden Sie es mir bestimmt nicht sagen, oder?«

Hartmann schien ernsthaft zu überlegen. »Dann würden wir seiner Freundin bestimmt nicht solche Schwierigkeiten machen, oder?«, antwortete er nach einer für sie gefühlten Ewigkeit.

Das machte Sinn, musste sie sich eingestehen. Sie seufzte und strich sich ein paar Strähnen aus dem Gesicht, die ein lauer Windzug ihr vor die Augen geweht hatte.

»Frau Nowack …«, fuhr ihr Begleiter jetzt in geschäftsmäßigem Ton fort. »Wir wollen Ihnen ein Angebot machen. Wir lassen Sie und Ihre Eltern in Zukunft in Ruhe, und Sie zeigen sich uns dafür erkenntlich.«

Sie blieb stehen. »Wie?« Die Schlinge um ihren Hals zog sich weiter zu.

»Sie arbeiten für uns. Als IM in Ihrer Schule.«

Als sie den Mund öffnete, hob Hartmann in beschwichtigender Geste beide Hände. »Das ist doch gar nichts Schlimmes. Nur ein bisschen die Augen und Ohren offenhalten und uns gegebenenfalls Bericht erstatten, falls Sie bei jemandem eine staatsfeindliche Haltung vermuten. Damit beweisen Sie uns Ihre Linientreue und ersparen uns eine Menge unangenehmer Arbeit.«

Ihre Halsschlagader pochte. Sie zwang sich, ruhig und sachlich zu erwidern: »Ich soll also als Spitzel arbeiten.«

Hartmann lachte auf. »Na, na, nicht immer diese bösen Wörter. Sie sollen Ihrem Land Gutes erweisen, dem Land, dem Sie einiges zu verdanken haben.«

»Zu verdanken?«, wiederholte sie verständnislos. Meinte er ihr Studium? So ein Quatsch!

Er sah sie vielsagend an. »Jeder DDR-Bürger hat unserem Staat etwas zu verdanken. Bitte verhalten auch Sie sich dementsprechend.«

Ihre Schultern wurden schwer. »Das kann ich nicht«, sagte sie mit einer Stimme, die nicht mehr ihr gehörte. »Das ist hinterhältig und ganz einfach nur mies. Ich kann meine Kollegen, die mich mögen, nicht aushorchen und anschwärzen – falls ich überhaupt etwas herausfinden sollte. Wir sollten uns im Kollegium doch vielmehr gegenseitig vertrauen, eine Gemeinschaft bilden, um unsere Schüler zu schöpferischem Denken und selbständigem Handeln zu erziehen, so dass sie fest werden in der Überzeugung, dass Freiheit, Brüderlichkeit und Wohlstand nur im Sozialismus verwirklicht werden können.« Sie verstummte – atemlos und innerlich zum Zerreißen gespannt. Ob das, was sie gerade zu ihrem eigenen Erstaunen so klar und energisch vorgetragen hatte, Hartmann überzeugen würde?

Hartmann sah sie so intensiv an, als wollte er ihre Seele erforschen. Dann nickte er und meinte sanft: »Gerade darum geht es ja. Sie sollen uns helfen, all diejenigen – auch Schüler –, die nicht Ihre staatsbürgerliche Haltung teilen und die eine Gefahr für unser Land darstellen, zu enttarnen. Machen wir uns nichts vor, unser Land hat nicht nur äußere, sondern auch innere Feinde. Wir wollen sie dingfest machen, weil wir unser Land lieben, es immer weiter verbessern wollen, um unseren Bürgern ein immer besseres Leben bieten zu können. Und dabei sollte jeder mithelfen.« Sein Lächeln wirkte aufmunternd, vertraulich, als wären sie sich bereits einig, an einem Strang zu ziehen. »Also, Frau Nowack, helfen Sie uns, indem Sie für uns arbeiten. Wir brauchen Sie. Außerdem lenkt die Erfüllung wichtiger Aufgaben bekanntlich von Liebeskummer ab. Und noch etwas: Bei Ihrem Aussehen werden Sie bestimmt ganz schnell wieder einen Freund finden.«

Täuschte sie sich, oder sprach sein tiefer Blick Bände? Sie wollte es gar nicht wissen.

»Kommen Sie, wir kehren um. Sie wollen bestimmt nach Hause. Sie sehen erschöpft aus.«

In tiefem Schweigen gingen sie zurück zum Schulgebäude.

»Dort steht mein Wagen«, sagte Hartmann nicht ohne Stolz und zeigte auf einen Citroën Pallas. »Sie sehen, bei uns kann man was werden. Also, … ich erwarte Ihre Antwort bis Anfang nächster Woche.« Dann lächelte er charmant. »Übrigens, Sie tragen ein schönes Parfüm. Es passt zu Ihnen – wenn ich das sagen darf.«

Barbaras Duft ... Die Erinnerung schlug wie ein Blitz ein. Sie hörte Ulrich die poetischen Worte sagen: *Ihr Haar hat die Farbe von hellem Bernstein, ihre Augen das helle Blau der Ostsee an einem Frühlingstag* ... Der Schmerz, den diese Erinnerung in ihr Herz spülte, setzte ihre Stimme außer Gefecht. Sie nickte nur, drehte sich um und schob ihr Fahrrad weiter. Ihr fehlte in diesem Augenblick die Kraft, sich auf den Sattel zu schwingen und stolz davonzuradeln, wie sie es gerne getan hätte.

DDR, Berlin-Weißensee, Dienstag, 18. April 1989

Charlotte Pietsch kaufte nur im noblen *Exquisit* ein und sah immer aus wie aus der westdeutschen *Vogue* entsprungen. An diesem Abend trug sie eine smaragdgrüne Bluse, eine lange Perlenkette, eine schwarze Samthose und schwarze Lackballerinas. Ihr stets gutsitzendes, halblanges Haar in dezentem Tizianrot rundete ihr perfektes Erscheinungsbild ab. Ihr Mann dagegen liebte es, zu Hause eher schlampig herumzulaufen, in ausgeleierter Sporthose und Hausschuhen. Wer ihn in seiner schmucken Uniform kannte, hätte ihn an der Tür der Sandsteinvilla niemals als *General Pietsch* erkannt.

»Wie schön, dass du uns noch mal besuchst«, begrüßte Peter Barbara. »Deine Eltern haben uns schon gesagt, dass du heute kommen würdest. Hereinspaziert! Charlotte freut sich auf dich.«

Michaels Mutter umarmte sie und hielt sie ein paar Sekunden lang fest an sich gedrückt. Trotz der geradezu vornehmen Atmosphäre in dem großen Wohnzimmer fühlte sich Barbara dort auf Anhieb wieder wie zu Hause – was hauptsächlich an der herzlichen Art von Michaels Eltern lag.

»Du hast Schwierigkeiten«, stellte Peter sachlich fest, als die drei bei einem Glas Moselwein in den tiefen Sesseln zusammensaßen.

»So kann man es sagen«, erwiderte Barbara. »Ganz abgesehen davon, dass Ulrich aus der BRD nicht zurückgekommen und wie vom Erdboden verschwunden ist, sitzen mir der Parteisekretär unserer Schule und die Staatssicherheit im Nacken.« Sie erzählte den beiden von Lars Adams und dem Schulorchester und von Hartmanns Angebot. »Hartmann meint doch tatsächlich, ich wäre unserem Staat etwas schuldig. Ich wüsste jedoch nicht wieso. Der spinnt doch.« Der bedeutsame Blick, den Michaels Eltern jetzt wechselten, ließ sie stutzen. »Bin ich ihm etwas schuldig?«, fuhr sie verunsichert fort. »Weil ich studieren durfte?«

Charlotte und Peter blieben erst einmal stumm. Beide drehten mit gesenkten Köpfen ihre Gläser in den Händen. Schließlich sah Peter sie wieder an, lächelte und sagte dann: »Darüber würde ich mich nicht ärgern. Die sagen das gern so.«

Barbara nippte an dem Weißwein, der ihr viel zu süß war. »Zu euch darf ich ja ehrlich sein. Eigentlich wird mir unser Staat immer unsympathischer. In einem Land, in dem ich meinen Schüler bestrafen soll, weil seine Eltern ausreisen wollen, oder ich meine Kollegen bespitzeln soll, will ich eigentlich nicht leben, obwohl ich das bis vor kurzem noch ganz anders gesehen habe. Ich kann nur hoffen, dass es immer mehr Bürger gibt, die sich gegen die SED-Führung auflehnen. Bitte entschuldige, Peter, dass ich das so sage.«

»Mach dir nicht noch mehr Schwierigkeiten, Kind«, riet ihr Charlotte liebevoll. Dabei nahm sie Barbaras Hand in ihre.

Peter lachte sein dröhnendes Lachen. »Alle Achtung, wie ich merke, ist aus dem kleinen lieben Mädchen von früher eine starke Kämpferin geworden. Ja, ja …« Er seufzte, bevor er einen Schluck trank. Dann fuhr er fort: »Du wärst die richtige Frau für unseren Michael gewesen. Du hättest ihm schon gezeigt, wo es langzugehen hat.«

Da richtete sich Barbara in den weichen Kissen auf. »Verzeih, wenn ich dir widerspreche, aber Michael weiß ganz genau, wo es langgeht. Er hat seine Buchdruckerlehre mit Auszeichnung gemacht, er führt einen tollen Buchladen und er beherrscht es, zwei Leben miteinander zu vereinen. Sein privates und sein öffentliches als euer Sohn. Das kann niemand durchhalten, der einen schwachen Charakter hat.«

»Den starken Charakter hat er von seinem Vater«, fügte Charlotte mit zärtlichem Lächeln hinzu.

»Alles andere jedoch hat er leider nicht von mir geerbt«, lautete Peters leise gemurmelter Kommentar.

»Bitte, Peter, Barbara ist bestimmt nicht gekommen, um über Michael zu reden.«

Da gab sich Peter einen Ruck und lächelte wieder. »Du willst von mir einen Rat, nicht wahr?«

Barbara nickte.

»Bezüglich deines Schülers bleib bei deinen pädagogischen Argumenten. Deine Weigerung zeichnet dich nur als gute Lehrerin aus. Was die IM-Tätigkeit angeht …« Er rieb sich den Nacken, bevor er mit angespannter Miene weitersprach: »Das ist bei dir schwierig. Ich …«

»Aber wieso?«, unterbrach Barbara ihn verwirrt.

»Ich glaube, Peter will nur sagen, dass du immer noch unter dem Verdacht der Fluchthilfe stehst. Jeder andere würde längst im Untersuchungsgefängnis sitzen. Vielleicht solltest du ihnen entgegenkommen. Das meinst du doch auch, Peter, oder?«

Michaels Vater nickte. »Du müsstest ja keine Berichte schreiben. Dazu kann dich niemand zwingen. Wenn dir nichts auffällt, ist das eben so.«

Barbaras Blut begann in ihren Adern zu rauschen. »Wenn ich das schon höre! Fluchthilfe!« Sie spie das Wort geradezu aus. »Dafür müsste ich doch mit Leuten aus dem Westen zusammenarbeiten. Ich war noch nie dort und ich kenne da auch niemanden. Das müssen die doch wissen. Die haben eine Akte über mich. Und da ich keine Fluchthelferin bin, muss ich der Stasi auch keinen Dienst erweisen, damit die mich in Ruhe lässt. So einfach ist das für mich.« Beim letzten Satz erstarb ihre Stimme, aus Hilflosigkeit und Empörung.

»Peter«, sagte Charlotte leise in bittendem Ton.

Der General hob die breiten Schultern. »Ich weiß nicht, ob mein Arm so lang ist.«

»Du könntest ihnen alles erklären«, erwiderte seine Frau mit bedeutsamem Blick. »Ihnen Barbaras Situation noch einmal mit deinen Worten schildern.«

Peter seufzte. »Ich werde darüber nachdenken.« Er schenkte Barbara ein aufmunterndes Lächeln.

»Und wie verhalte ich mich jetzt? Hartmann will bis Anfang nächster Woche eine Antwort von mir haben.«

»Heute haben wir erst Dienstag«, antwortete Michaels Vater gelassen.

DDR, Ostberlin, Donnerstag, 20. April 1989

Abends machte sich Barbara auf den Weg zum Prenzlauer Berg. Am Nachmittag hatte Michael angerufen. *Das Buch, das du bestellt hast, ist heute eingetroffen,* hatte er gesagt. Das Buch hieß *Roman.* Roman war also dieses Mal während der Woche gekommen.

»Roman ist gerade gefahren«, begrüßte Michael sie. »Er lässt dich grüßen.«

»Was hat er herausgefunden?«, war Barbaras erste Frage, nachdem sie Michael einen flüchtigen Kuss auf den Bart gedrückt hatte.

»Willst du dich nicht erst mal setzen?«, fragte Michael ruhig. »Ich habe Kaffee gekocht.«

Sie folgte ihm in die Küchenecke. »Bitte, Michael.«

»Roman hat Professor Meier in Bonn angerufen. Er hat jedoch nur mit seiner Frau sprechen können. Mit seiner Witwe.«

»Seiner Witwe?«

»Professor Meier hat im Rahmen des Kongresses am ersten April ein Chemiewerk in Ludwigshafen besichtigt. Dort kam es zu einer Explosion. Er ist tödlich verunglückt. Mehr konnte Frau Meier Roman nicht sagen.«

Barbara hatte mit hämmerndem Herzen zugehört. »Der erste April ist ein Samstag gewesen«, sagte sie in nachdenklichem Ton. Und dann erst schoss ihr in den Kopf: *Ob Ulrich etwa auch …?* Sie wagte nicht, ihren Gedanken auszusprechen.

Michael legte beschwichtigend seine Hand auf ihre, und als könne er ihre Gedanken lesen, sagte er: »Aber das muss nicht sein. Vielleicht hat er sich ja wirklich in den Westen abgesetzt. Hat er denn Bekannte oder Verwandte dort?«

»Seine Mutter ist damals in die BRD geflohen. Sie und ihr Freund sind jedoch zwei Jahre später bei einem Autounfall ums Leben gekommen.« Barbara ließ sich auf den Küchenstuhl fallen und atmete ein paarmal tief durch. »Ich werde noch verrückt«, stieß sie hervor. »Das kann doch nicht sein! Erst Manfred und dann Ulrich? Das glaube ich einfach nicht!«

»Ach ja, noch etwas. Roman hat in dem Kongresshotel angerufen. Dort sagte man ihm, dass Ulrich am Samstagmorgen nicht mehr zum Frühstück erschienen und danach auch nicht mehr gesehen worden ist.«

»Das klingt ja so, als sei er bei Nacht und Nebel abgehauen.«

»Vielleicht ist er in politische Machenschaften verwickelt und die Stasi war hinter ihm her.«

»In der BRD?«

Michael lachte kurz auf. »Also bitte, das weißt du doch. So wie es Westspione bei uns gibt, gibt es auch Ostspione im Westen.«

»Was soll ich denn jetzt machen?« Niemals zuvor hatte sie sich so hilflos gefühlt.

Michael nahm sie in die Arme und drückte sie an sich. Seine Wärme und seinen ihr so vertrauten Geruch nach Tabak empfand sie ein paar Herzschläge lang als tröstlich.

»Ich fahre dann mal wieder«, sagte sie müde. »Grüß Roman von mir und richte ihm herzlichen Dank aus.«

»Wenn wir noch etwas für dich tun können, melde dich.«

Sie nickte. »Was soll aus dir und Roman eigentlich auf Dauer werden?

Michael machte ein sorgenvolles Gesicht. »Ich weiß es nicht. In den Kneipen wird gesagt, dass unser Staat in den letzten Zügen liegt. Sollten die Leute damit unrecht haben, stelle ich wahrscheinlich einen Ausreiseantrag, was mir natürlich sehr schwerfallen würde, hauptsächlich wegen Mutti, aber schon auch wegen meines Vaters.« Er seufzte tief. »Aber Roman und ich, wir können uns viel zu selten sehen. Außerdem lebe ich ständig in der Angst, unser Verhältnis könnte auffliegen. Natürlich werden die Nachbarn längst bemerkt haben, dass mich regelmäßig der gleiche Mann besucht. Wo wir doch dem *General* die Schmach ersparen wollen, einen schwulen Sohn zu haben.«

Bei den letzten Worten drehte sich Michael rasch um, um sich noch einmal Kaffee nachzuschenken, aber Barbara hatte den feuchten Schimmer in seinen Augen bereits gesehen.

»Wegen mir würde es dir doch hoffentlich auch schwerfallen, oder?«, fragte sie in burschikosem Ton, um der Situation die Rührseligkeit zu nehmen.

Michael lachte gezwungen, während er ihr immer noch den Rücken zuwandte. »Du kannst ja mitgehen.«

»Ich glaube immer noch daran, dass man hier etwas bewirken kann. Man muss der politischen Führung nur zeigen, dass man keine ihrer Marionetten ist. Wenn dazu immer mehr Menschen bereit sind, müssen die doch irgendwann umdenken.«

DDR, Kleinmachnow, Freitag, 21. April 1989

Barbara hatte in dieser Woche kurzfristig einen Projekttag zur Vorbereitung der 1.-Mai-Feier anberaumt – an dem Tag, an dem immer die Orchesterprobe stattfand – und ihren Kollegen gebeten, diese deshalb ausfallen zu lassen. Sie wollte erst einmal Zeit gewinnen und sich gut auf die Konfrontation mit dem Parteisekretär der Schule und Direktor Breitner vorbereiten.

Als Lars Freitag nach Unterrichtsende so lange herumtrödelte, bis alle den Klassenraum verlassen hatten, ahnte sie, dass er mit ihr reden wollte. Der sonst so offene und fröhliche Sechzehnjährige hatte sich schon den ganzen Vormittag ungewöhnlich in sich gekehrt gezeigt. Aufmunternd nickte sie ihm zu. »Möchtest du noch etwas mit mir besprechen?«

Sie ging auf ihn zu und setzte sich auf seinen Tisch. »Also, dann leg mal los«, forderte sie ihn auf. »Ich habe Zeit.«

»Ich möchte mich von Ihnen verabschieden.«

»Verabschieden?«

»Ich bin heute den letzten Tag hier gewesen. Wir reisen morgen aus. Es kam alles ganz schnell. Meine Eltern haben es mir erst gestern Abend gesagt.«

»Das tut mir leid«, erwiderte sie betroffen.

»Mir auch«, sagte der Junge. Dabei begann sein Kinn, das bereits den ersten Flaum zeigte, verdächtig zu zittern. In diesem Moment hätte sie ihn am liebsten in den Arm genommen und getröstet. Natürlich war ein solcher Schritt im Leben eines gerade Pubertierenden nicht einfach. Er verlor seine Freunde, das ihm Vertraute, seine Wurzeln.

Sie warf einen Blick auf die offen stehende Klassentür, stand auf, um sie zu schließen, und kehrte zurück an seinen Tisch.

»Eigentlich ist das doch etwas Gutes.« Sie versuchte so aufmunternd wie möglich zu klingen. »Du wirst ein neues Land kennenlernen, neue Leute, und in der neuen Schule kommst du bestimmt prima klar. Viele Leute reisen inzwischen aus. Denk nur mal an die echten Levis oder an den Walkman, mit dem dort jeder rumläuft.«

»Das interessiert mich gar nicht so sehr.« Lars zuckte mit den Schultern. »In der Geschichte ist es doch so, dass die Bürger die Regierung stürzen, wenn sie sie nicht mehr wollen. Wie bei der Oktoberrevolution. Da ist das russische Volk aufgestanden, aber nicht ausgereist.«

O Mann! Was sollte sie darauf sagen? Dass sie seiner Meinung war? Dass in der DDR ein Umbruch zu erahnen war? Dass seine Eltern vielleicht noch hätten warten sollen? Alles Quatsch, er war ja sowieso noch zu jung, um etwas bewirken zu können. Stattdessen lächelte sie ihn an mit all der Sympathie, die sie für ihn empfand. »Ich sage dir was, Lars, du bist ein sehr intelligenter Junge und den anderen in deinem Alter weit voraus. Du wirst dich schnell im Westen einleben. Hab keine Angst und vertrau auf dich.« Als Lars' Blick zu schwimmen begann, tat sie es dann doch. Sie zog ihn in ihre Arme und drückte ihn fest an sich. Und als sie ihn losließ, wuschelte sie ihm einmal durch den braunen Lockenkopf. »Ich erwarte eine Karte von dir. Hörst du? Ich möchte wissen, wie es dir und deinen Eltern dort geht.«

Mit einer fast wütenden Geste wischte er sich rasch über die Augen. Dann drückte er den Rücken durch und versuchte sich in einem Lächeln, das so zerbrechlich ausfiel, dass es Barbara fast die Tränen in die Augen trieb.

»Danke für alles. Sie sind eine tolle Lehrerin. Ich werde Sie vermissen. Und vielleicht sieht man sich ja mal wieder«, fügte er mit belegt klingender Stimme hinzu, bevor er sich umdrehte, nach seiner Tasche griff und an ihr vorbei aus dem Klassenzimmer stürzte.

Nachdem er die Tür hinter sich zugeworfen hatte, konnte sie nicht länger an sich halten. Tränen liefen ihr über die Wangen. Dieses Mal weinte sie nicht wegen Ulrich. Sie weinte um ihr Land, das sie liebte, das jedoch so viele Menschen unglücklich machte – selbst unschuldige Kinder.

DDR, Müggelsee / Kleinmachnow, Samstag, 22. April 1989

Nach der Schule setzte sich Barbara ins Auto und fuhr hinaus zum Müggelsee. Es war nicht etwa das schöne Frühlingswetter, das sie dorthin trieb, es war vielmehr das Bedürfnis nach Ulrichs Nähe. Mit jedem weiteren Tag, an dem er sich nicht meldete – und sie hatte die Hoffnung noch nicht aufgegeben –, wurde er für sie mehr und mehr zu einem Phantom.

Anders als vor einem Vierteljahr, als sie zum ersten Mal zu ihm gefahren war, blühten jetzt auf den Wiesen schon Gänseblümchen und Löwenzahn. Hohe, schlanke Birken ließen ihr erstes Grün in den blaugläsernen Himmel wachsen. Am Horizont hingen ein paar weiße Wattewolken. Als sie dem See näher kam, beschleunigte sich wieder ihr Puls, wie bei ihrem ersten Besuch. Nur jetzt aus einer plötzlich aufsteigenden Angst. Vielleicht hatte sie sich mit diesem Ausflug doch zu viel zugemutet. Wieder fuhr sie an der Rahnsdorfer Kirche vorbei, bog nach ein paar hundert Metern in den breiten Waldweg ein und blieb nach ein paar Kurven schließlich neben dem Holzhaus stehen. Nach kurzem Zögern stieg sie mit pochendem Herzen aus.

So schweigsam und geheimnisvoll wie der See vor ihr lag, wirkte auch die Datsche, umgeben von den mächtigen Eichen und dem verwunschen wirkenden Unterholz – lindgrün, tannengrün, grasgrün, giftgrün. Vögel zwitscherten so munter in den Zweigen, wie sie es nur im Frühling taten, doch ihren Gesang empfand sie mit einem Mal als störend. Barbara wollte allein sein mit ihrer Erinnerung.

Sie schloss die Augen, um alles andere auszuschließen. Da sah sie Ulrich vor sich, wie er in Norwegerpullover und Stiefeln die knarrende Treppe der Veranda herunter auf sie zukam, so ungeheuer männlich und attraktiv. Sie spürte, wie er ihr mit dem Zeigefinger über die Wange streichelte, wie er den Arm um ihre Schultern legte und sie ins Haus führte. Erschrocken riss sie die Augen auf. Sie hatte sich derart in ihre Erinnerung hineingesteigert, dass sie für einen Augenblick das Gefühl gehabt hatte, Ulrich wäre tatsächlich gerade ganz nah bei ihr. Aber sie befand sich mutterseelenallein hier in dem Paradies, das einmal ihr gemeinsames gewesen war. Und als wäre diese Erinnerung nicht schon schmerzhaft genug, wagte sie sich noch einen Schritt weiter vor. Sie ging zur Längsseite der Datsche und schaute durch das Panoramafenster, durch das sie – von innen – so oft aufs

Wasser geblickt hatte. Der Bollerofen, die Sitzecke, die Bücherregale, Flickenteppiche, der Holzschreibtisch, die Küchenmöbel – all diese Dinge konnten von ihrer Liebe erzählen, nur nicht davon, wo Ulrich jetzt war. Alles wirkte auf sie so, als hätte er gerade nur mal kurz das Haus verlassen.

Mit Tränen in den Augen wendete sie sich ab und blickte auf den See hinaus. Durch den Schleier ihrer Tränen sah sie Ulrich am Ende des Stegs stehen, das weiße Handtuch um die Hüften geschlungen – wie eine antike Statue. Sie konnte nicht anders und betrat den hölzernen Steg, sah die Szene vor Augen, wie sie ihm, ebenso nackt wie er und genauso mutig, ins eiskalte Wasser gefolgt war. Nach dem Eisschwimmen hatten sie dann das erste Mal auf dem Boden vor dem Ofen miteinander geschlafen. Plötzlich ließ ein Geräusch im Schilf sie zusammenschrecken. Gleich darauf erhob sich ein riesiger schwarzer Vogel mit langem Hals in die Lüfte. Ein schwarzer Schwan! Ein *Trauerschwan.* Wie passend! Sie schaute ihm nach, wie er davonflog, um irgendwo in einer anderen Bucht zu landen.

Gedankenversunken beobachtete sie noch eine Weile vom Steg aus das Spiel der Schatten am gegenüberliegenden Ufer. Dann ging sie zurück zu ihrem Wagen. Aus den Augenwinkeln bemerkte sie etwas an der Haustür der Datsche. Ein Schild, auf dem *Zu verpachten* stand. Und darunter eine Berliner Telefonnummer mit Durchwahl. Es dauerte einen langen, einen furchtbar langen Moment, bis sie begriff, dass Ulrichs Datsche, ihr gemeinsames Paradies, enteignet worden war und auf einen neuen Besitzer wartete.

Als sie sich wieder auf der Landstraße befand, auf dem Weg nach Hause, musste sie am Feldrand anhalten. Tränen trübten ihre Sicht. Machtlos gegen die Verzweiflung, die sich in ihr Bahn brach, ließ sie ihnen freien Lauf. Erst als ein älterer Mann, der mit seinem Wagen angehalten hatte, gegen ihre Scheibe klopfte und fragte, ob er helfen könne, fasste sie sich wieder. Sie bedankte sich. Es sei alles in Ordnung, versicherte sie ihm.

»Fahren Sie vorsichtig«, gab er ihr mit auf den Weg und fügte hinzu: »Und glauben Sie einem alten Mann: Die meisten Katastrophen, von denen wir meinen, wir würden sie nicht überleben, reizen uns einige Jahre später nur noch zu einem Lächeln.« Sie sah ihm nach, wie er davonfuhr, berührt von seinem Mitgefühl.

Während sie den alten Trabi startete, bemerkte sie die Wolken, die am Horizont aufzogen. Ein auffrischender Wind schob sie zu dunklen Gebilden zusammen. Kurz vor Kleinmachnow begann es zu regnen. Aprilwetter, dachte sie, als sie beim Betreten ihrer Wohnung die Lampe anknipste. Sie sah zum Fenster hinaus. Unwillkürlich musste sie lächeln. Die Stasitypen waren auch wieder eingetroffen.

Sie zog die Vorhänge zu und versuchte, sich auf das Prasseln der Wasserfluten zu konzentrieren, die der Himmel auf die Erde schickte. Sie wollte nicht nachdenken, wollte ihren Schmerz verdrängen. Natürlich gelang ihr das nicht. Die Vorstellung, dass Ulrichs Datsche mit all seinen Sachen, die ihm lieb und teuer waren, schon bald anderen Leute gehören würde, ließ Übelkeit in ihr aufsteigen. Ihr Liebesnest! Das musste sie verhindern. Aber wie? Sicherlich würden die neuen Pächter SED-Mitglieder sein. An Parteilose verpachteten die Genossen nicht. Sie bräuchte sich also gar nicht erst zu bemühen. Ihre Eltern? Sie waren zwar in der Partei, aber sollte sie sie damit belasten? Peter und Charlotte? Nein, nicht schon wieder Michaels Eltern. Denen hatte sie bereits genug zugemutet. Michael? Warum nicht Michael? Ihm würde der Staat die Datsche bestimmt verpachten. Sie hatte genügend Geld gespart, das sie ihm dafür geben konnte. Dann war sie erst mal sicher – bis Ulrich wiederkam. Und wenn Michael tatsächlich irgendwann einen Ausreiseantrag stellt? Ausreisewillige mussten vor Verlassen der DDR ihren Besitz auflösen. Aber so weit war es ja noch nicht.

Nachdem sich Barbara diesen Plan zurechtgelegt hatte, fühlte sie sich etwas besser, auch wenn sie jetzt wieder diese Übelkeit verspürte. Ein Gedanke, den sie in den letzten Tagen erfolgreich verdrängt hatte, ließ sie jetzt nicht mehr los. Sie aß ein Brot, machte sich dann eine Flasche Bier auf, trat vors Fenster und zog die Vorhänge zurück. Inzwischen hatte es aufgehört zu regnen. Die dunkle Wolkendecke riss auf und gab eine milde Abendsonne frei. Helles Licht fiel auf ihr Gesicht. Sie schloss die Augen und genoss die Wärme. *Das könnte ein gutes Omen sein,* sagte sie sich, und ging ins Bad. Noch zu Manfreds Zeiten hatte sie sich einen Schwangerschaftstest gekauft, den sie dann jedoch nicht hatte verwenden müssen. Jetzt sah es anders aus. Aber wahrscheinlich hatten ihre Sorgen alles durcheinandergebracht.

In dieser Annahme wartete Barbara recht entspannt auf das Testergebnis. Es fiel positiv aus. Sie starrte auf den Streifen und schüttelte den Kopf, als könnte sie so den Schwindel vertreiben, den sie mit einem Mal spürte. Das durfte nicht sein! Nicht jetzt. Bedächtig legte sie den Test auf den Rand des Waschbeckens und trat taumelnd hinaus in den Garten, in der Hoffnung, die vom Regen gereinigte Luft würde ihr helfen. Sie versuchte tief zu atmen. Was nun? Sie erwartete ein Kind von Ulrich, einem Mann, der aus ihrem Leben verschwunden war, der vielleicht ein Republikflüchtling war und den sie womöglich niemals wiedersehen würde. Ihr Kind würde ohne Vater aufwachsen müssen. Durch ihren Kopf jagten unzählige Gedanken.

Wie in Trance setzte sie sich auf die Bank unter das Vordach. Sie konnte dieses Kind nicht bekommen. Nicht in dieser Situation. Sie hatte keine Ahnung, was sich die Stasi noch alles einfallen lassen würde, wenn sie ihre Erwartungen nicht erfüllte. Vielleicht würden sie sie ins Gefängnis stecken und ihr Kind nach der Geburt sofort ins Waisenhaus. *Ulrich, verdammt, wo bist du?*, schrie sie innerlich voller Verzweiflung. Irgendwann entdeckte sie vor sich auf dem Rasen einen winzigen, goldschimmernden Käfer, der sich durchs feuchte Gras kämpfte, in dem die tiefstehende Sonne die Regentropfen wie Edelsteine glitzern ließ. Das kleine Insekt kippte zur Seite, kämpfte sich wieder auf, nahm tapfer ein neues Hindernis, stellte die Fühler auf, tastete umher und krabbelte stur weiter bis zum nächsten Widerstand. So arbeitete es sich wacker voran.

Barbara musste lächeln. Ja, genau das war die Botschaft, die ihr mit diesem kleinen Käfer geschickt wurde: Nicht aufgeben, weitermachen! Sie stand auf und ging ins Haus.

DDR, Kleinmachnow, Samstag, 29. April 1989

Barbara saß im Garten ihres Elternhauses in einer windstillen Ecke. Immer wieder ließ sie das Buch, das sie zu lesen begonnen hatte, in den Schoß sinken. Sie konnte sich einfach nicht darauf konzentrieren. Stattdessen sah sie den Schwalben zu, die über dem Grundstück ihre Runden flogen, und beobachtete die weißen Wolken, mit denen der Wind am Himmel sein Spiel trieb. In der Luft, die nach Narzissen und Primeln duftete, lag eine Leichtigkeit, wie sie typisch war für solch schöne Frühlingstage. Auf ihrer Brust jedoch lag eine Zentnerlast. Gerade in solch ruhigen Stunden wie diesen verzehrte sie sich vor Sehnsucht nach Ulrich. Sie besaß noch nicht einmal ein Bild von ihm. Warum hatten sie sich nicht gegenseitig fotografiert? Selbst Ostern an der Ostsee nicht. *Ich fotografiere dich mit meinem Herzen,* hatte Ulrich gesagt. *Jede Minute, jede Sekunde. Denn dort kann dein Bild niemals gelöscht werden.* Wie schön er das gesagt hatte! Seine Worte hatten sie tief berührt, sie hatte sich an ihn geschmiegt, sich mit ihm ganz eins gefühlt.

Mit unwirscher Geste wischte sie jetzt eine Träne weg, die ihre Wange hinunterrann. *Ulrich! Wo bist du?,* hätte sie am liebsten laut in die Welt hinausgeschrien. *Warum lässt du mich und dein Kind allein?* Instinktiv legte sie die Hände schützend auf ihren noch flachen Bauch, als wollte sie dem winzigen Wesen, das in ihr wuchs, versichern, dass wenigstens sie immer für es da sein würde.

Seit einer Woche wusste sie nun, dass sie schwanger war. Mit einem Kind von Ulrich. Das Einzige, das ihr von ihm geblieben war. Manchmal erlaubte sie sich, von ihrer kleinen Familie zu träumen, wie Ulrich ihrem Kind im Müggelsee das Schwimmen beibringen würde. Sie würde auf dem Steg sitzen und die Handtücher bereithalten. Es war Sommer, der Himmel wolkenlos, die Wälder grün. Die Glücksgefühle, die diese Wunschträume in ihr auslösten, entschädigten sie für die Panikattacken, die sie befielen, wenn sie sich ihre Zukunft realistisch vorstellte. Ein Leben als alleinerziehende Mutter, ein Kind ohne Vater, ständige Zielscheibe des Staates und, was das Schlimmste war, ein Leben ohne Ulrichs Liebe. Dann jedoch gab es auch immer wieder die Augenblicke, in denen sie sich ganz sicher war, dass sie ihn wiedersehen würde. Ja, so war das mit der Hoffnung. Man klammerte sich daran, selbst wenn sie noch so klein war.

»Barbara!« Die Stimme ihrer Mutter holte sie aus ihren Gedanken zurück in die Realität. »Elke ist am Telefon. Sie fragt, ob du Lust hast, mit ihr zu Abend zu essen. Wolf hat irgendeinen Termin. Willst du selbst mit ihr sprechen?«

Barbara winkte ihr zu. »Sag ihr, ich komme gern. Danke!«

Sie freute sich. Elke und Michael waren die Einzigen, denen sie sich anvertrauen konnte, ohne Rücksicht nehmen zu müssen. Ihre Eltern versuchte sie, soweit es ging, zu schonen. Ihnen wollte sie nur die guten Nachrichten zukommen lassen, wie zum Beispiel, dass sich die Sache mit Lars erledigt hatte, oder dass Hartmann bis jetzt Ruhe gab – wahrscheinlich wieder einmal auf Peters Intervention hin.

»Du hast es deinen Eltern immer noch nicht gesagt?«, fragte Elke erstaunt, als die beiden nach dem Essen im Erker saßen.

»Ich weiß nicht, wie sie reagieren werden«, antwortete Barbara. »Mutti wird sich vermutlich wieder große Sorgen machen, und die hat sie sich in der vergangenen Zeit wegen mir doch schon zur Genüge gemacht. Berechtigterweise. Ungeplant schwanger. Und dann auch noch von einem Mann, der verschwunden ist.«

»Ja, und Kinder von Republikflüchtlingen haben es bedeutend schwerer als die von strammen Parteigenossen«, Elke seufzte.

Barbara seufzte ebenfalls. »Ich kann es nicht ändern.«

Elke nahm einen kräftigen Schluck aus dem Schnapsglas, als müsste sie sich Mut antrinken. Dann sagte sie zögerlich: »Vielleicht ist er auch tot.«

Barbara musste schlucken. »Das glaube ich nicht. Dann hätte ich doch irgendwas gehört. Zumindest das Pharmazeutische Institut. Und Frau Reinert hätte mich mit Sicherheit umgehend informiert. Weshalb sollte die BRD es verschweigen, wenn ein DDR-Bürger bei ihr umgekommen wäre.«

»Und wenn Ulrich als Staatssicherheitsangehöriger ein Spielball zwischen Ost und West gewesen oder geworden ist und sie ihn …?« Elke verstummte.

»Du hast wirklich zu viele Agentenromane gelesen.«

Ihre Freundin zuckte mit den Schultern und kippte den Rest von ihrem *Kristall* auch noch hinunter. »Apropos Staatssicherheit … Wenn die erst mal mitbekommen, dass du ein Kind von Ulrich erwartest, werden die vermuten, dass du dich über kurz oder lang zum Kindsvater absetzen willst. Und da sie dir sowieso Fluchthelferqualitäten unterstellen …«

Barbara seufzte noch einmal tief. Ihr Kopf fühlte sich wieder an, als wollten sämtliche Drähte in ihm durchbrennen. »Danke,

Elke, du verstehst es wirklich hervorragend, mir meine Probleme vor Augen zu führen«, sagte sie schließlich müde.

Da rutschte ihre Freundin mit dem Sessel nahe an ihren heran und nahm ihre Hand. »Du weißt hoffentlich, dass ich es nicht böse meine. Ich will dir nur helfen, die Situation klar zu sehen. Nach dem Motto: Gefahr erkannt, Gefahr gebannt. Und du weißt hoffentlich auch, dass ich fest an deiner Seite stehe. Egal, was kommt. Das darf ich an dieser Stelle genauso für Wolf sagen. Dafür …« Elke lächelte sie verschmitzt an und hob bedeutsam den Zeigefinger. »Dafür erwarte ich jedoch auch eine Gegenleistung.«

Barbara lachte. »Ich glaube, die kann ich dir zusichern.«

»Was? Du weißt doch noch gar nicht, was ich will.«

»Ich glaube schon. Das haben wir uns vor vielen Jahren gegenseitig versprochen, als wir noch zur Schule gegangen sind.«

Da begann Elke zu strahlen. »Genau! Geht das in Ordnung?«

Barbara nickte. »Und wie das in Ordnung geht. Ich könnte mir keine bessere Patin als dich vorstellen. Und dass mein Kind getauft werden wird, ist so sicher wie das Amen in der Kirche.«

Elke sprang auf und umarmte Barbara.

»Ich habe mir überlegt, Alessia doch zu besuchen«, sagte Barbara schließlich. »Ich kann nicht einfach nur abwarten. Ich muss etwas tun.«

»Weiß sie das schon?«

»Nee. Ich weiß doch bis jetzt noch nicht einmal, wo sie in Halle wohnt.«

»Und wie willst du das herausfinden?«

Barbara lächelte wissend. »Indem ich im Fernsprechbuch des Bezirks Halle nachschaue.«

»Stimmt. Und da willst du dann so einfach hinfahren, klingeln und sagen: ›Hallo, ich bin's, Barbara‹?«

»Ja, das will ich. Was habe ich zu verlieren? Entweder redet sie mit mir oder sie lässt es.«

»Die Frage ist doch, was du zu gewinnen glaubst.«

Barbara schwieg einen Moment. Auf diese Frage hatte sie bis jetzt selbst keine Antwort gefunden. »Keine Ahnung. Vielleicht treibt mich einfach auch nur das Bedürfnis dorthin, Ulrich irgendwie nahezukommen. Durch den Kontakt zu einem Menschen, der ihn sehr viel besser kennt als ich.«

»Das kann ich sehr gut nachvollziehen. Wenn du möchtest, begleite ich dich«, versprach Elke ihr.

DDR, Ostberlin / Kleinmachnow, Dienstag, 2. Mai 1989

»Barbara! Wie schön!«, rief Michael aus, als sie den Laden betrat. Er stand mit einem Stapel Bücher auf dem Arm auf der Regalleiter. »Ich bin sofort bei dir.«

»Mach nur in Ruhe«, erwiderte sie und ließ sich in einen der Sessel fallen.

»Du siehst sehr schön aus«, sagte Michael, als er sich neben sie setzte.

»Wie bitte? Ich sehe sehr schlecht aus. Ich bin blass, ich habe Schatten unter den Augen …«

»Stimmt.« Michael lächelte sie an. »Aber die Trauer macht dich noch schöner. Du hast jetzt so was Hilfebedürftiges an dir.

Mal was ganz anderes. Das spricht besonders starke Männer an.«

»Und du kennst dich da aus, ja?!«, witzelte sie.

»Auch Schwule wissen, wie das zwischen Frau und Mann läuft.«

»Ist Hartmann womöglich einer von diesen starken Männern, der mich beschützen will, statt einzukerkern?«

Michael hob die Brauen. »Hartmann aus dem MfS?«

»Leider genau der. Er hat mich heute durch meinen Direktor zu sich zitieren lassen. Um drei Uhr.«

»Ich dachte, mein Vater hätte sich der Sache angenommen.«

»Hat er ja auch, aber ich glaube, ich habe einen Fehler gemacht.«

»Welchen?«

»Ich bin gestern der Parade zum 1. Mai ferngeblieben. Wahrscheinlich hatte Hartmann wieder seine Wachhunde auf mich angesetzt, und die haben mich verpetzt. Jetzt will er mich sprechen und fängt bestimmt wieder von der IM-Tätigkeit an, die wir gerade erst abwenden konnten.«

Michael sah sie verständnislos an. »Entschuldige, aber das war ja auch saublöd von dir. Du weißt doch, wie das bei uns läuft. Warum musst du denn in deiner Situation auch noch auf Konfrontation gehen? Das wird Vater bestimmt ärgern.«

»Mit Recht«, murmelte sie kleinlaut.

»Warum bist du denn zu Hause geblieben?«

»Weil es geregnet hat.«

»Glaube ich dir nicht.«

»Weil ich plötzlich nicht konnte. Nach allem, was ich in den vergangenen Wochen erlebt habe, konnte ich nicht mitmarschieren, um diesen Staat auch noch zu feiern und ihm zu huldigen. Dafür liegt hier viel zu viel im Argen.« Sie sah ihn an. »Du warst natürlich dabei, oder?«

»Das gehört dazu.«

»Für dich. Meine Eltern waren ja auch dort. Die wissen gar nicht, dass ich gestreikt habe.« Barbara atmete tief durch. »Na ja, mal sehen, was Hartmann will.«

»Ja, mal sehen. Aber jetzt noch was anderes«, beendete Michael das Thema. »Ich habe nachgedacht. Ich werde Ulrichs Datsche pachten. Das heißt, ich habe bereits der zuständigen Stelle mein Interesse signalisiert. Natürlich werden sich da viele melden. Manchmal geht es der Reihenfolge nach, manchmal auch nach Beziehungen. Wie überall. Ich habe durchblicken lassen, wer mein Vater ist.«

»Mensch, Michael, das willst du tun? Ich kann dir das Geld schon morgen geben.« Vor Dankbarkeit traten ihr Tränen in die Augen. Seit sie wusste, dass sie ein Kind von Ulrich erwartete, war ihr die Datsche noch wichtiger geworden. »Ich danke dir.«

Michael lächelte verlegen. »Nun übertreib mal nicht. Das ist übrigens noch nicht alles. Ich habe mir noch mehr Gedanken gemacht – über deine Zukunft, über die deines Kindes und nicht zuletzt über meine. Moment …« Er stand auf, ging zur Ladentür und drehte das Schild *Geöffnet* auf *Mittagspause*. Dann setzte er sich wieder zu Barbara in die Sitzecke. »Also, ich habe mir überlegt – und auch schon mit Roman darüber gesprochen –, dass wir, du und ich, zusammenziehen sollten. Wir kennen uns seit einer Ewigkeit. Wir verstehen uns. Das geht bestimmt gut. Und eine solche Lösung hat drei Vorteile. Erstens, dein Kind hätte eine männliche Bezugsperson, einen Vater. Ich könnte dir viel abnehmen. Zweitens wärst du dann offiziell meine Lebensgefährtin, was bedeutet, dass die Stasi dich in Ruhe lassen wird. Gegen Familienmitglieder ermitteln die in der Regel nicht. Dann bestünde in deren Augen bezüglich deiner Person ja auch keine Fluchtgefahr mehr. Drittens würde eine solche Situation mich in meiner Beziehung zu Roman schützen. Dann wäre ich dein Lebensgefährte und Vater deines Kindes.« Michael lehnte sich im Sessel zurück und blickte erwartungsvoll zu ihr herüber.

Barbara starrte ihn an. »Du meinst, ich soll dich als Vater angeben?«

»Das meine ich. Seien wir ehrlich, die Wahrscheinlichkeit, dass Ulrich noch einmal auftaucht, geht gegen null.«

Barbara griff sich an die Stirn. »Tja, was soll ich sagen? Darüber muss ich erst mal nachdenken.«

Er lächelte verständnisvoll. »Sollst du ja auch.«

»Und was ist, wenn du dich entscheidest, in der nächsten Zeit in den Westen zu gehen?«

»Dann reisen wir gemeinsam aus.«

»Ich weiß nicht …«

»Barbara«, fuhr Michael eindringlich fort, »das würde in Zukunft vieles für dich erleichtern. Und in den Schulferien könntest du mit dem Kind in der Datsche wohnen. So kannst du dich dann immer von unserer Wohngemeinschaft erholen.«

Sie musste lachen. »Ach, Michael! Du bist so lieb.«

»Na ja, aber auch egoistisch. Um die Wohnung würde ich mich kümmern. Als junge Familie eine zu kriegen, dürfte doch recht einfach sein.«

»Aber meine Eltern könnten doch …«, wandte sie schwach ein. Natürlich hatte sie auch schon darüber nachgedacht, ob sie ihre Eltern tatsächlich für die nächsten Jahre einplanen konnte, sich um ihr Kind zu kümmern.

»Deine Eltern werden bestimmt immer einspringen, wenn Not am Mann ist, aber willst du sie tatsächlich so sehr verpflichten? Auch wenn ich schwul bin, kann ich einem Kind, egal ob Mädchen oder Junge, ein guter Vater sein.«

»Das ist es doch gar nicht!«, rief sie aus, stand auf und setzte sich zu ihm auf die Sessellehne. Dann legte sie den Kopf auf seine Schulter, auf das schwarze Hemd, das so angenehm und vertraut nach ihm roch. »Die Idee klingt ja gut. Eigentlich sehr gut, ich bin nur gerade ziemlich überfordert. Gib mir ein bisschen Zeit. Ein paar Tage nur, ja?«

Eine Stunde später stieg Barbara die breite Treppe hinauf in den ersten Stock des Ministeriums für Staatssicherheit. Ihr Herz hämmerte fast so laut wie ihre Absätze auf dem kalten Marmor. Mit einem mulmigen Gefühl im Bauch blieb sie vor Hartmanns Tür stehen, lockerte mit beiden Händen ihr Haar auf, das sie offen trug, atmete einmal tief durch und klopfte schließlich entschlossen an. Als hätte Hartmann bereits auf dieses Zeichen gewartet, öffnete sich sofort die Bürotür.

»Ich habe Sie kommen hören. So können nur die Schritte einer jungen Frau klingen.«

Ein Lächeln, dieses Mal kam es ihr etwas kühler vor, ein klebriger Blick auf ihre Beine, der ihr einen unangenehmen Schauer über den Rücken jagte. Warum hatte sie heute Morgen keine Hose angezogen? Als sie nach dem Unterricht zu Hause schnell ihr Fahrrad gegen den Trabi getauscht hatte, war ihr diese Idee nicht gekommen.

»Setzen Sie sich bitte.« Er ließ sie bis zum Schreibtisch vorgehen. Es waren zwar nur wenige Schritte, aber sie fühlten sich für sie an, als ginge sie durchs Feuer. Sie wusste, dass Hartmanns Blick auf ihr haftet. Als sie ihm schließlich gegenübersaß, entspannte sie sich ein wenig.

»Warum haben Sie gestern am Tag des Internationalen Kampfes und Feiertag der Werktätigen für Frieden und Sozialismus nicht an der Parade teilgenommen?«

Sollte sie die Wahrheit sagen?

»Die Beteiligung der Lehrer an den Festlichkeiten zum 1. Mai ist Pflicht«, klärte Hartmann sie mit eiskalter Miene auf.

»Mir war nicht gut«, erwiderte sie und sah ihm dabei in die Augen.

»Sie sehen auch heute schlecht aus«, entgegnete er mit Röntgenblick.

Na wunderbar! Das passte ja.

»Ich finde es trotzdem sehr bedauerlich, dass Sie so wenig staatsbürgerliches Engagement zeigen. Ganz zu schweigen davon, dass Sie nicht in der Partei sind. Deshalb noch einmal zu meinem Angebot. Ich bin Ihnen wohlgesonnen, das werden Sie ja gemerkt haben, aber wenn von Ihnen so gar nichts kommt, kann ich Sie nicht weiterhin aus der Reihe tanzen lassen. Ich erwarte von Ihnen, dass Sie für den Staat endlich etwas tun.«

Unwillkürlich legte sie ihre rechte Hand auf den Bauch.

»Ist Ihnen übel?«, Hartmann sah sie aufmerksam an.

Sie zwang sich zu einem Lächeln. »Ich habe nur Hunger.«

»Also …«

Ja, also … Sie entschied sich, offen zu reden. »Die IM-Tätigkeit kann ich nicht mit meinen moralischen Werten vereinbaren.«

»Wie bitte?« Hartmann lachte hart auf. Seine Augen wurden zu Schlitzen, als er sich über den Schreibtisch zu ihr hinüberbeugte. »Ihre moralischen Werte haben sich an denen unseres sozialistischen Staates zu orientieren. Das sollten Sie endlich begreifen. Ihre Verweigerungen schaden unserem Land. Wo kämen wir denn hin, wenn das jeder so machen würde? Wir alle müssen die DDR schützen. Nur so kann es funktionieren. Das gilt ganz besonders für die heutigen Zeiten.« Während er sprach, hatte sich seine Stirn gerötet, ein Zeichen dafür, dass er höchst erregt war. »Und ich sage es Ihnen noch einmal, dass gerade Sie unserem Staat etwas schuldig sind.« Er schob ihr ein Blatt und einen Stift hinüber. »Das ist der Vertrag für die IM-Tätigkeit.«

Ihr Puls begann zu rasen. Sie fühlte sich wie ein Tier in einem viel zu engen Käfig. Sie lehnte sich auf dem Stuhl zurück, um Abstand zu diesem Stück Papier zu bekommen. Irgendwie gelang es ihr, ihn freundlich anzuschauen. »Erzählen Sie mir bitte doch erst einmal, warum gerade ich angeblich unserem Staat so viel schuldig bin. Das haben Sie bereits mehrmals so formuliert.« Sie hoffte, etwas Zeit zu gewinnen.

Auch Hartmann lehnte sich in seinem Schreibtischsessel zurück. Er wirkte jetzt fast entspannt – und wieder freundlicher. »Das wissen Sie nicht?«, fragte er sachlich.

»Wenn Sie mein Studium meinen …« Sie hob die Schultern.

»Das meine ich nicht.«

»Was denn sonst?«

Hartmanns Blick lag auf ihrem Gesicht. Er hatte nichts Flirtendes, nichts Begehrliches. Vielmehr wirkte er bedauernd, fast mitleidig. Ihr wurde ganz merkwürdig zumute. Angst kroch in ihr hoch.

»Sie haben dem Staat zu verdanken, dass Sie nicht in einem Waisenhaus aufwachsen mussten, sondern bei liebevollen Eltern, die Ihnen ein Zuhause gegeben haben.«

Ihr Mund verzog sich zu einem spöttischen Lächeln. *Was redete der denn da für einen Schwachsinn? Das wurde ja immer besser.* »Entschuldigen Sie, aber das ist bei mir ganz bestimmt der falsche Weg, um Verwirrung zu stiften oder mich gefügig zu machen.« Und dennoch spürte sie, wie Verunsicherung in ihr aufstieg. Würde die Stasi tatsächlich etwas so Ungeheuerliches erfinden, um jemanden an den Rand eines Nervenzusammenbruchs zu treiben?

Hartmann schwieg, zog die Schreibtischschublade auf, nahm die blaue Kladde heraus, schlug sie auf, nahm nur ein einziges Blatt heraus und legte es vor sie auf den Tisch.

Sie las, las es wieder und wieder.

»Möchten Sie ein Glas Wasser?«

Mechanisch schüttelte sie den Kopf. Ihr Blick war auf das Blatt Papier und seine schwarzen Buchstaben und Zahlen geheftet.

»Ob Sie es mir glauben oder nicht, ich wollte Ihnen diese Wahrheit wirklich ersparen. Ich habe ja in unseren Unterhaltungen gemerkt, dass Ihre Eltern Ihnen die Adoption verschwiegen haben.«

Sie strich sich über die Stirn. Ihre Hand zitterte. Dann schüttelte sie den Kopf, den Blick immer noch auf das Blatt gerichtet.

»Doch ein Glas Wasser?«, fragte Hartmann behutsam.

Sie hob den Kopf, sah ihn an. Und plötzlich fügte sich alles zusammen. Er hatte sie nach Verwandten im Westen gefragt, nach Geschwistern. Und ihre Eltern hatten doch auch in Gesprächen so merkwürdig reagiert.

»Habe ich denn Geschwister? Oder Verwandte im Westen?«, erkundigte sie sich.

Da stand er ruckartig auf und schloss den mittleren Knopf seines Jacketts. »Fahren Sie erst mal nach Hause. Ich denke, jetzt steht ein Gespräch mit Ihren Eltern an. Und nehmen Sie den IM-Vertrag mit. Ich hoffe, dass Sie nun endlich einsehen, dass Sie unterschreiben sollten.« Er ging zur Tür, öffnete sie. »Frau Nowack, nehmen Sie diesen Rat an. Wir können auch anders. Überschätzen Sie den Einfluss von General Pietsch nicht.«

Als Barbara schließlich im Auto saß, spürte sie nichts mehr. Sie war innerlich erstarrt und leer, völlig erschöpft. Sie fuhr los, orientierungslos, wie blind. Sie übersah eine rote Ampel, nahm einem Radfahrer die Vorfahrt, der mit erhobener Faust hinter ihr her schimpfte, und stellte irgendwann fest, dass sie auf dem Weg zum Müggelsee war. Sie hielt am Straßenrand an, schüttelte den Kopf. Suchte sie dort instinktiv den Halt, den sie gerade verloren und den Ulrich ihr gegeben hatte? Sie war nicht Ingrids und Ralfs Tochter. Warum hatten die beiden nie mit ihr darüber gesprochen? Wer waren ihre leiblichen Eltern? Wo kam sie her? Fragen über Fragen, die ihren Kopf zu sprengen drohten. Sie musste die Wahrheit wissen. Jetzt. Sofort. Abrupt wendete sie ihren Wagen und fuhr in Richtung Kleinmachnow. Plötzlich ging es ihr nicht schnell genug, mit ihren Eltern – ihren Adoptiveltern – zu reden.

Als sie das Gartentor öffnete, hörte sie Stimmen, die Stimmen ihrer Eltern. Ihrer Adoptiveltern. Sie saßen bestimmt auf der Wiese. Barbara hörte Ingrid lachen, hörte ihren Vater, der etwas erzählte und dabei die Stimme verstellte, um jemanden nachzuahmen – was er gut konnte. Die Sonne schien von einem blitzblanken Himmel, die rosa Blüten der Magnolien verströmten einen zarten Duft, die Vogelstimmen klangen fröhlich, und die bunten Frühlingsblumen entlang des schmalen Kiesweges wippten im leichten Wind. Doch all dies fand in ihrem Innern keinen Widerhall. Langsam, wie getrieben, ging sie weiter. An der Hausecke blieb sie stehen. Was sich ihr bot, war ein Bild des Friedens, ein Bild der Liebe. Ingrid und Ralf saßen dicht beieinander. Ralf hatte den Arm auf die Lehne des Gartenstuhls seiner Frau gelegt. Die beiden steckten die Köpfe zusammen, schauten in ein Buch. Barbara betrachtete sie eine Weile.

Ja, dort saßen ihre Eltern, bei denen sie aufgewachsen war, in deren Bett sie als kleines Mädchen gekrochen war, wenn sie schlechte Träume gehabt hatte. Ihr Vater, in dessen beschützende Umarmung sie sich selbst noch als Teenager beim ersten Liebeskummer geflüchtet hatte; ihre Mutter, mit der zusammen sie genäht, gekocht, sich geschminkt und so viel gelacht hatte. Sie sah vor sich, wie sie abends zusammen Karten gespielt hatten, erinnerte sich an das Verständnis, das ihr stets von beiden entgegengebracht worden war – und auch an die Rügen und Ermahnungen, wenn sie sich allzu dickköpfig gezeigt hatte, die jedoch nie beschämend oder verletzend gewesen waren. Diese Erinnerungen vervielfachten sich, stürzten auf sie ein. Sie spürte, wie sie die Fassung verlor. Konnte sie sich bessere Eltern wünschen? Niemals! Dort saßen ihre Eltern, ganz gleich, was mit ihren leiblichen geschehen war.

Während Barbara diese Gedanken durch den Kopf jagten, fühlte sie sich innerlich allmählich wieder lebendiger. Unbewusst musste sie ein paar Schritte vorgetreten sein, so dass sie ins Blickfeld ihres Vaters geraten war. Er schaute hoch, und ein Lächeln legte sich auf sein Gesicht. »Barbara, da bist du ja! Setz dich zu uns und erzähl, wie es war!«

Sie setzte sich an den alten Gartentisch aus Gusseisen, auf dem drei Tassen, eine Kaffeekanne und Ingrids Strickkorb standen. Ralf legte das Buch daneben. Es war ein Fotoalbum.

»Ich habe heute den Speicher aufgeräumt und dabei die Alben von früher gefunden«, sagte ihre Mutter mit versonnenem Lächeln. »Was warst du nur für ein süßer Fratz!«

Barbara musste schlucken und wendete den Blick ab.

»Was hat Hartmann von dir gewollt?«, erkundigte sich ihr Vater, nachdem er ihr Kaffee eingeschenkt hatte.

»Er hat mir den IM-Vertrag mitgegeben«, antwortete sie.

Ihre Eltern sahen sie überrascht an.

»Ich dachte, Peter hätte …«, setzte ihre Mutter an, doch Barbara unterbrach sie: »Ich habe einen Fehler gemacht. Ich war gestern nicht auf der Parade.«

Ralf atmete tief durch. »Du warst schon immer ein Sturkopf«, meinte er dann mit einem Lächeln in den Augen. »Wir haben eben noch darüber gesprochen.«

Barbara schaute zuerst ihn an, dann Ingrid, und sagte mit einer Stimme, die ihre aufsteigenden Tränen verriet: »Trotzdem hattet ihr immer Verständnis für mich, habt mich vielmehr noch darin unterstützt, meinen eigenen Weg zu finden.« Und dann kullerte ihr auch schon die erste dicke Träne über die Wange. Sie bemerkte, wie sich ihre Eltern vielsagend ansahen.

Ihre Mutter erblasste. In den Augen ihres Vaters erkannte sie Schmerz. Um sie nicht länger zu quälen, fuhr sie rasch fort: »Warum habt ihr nichts gesagt? Wovor hattet ihr Angst? Ihr seid die besten Eltern, die sich ein Kind wünschen kann. Und ihr werdet es immer bleiben.« Sie stand auf, drückte zuerst ihre Mutter ganz fest an sich, die in ihren Armen laut aufschluchzte. Dann ging sie zu ihrem Vater und umarmte ihn ebenfalls. Sie spürte seine Ergriffenheit, hörte, wie er schluckte.

»Hartmann hat es dir also gesagt«, sagte er mit heiserer Stimme.

»Ja, er meint mich damit unter Druck setzen zu können. Ich soll jetzt etwas für den Staat tun, der damals meine Adoption ermöglicht hat.«

Ihre Mutter griff nach ihrer Hand und zog sie zu sich heran auf den Gartenstuhl, der neben ihrem stand. »Kind, wir wollten dir diese Wahrheit ersparen. Das musst du uns glauben. Wir dachten, es sei das Beste so.«

Barbara lächelte sie an. »Aus Angst davor, mich zu verlieren, oder aus Angst, ich könnte damit nicht klarkommen?«

»Sowohl als auch.«

Barbara hielt ihre Hand fest und streichelte sie. »Ich werde schon damit klarkommen. Natürlich ist es erst einmal ein Schock, aber wen sollte ich denn vermissen? Ich kenne meine leiblichen Eltern ja nicht.« Sie gab Ingrid rasch einen beruhigenden Kuss auf die Wange, bevor sie fortfuhr: »Aber eins würde ich schon gerne wissen. Wie ist das Ganze damals gekommen?«

»Hat Hartmann dir das nicht erzählt?«, fragte Ralf mit forschendem Blick.

»Nein. Ich hatte den Eindruck, dass er es euch überlassen wollte, mir alles zu erzählen – was ich ihm hoch anrechne.«

»Eigentlich gibt es gar nicht so viel zu berichten«, begann Ralf. »Deine leiblichen Eltern stammten aus Teltow. Sie waren beide erst neunzehn Jahre alt, als sie dich bekamen. Dein Vater kam ursprünglich aus dem Westen, irgendwo aus dem Ruhrgebiet. Die beiden haben sich während eines Urlaubs am Balaton kennengelernt und so sehr ineinander verliebt, dass dein Vater wegen deiner Mutter in die DDR übergesiedelt ist. Als du ein halbes Jahr alt warst, sind die beiden in Ostberlin bei einem Verkehrsunfall ums Leben gekommen.« Während er den letzten Satz etwas leiser aussprach, sah er seine Frau an.

Ingrid nickte zustimmend und sprach weiter. »Ralf und ich konnten keine Kinder bekommen. Ich kannte deine Mutter, also deine leibliche Mutter, aus dem Sportverein. Ich wusste, dass sie keine Angehörigen hatte. Sie war im Waisenhaus aufgewachsen. Als wir durch Nachbarn von diesem schrecklichen Unglück erfuhren, stand für uns fest, dass wir alles tun würden, um dich zu adoptieren. Peter hat diese Adoption sehr schnell und unbürokratisch für uns möglich gemacht.«

Erstaunt sah Barbara von einem zum anderen. »Rührt daher eure enge Beziehung zu ihm?«

Ralf schüttelte den Kopf. »Nicht nur. Es stimmt tatsächlich, dass ich Peter im Krieg das Leben gerettet habe. Wir haben uns gegenseitig geholfen. Um dich adoptieren zu können, mussten wir jedoch erst mal in die SED eintreten und uns auch verpflichten, dich linientreu zu erziehen.«

»Was euch ja grundsätzlich auch gelungen ist – Junge Pioniere, Thälmannpioniere, FDJlerin, Jugendweihe …« Barbara lachte kurz auf. »Nur dass ich nach dem Austritt aus der FDJ nicht in die SED eingetreten bin.«

»Was vielleicht besser gewesen wäre«, sagte Ingrid so leise, dass es kaum zu hören war. »Aber das habe ich ja schon mal gesagt.«

»Weiß Michael eigentlich, dass ich adoptiert bin?«, fragte Barbara.

»Nein«, antwortete ihr Vater. »Das haben wir damals so mit Peter und Charlotte besprochen. Das wissen nur wir vier – und die Stasi natürlich.«

»Und was ist mit den Eltern meines leiblichen Vaters im Westen?

»Da gab es keinen Kontakt, wie deine Mutter mir damals erzählt hat«, erwiderte Ingrid. »Sie wusste nur, dass ihre Schwiegermutter deinen Vater allein erzogen hatte und er seinen Vater nie kennengelernt hat. Vielleicht haben deine leiblichen Eltern auch deshalb so jung zueinander gefunden und so früh ein Kind haben wollen, weil ihnen beiden gleichermaßen die familiären Wurzeln gefehlt haben.«

Als sich an diesem Tag die Sonne verabschiedete und den Himmel über Kleinmachnow in ein weiches Rosé tauchte, erzählten Ingrid und Ralf ihrer Tochter das Wenige, was sie über ihre leiblichen Eltern wussten.

»Deine herrlich dichten blonden Locken und die blauen Augen hast du von Gaby«, sagte ihre Mutter mit liebevollem Blick. »Sie war eine sehr schöne junge Frau.«

»Aber die Sommersprossen hast du von Ingrid«, fügte Ralf schmunzelnd hinzu.

»Dafür stammen natürlich deine Klugheit und dein Charme von Ralf«, konterte Ingrid zwinkernd.

Barbara stupste ihren Vater liebevoll in die Seite. »Von wem auch sonst – oder, Papa?«

Alle drei lachten.

»Manches Mal haben Ralf und ich gedacht, dass du vielleicht besser jüngere Eltern gehabt hättest, weil wir altersmäßig doch auch deine Großeltern sein könnten«, sagte Ingrid.

War das jetzt vielleicht der richtige Moment, um auch eine weitere Wahrheit loszuwerden?

»Würdet ihr denn gern Großeltern werden?«, fragte Barbara geradeheraus.

Ihre Mutter lächelte versonnen. »Na ja, so ist doch der Lauf des Lebens, oder? Nachdem wir es einmal als Eltern so gut hinbekommen haben – wie unsere Tochter uns gerade bestätigt hat –, könnten wir einen kleinen, süßen Enkel vielleicht auch etwas mit auf seinem Lebensweg begleiten.«

»Meinetwegen gern«, erwiderte Barbara prompt mit verschmitztem Lächeln.

»Also doch!«, jauchzte da Ingrid auf. »Ich habe es geahnt. Du siehst in den letzten Tagen so verändert aus. Eine Frau sieht das viel früher als ein Mann. Und dein Unwohlsein ...« Sie stand auf, zog Barbara aus dem Sessel hoch und wirbelte sie auf der Wiese einmal herum. »Sag du doch auch mal was!«, rief sie ihrem Mann zu.

Da stand Ralf auf, ging auf die beiden zu und schloss sie in die Arme. »Ich freue mich.«

Als Barbara spätabends im Bett lag, fühlte sie sich innerlich so geordnet und geborgen wie seit langem nicht mehr seit Ulrichs Verschwinden. Am Ende dieses Tages hatte sich einiges geklärt: Ihre Eltern waren Ingrid und Ralf, die sie innig liebte, und die sie und ihr zukünftiges Enkelkind liebten. Von ihren leiblichen Eltern hatte sie jetzt ein Bild, aber es war zu phantomhaft, als dass sie im Nachhinein in ihrem Herzen irgendwelchen Raum hätten einnehmen können. Sie hatte Freunde, die für sie und ihr Kind da sein würden. Und sie hatte Michael, der ihrem Kind ein Vater sein wollte. Ja, sie sollte seinen Vorschlag annehmen. Allein schon wegen der Staatssicherheit, die sie und ihr Kind sonst wahrscheinlich nie in Ruhe lassen würde.

DDR, Kleinmachnow / Halle, Samstag, 6. Mai 1989

An diesem Vormittag entschied Barbara, endlich nach Halle zu fahren. Der Gedanke ließ sie jetzt nicht mehr los. Bisher hatte sie sich von einem Gespräch mit Ulrichs Ehefrau versprochen, Ulrich besser kennenzulernen, vielleicht sogar sein Verschwinden zu verstehen, doch jetzt war noch ein viel wichtigerer Aspekt hinzugekommen.

Während sie durch die milde Frühlingsluft von der Schule nach Hause radelte, überlegte sie, ob sie Elke bitten sollte, sie nach Halle zu begleiten. Kurz entschlossen machte sie einen Umweg und klingelte bei ihrer Freundin. Elke empfing sie noch im Schlafanzug und mit einem herzhaften Gähnen. »Was machst du denn hier?«

»Oh, entschuldige …« Barbara wich instinktiv zurück. »Habe ich euch etwa geweckt?«

»Nein, wenn überhaupt, dann nur mich. Wolf hat einen Termin. Der ist schon früh losgezogen, und ich habe es mir heute mal gegönnt, den Tag ganz entspannt angehen zu lassen.« Elkes dunkle Augen sahen sie forschend an. »Was ist los?«

Barbara zögerte. Elke hatte ein bisschen Entspannung verdient, die wollte sie mit ihrem Vorhaben nicht stören. Außerdem lagen zwischen Kleinmachnow und Halle an der Saale rund einhundertfünfzig Kilometer, das würde ohnehin schon knapp.

»Jetzt komm doch erst mal rein!« Elke zog sie in den Flur. »Ich habe gerade Kaffee aufgebrüht.«

»Ich weiß nicht«, murmelte Barbara unschlüssig. »Eigentlich wollte ich dich nur etwas fragen, aber das hat sich jetzt erledigt.« Sie hatte ihre Worte gar nicht bewusst gewählt, war mit ihren Gedanken beschäftigt. als sie jedoch das Aufblitzen in Elkes Augen bemerkte, wusste sie, dass sie ungewollt den richtigen Knopf gedrückt hatte.

Aber Elke spürte sofort, dass es um etwas Bedeutsames ging: »Das gilt nicht! Jetzt musst du es mir auch sagen.«

»Na gut. Ich will gleich nach Halle fahren und wollte dich fragen …«

»Moment mal, du willst immer noch zu Alessia fahren?«

»Was heißt denn hier *immer noch*?«, fragte Barbara leicht pikiert.

»Vorgestern hast du mir noch erzählt, du würdest bald mit Michael zusammenziehen und ihr würdet auf glückliche Familie machen. Und jetzt willst du mit Alessia über Ulrich reden? Verzeih, aber das ist doch brandgefährlich. Die steht unter Garantie mit der Stasi in Kontakt. Ich sag dir was: Du musst Ulrich endlich vergessen, wenn du dein Kind und auch dich selbst schützen willst. Weißt du, was unser Staat schon mit Frauen gemacht hat, die gegen ihn gearbeitet haben? Er hat ihnen sofort nach der Geburt ihr Kind weggenommen, es ins Waisenhaus gesteckt und behauptet, sie hätten eine Totgeburt gehabt. Willst du das riskieren?«

Obwohl Barbara bei Elkes Worten innerlich schauderte, gebot sie ihrer Freundin energisch Einhalt. »Mensch, Elke, du immer mit deiner Schwarzmalerei. Hör mir doch erst mal zu. Ich habe mit Michael darüber gesprochen, und er fand die Idee, Alessia aufzusuchen, auch gut.«

»Michael also …«, wiederholte Elke trocken, während sie sich Kaffee einschenkte. »Willst du auch?«

»Nein, danke. Ich will gleich los.«

»Gib mir fünf Minuten«, Elke seufzte. »Und dann erzählst du mir unterwegs, was Michael gesagt hat.«

Barbara ließ ihr Fahrrad bei Elke stehen und sagte ihren Eltern Bescheid, dass sie mit ihrer Freundin unterwegs sei. Die beiden Frauen fuhren mit Elkes Wartburg in Richtung Halle an der Saale.

»So viel Weitsicht und Pragmatismus hätte ich Michael gar nicht zugetraut«, sagte Elke irgendwann. »Er kommt mir immer vor wie ein verpeilter Bücherwurm.«

»Ist er aber nicht. Was das angeht, kommt er nach seinem Vater«, bekräftigte Barbara.

»Also wirklich«, meinte Elke in anerkennendem Ton. »Das ist clever von ihm gedacht. Das hat schon was von weiblicher Raffinesse.«

Barbara musste lachen. »Michael ist aber der Mann in der Beziehung mit Roman.«

Die beiden schwiegen eine Weile. Barbara war diejenige, die die Unterhaltung wieder aufnahm. »Es fällt mir schwer, meine Liebe zu Ulrich derart zu verleugnen – und ich würde es auch niemals tun, wenn ich nicht schwanger wäre. Aber jetzt muss ich an unser Kind denken.«

»Ganz genau«, sagte Elke aus tiefstem Herzen.

Barbara verfiel wieder in tiefes Schweigen, den leeren Blick auf die Straße vor ihnen gerichtet.

»Wir kommen gleich ins Chemiedreieck Halle, Merseburg, Bitterfeld«, sagte Elke. Dunst tauchte jetzt alles in ein tristes Grau. »Weißt du, dass das hier eine der am stärksten belasteten Regionen unseres Landes ist?«

Barbara nickte stumm. Ja, das wusste sie. Von Ulrich, der 1983 an dem Fahrradkorso zu den Buna-Chemiewerken teilgenommen hatte, um für eine bessere Umwelt zu demonstrieren. Sie seufzte in sich hinein. Ulrich …

Elke rümpfte die Nase. »Riechst du das? Dieser Gestank kommt von der Saale. Die ist hier eine einzige Kloake. Schwermetalle, Giftstoffe … Darüber würde ich gerne schreiben.« Elke kam jetzt so richtig in Fahrt. »Aber weißt du, das wird immer schlimmer. Das Zentralkomitee der SED gibt genau vor, worüber wir zu berichten haben. Welche Worte ab sofort unerwünscht sind oder welche Produkte nicht erwähnt werden dürfen, weil sie gerade Mangelware sind. Und würde ich mich darüber hinwegsetzen und trotzdem über unsere Umweltsituation schreiben, bekäme ich bestenfalls die sofortige Kündigung.« Sie warf Barbara einen Seitenblick zu, die noch immer starr aus dem Fenster blickte. »Gehst du morgen wählen?«

»Nein. Es sind doch sowieso alle nur Kandidaten, die sich im Sinne der SED-Führung bewährt haben. Und wenn du eine Nein-Stimme abgibst, musst du damit rechnen, dass dein Name vermerkt wird. Das kann ich mir in meiner jetzigen Situation nicht leisten.«

»Wir gehen auch nicht.«

»Wenn ich mir vorstelle, dass ich mich jetzt, wo die oppositionellen Gruppen immer stärker werden, als IM betätigen soll, wird mir übel«, sagte Barbara kopfschüttelnd. »Kannst du verstehen, dass ich auch deshalb Michael für seinen Vorschlag so dankbar bin?«

»Ja, eine offizielle Weigerung Hartmann gegenüber würde dich wahrscheinlich in letzter Konsequenz ins Frauengefängnis Hoheneck bringen.«

»Wir sind gleich da.« Als sie das Schild *Halle/Saale* passierten, wechselte Barbara das Thema, das ihr so großes Unbehagen bescherte. »Die Geburtsstadt von Georg Friedrich Händel … Ulrich hat mir einmal ein Stück von Händels *Wassermusik* auf der Mundharmonika vorgespielt. Sehr ungewöhnlich dieses Instrument für ein klassisches Stück, aber es klang wundervoll.« Wieder Ulrich … Die Kehle wurde ihr eng. Sie schloss die Augen und sah Ulrich vor sich. Sie saßen gemeinsam vor dem Ofen auf dem Boden der Datsche. Barbara hörte seinem Spiel zu. Danach hatten sie miteinander geschlafen. Auf dem Teppich vor dem lodernden Feuer.

»Jetzt müssen wir mal nach dem Weg zu Alessias Straße fragen«, brachte Elkes resolut klingende Stimme sie ins Hier und Jetzt zurück. »Wie heißt die noch mal?«

»Rannische Straße, Hausnummer fünfzehn. So stand es im Fernsprechbuch.«

Ihre Freundin hielt an, kurbelte das Fenster runter und fragte einen Passanten. Wenige Minuten später hatten sie schon ihr Ziel erreicht. Ein dreistöckiges Reihenhaus aus schwarz gerußtem Sandstein, das den Zweiten Weltkrieg überstanden hatte. Im Erdgeschoss gab es ein Kurzwarengeschäft, darüber befanden sich Wohnungen. Barbara suchte nach dem Namen auf den Schildern neben der Tür, fand Dreyer und drückte den Klingelknopf. Doch Alessia schien nicht zu Hause zu sein.

»Dann warten wir«, beschloss Elke.

Die beiden Frauen setzten sich wieder ins Auto.

Elke steckte sich eine Zigarette an. »Hast du dir schon überlegt, wie du Alessia die Geschichte mit Michael am glaubhaftesten verkaufst?«, fragte sie, nachdem sie den Rauch aus dem geöffneten Fahrerfenster geblasen hatte. »Ganz ehrlich, allzu anständig im moralischen Sinn stellst du dich dabei ja nicht gerade dar.«

Barbara lachte hart auf. »Das ist mir doch völlig egal. Hauptsache, die lassen mich endlich in Ruhe.«

»Na ja, Michael, den du seit deinem Babyalter kennst ... Ob man dir das abnimmt?«

»Warum denn nicht? Kennst du das Lied von Klaus Lage, *Tausendmal berührt?*«, fragte Barbara.

»Klar, aber welche Geschichte genau willst du Alessia gleich erzählen?«, insistierte ihre Freundin.

»Die wirst du gleich hören«, erwiderte sie trocken. »Da hinten kommt sie.« Barbara hatte Ulrichs Frau auf den ersten Blick erkannt.

Klein, rundlich, hochschwanger. Alessia hatte jetzt wieder schwarzes Haar, das ihr auf die Schultern fiel. Als sie näher kam, hatte sie den weinroten Wartburg fest im Blick.

Barbara hatte den Eindruck, dass Alessia sie ebenfalls sofort erkannte. Sie stieg aus und ging auf sie zu. »Guten Tag, Alessia. Ich bin …«, begann sie.

»Ich weiß, wer du bist«, unterbrach Ulrichs Frau sie ruhig mit dem Anflug eines Lächelns, das Barbara als Zeichen der Bereitschaft wertete, mit ihr zu reden.

»Ich möchte gern mit dir sprechen«, fuhr Barbara fort. »Es ist wirklich wichtig für mich.«

»Lass uns ins Haus gehen«, schlug Alessia ganz selbstverständlich vor.

Barbara zögerte. »Ich bin nicht allein. Meine Freundin ist auch dabei.« Sie zeigte auf Elke, die noch hinterm Steuer saß.

»Die kann doch mitkommen.«

»Lass mich einen nehmen«, bot Barbara Alessia an und nahm ihr auch schon einen der beiden prall gefüllten Einkaufsbeutel ab. Dann machte sie Elke ein Zeichen, die daraufhin ausstieg. Barbara stellte die beiden einander vor.

»Lasst uns in den Innenhof gehen«, sagte Alessia. »Es ist so schönes Wetter.«

Aha, dachte Barbara, *sie will uns nicht mit in ihre Wohnung nehmen. Warum auch immer. Ob sie etwa auch abgehört wird?*

Die drei setzten sich auf eine der Bänke, die rund um eine kleine Rasenfläche standen, auf deren Mitte eine mächtige

Linde ihre hellgrünen Zweige in den dunstigen Himmel streckte. Im Gras lag Spielzeug herum. An der Hauswand standen ein riesiger Grill, drei Bierkästen, ein langer Holztisch und mehrere Stühle. Sah ganz so aus, als hätten die Hausbewohner hier ein gutes gemeinschaftliches Miteinander.

»Worüber willst du mit mir reden?«, fragte Alessia geradeheraus. Dabei tauchte der Blick aus ihren fast schwarzen Augen in ihre. Barbara hielt ihm stand. Jetzt galt es!

»Es geht um Ulrich«, begann sie schlicht.

»An deiner Stelle würde ich mich nicht mehr für ihn interessieren. Oder ihm gar nachtrauern. Er ist jetzt im Westen. Fertig.«

»Woher weißt du so genau, dass er drüben geblieben ist?« Die Frage kam ihr schneller über die Lippen, als sie wollte – ihr Ton verriet, wie wichtig die Antwort für sie war. »Ich meine, mir ist es egal, wo er ist«, fügte sie schnell hinzu, was sie jedoch unglaubliche Überwindung kostete.

»Das ist doch klar. Entweder ist er drüben geblieben oder tot«, entgegnete Alessia scheinbar gelassen. »Und wieso ist es dir egal? Ich dachte, ihr liebt euch.«

So, jetzt kam ihr Einsatz. Jetzt musste sie Michaels Idee, die ihr zukünftiges Zusammenwohnen glaubhaft erscheinen ließ, in die Information umwandeln, die Alessia gegebenenfalls an die Staatssicherheit weitergeben würde. Sie holte tief Luft.

»Ich habe Ulrich nie wirklich geliebt. Er war nur eine … eine Affäre für mich. Ehrlich gesagt, eine von vielen in der vergangenen Zeit. Für ihn war es sicher mehr. Das weiß ich. Und ich habe die Nase voll von Typen, die in den Westen gehen. Du weißt sicher, dass mein vorheriger Freund Manfred Mattner auch abgehauen ist. Und jetzt Ulrich. Vielleicht sollte es ja so sein.« Sie schickte einen nachdenklichen Blick hinauf in die Krone der Linde, bevor sie weitersprach: »Dadurch habe ich erkannt, wo ich hingehöre. Ich bin wieder mit meinem Jugendfreund zusammen. Wir bekommen ein Kind. Ich weiß nicht, ob dir General Pietsch etwas sagt. Michaels Vater sitzt im Zentralkomitee.« Sie verstummte, brauchte eine kurze Pause. Diese Lüge kostete sie so unendlich viel Kraft.

»Und was willst du dann von mir?«, fragte Alessia und hob skeptisch die Brauen.

»Klar, das fragst du mich mit Recht«, fuhr Barbara rasch fort. »Ich bin sozusagen vorbeugend hier. Ich meine …« Mist, jetzt verlor sie den Faden. Als Elke energisch hustete, konzentrierte sie sich wieder. »Ich hatte Probleme mit der Staatssicherheit«, fuhr sie gefasst fort. »Was ja verständlich ist. In kurzer Zeit verschwinden zwei meiner Liebhaber in den Westen. Die haben natürlich gedacht, ich hätte was damit zu tun. Deshalb habe ich jetzt Angst, dass Ulrich doch irgendwann mal wieder auftauchen könnte. Natürlich werde ich nicht mehr mit ihm reden. Kein einziges Wort. Mit Leuten, die bei unseren kapitalistischen Nachbarn ihr Glück suchen, will ich nichts zu tun haben. Ich will mit Michael und unserem Kind ein ruhiges Leben mit der richtigen staatsbürgerlichen Haltung führen und helfen, den Kurs der Einheit von Wirtschafts- und Sozialpolitik der SED voranzutreiben – auch gegen den Aufruf von Michail Gorbatschow zu Reformen.« Sie griff sich an den Hals, der strohtrocken war. O Mann, sie redete sich gerade um Kopf und Kragen.

Elke hatte während ihres langen Monologes geschwiegen.

Alessia ebenfalls. Ihre großen Augen waren die ganze Zeit auf sie geheftet gewesen. In ihnen war keinerlei Regung zu lesen. Alessia war klug, ein geschultes Mitglied der SED. Nahm sie ihr diese Geschichte überhaupt ab? Mit einem Mal hatte Barbara das Gefühl, Schauspielerin in einer Seifenoper zu sein. Wie hatte sie sich nur darauf einlassen können?

Ein flüchtiges Lächeln zeigte sich jetzt auf Alessias Zügen. »Noch einmal, welche Rolle spiele ich dabei?«

»Ja, genau.« Sie räusperte sich und fuhr fort: »Vielleicht wendet sich Ulrich ja an dich. Du hast ihm doch immer geholfen. Ihr kennt euch so lange. Immerhin seid ihr noch verheiratet. In diesem Fall möchte ich dich bitten, ihm zu sagen, er möchte es unterlassen, Kontakt zu mir aufzunehmen, und dass ich ein Kind von Michael erwarte.«

Alessia setzte sich gerade hin. »Das kann ich ihm gern sagen – sollte er tatsächlich kommen. Aber natürlich würde ich ihm nicht mehr helfen. Sonst wäre die Stasi nämlich hinter mir her. Ich habe die Scheidung eingereicht. Ich bin wieder mit meinem früheren Freund zusammen.« Den letzten Satz sagte sie mit einem zärtlichen Lächeln.

»Das freut mich für dich.« Barbara hielt die Luft an. Sie hatte alles gesagt, was sie sagen wollte. Was nun? Sie sah Elke an.

Daraufhin warf ihre Freundin einen demonstrativen Blick auf ihre Armbanduhr. »Ich glaube, wir müssen mal so langsam zurück.«

Alessia nickte zustimmend und lächelte auch. Lag da zum ersten Mal ein Ausdruck von Mitgefühl und Verständnis in Alessias schwarzen Augen?, fragte sich Barbara. Alessia zögerte deutlich.

»Gibt es noch etwas zu besprechen?«, fragte Barbara.

Schweigen.

Alessia zögerte, räusperte sich und sagte schließlich: »Es gibt nur zwei Möglichkeiten. Entweder hat sich Ulrich abgesetzt, oder er lebt nicht mehr. Ich habe herausgefunden, dass er während seines Aufenthaltes im Westen mit einem anderen Kongressteilnehmer ein Chemiewerk besichtigt hat. An diesem Tag kam es dort zu einer Explosion …«

Barbaras Herz setzte für einen Moment aus. War Alessia mit ihren Nachforschungen weitergekommen als sie selbst?

»… Ulrichs Begleiter ist im Krankenhaus seinen Verletzungen erlegen. Aber von Ulrich fehlt seither jede Spur. Somit konnten die Scheidungspapiere bislang auch nicht zugestellt werden.«

Alessia hatte einen verkniffenen Ausdruck um den Mund, den Barbara nicht recht zu deuten wusste.

»Ich denke, er hat in dem Chaos die Gelegenheit genutzt unterzutauchen.« Alessia seufzte. »Wahrscheinlich ist er tief im Herzen wie seine Mutter. Die wollte auch immer in den Westen und hat es dann ja auch wahr gemacht.« Schwerfällig stand sie auf. Ihr Gesicht nahm eine amtliche Miene an. »Solche Leute brauchen wir hier nicht. Schon gar nicht in so schwierigen Zeiten wie diesen. Lasst sie doch alle ausreisen, die den Versuchungen des Kapitalismus erlegen sind. Wer den Sozialismus schmäht, hat bei uns keinen Platz.«

»Himmel!«, rief Elke aus, als sie wieder im Auto saßen. »Das ist ja eine Beinharte. ›Wer den Sozialismus schmäht …‹ Wie leidenschaftlich, ja fanatisch sie das gesagt hat!«

»Für den Sozialismus sind wir beide doch auch«, stellte Barbara richtig. »Nur nicht für den, den die SED praktiziert.« Sie sah Elke an. »Woher sie das von Ulrich wohl weiß?«

»Die Stasi ist auch im Westen tätig. Alessia wird ganz sicher Beziehungen haben.«

»Ob Ulrich bei der Explosion auch ums Leben gekommen ist?«

»Dann hätte man das doch hier durch die ostdeutsche Vertretung in Bonn erfahren. Zumindest das Institut oder Alessia.«

»Wahrscheinlich«, murmelte Barbara. »Ob sie mir geglaubt hat?«

»Schwer zu sagen. Genügend Futter hast du ihr ja gegeben.« Elke lachte beeindruckt auf. »Alle Achtung!«

Barbara konnte nicht mitlachen. In ihrem Kopf kreiste nur ein Gedanke: Würde Ulrich, falls er überhaupt noch lebte und Kontakt mit Alessia aufnehmen sollte, ihre Geschichte glauben? Er wusste, dass Michael schwul war. Und er wusste auch, wie sehr sie ihn liebte. Er würde doch begreifen, dass es nur sein Kind sein konnte. Oder hatte sie gerade, um sich und ihr Kind in Sicherheit zu bringen, alles dafür getan, ihm das Herz zu brechen?

DDR, Ostsee, Sonntag, 14. Mai – Samstag, 21. Mai 1989

Sieben Wochen schon, ging es Barbara voller Wehmut durch den Sinn, als sie auf der scheinbar endlosen Allee fuhr, über der sich die Äste der mächtigen Bäume ineinander verschränkten. Die

Natur hatte sich in diesen Wochen verändert. Die Blätter der Linden bildeten ein pastellgrünes Dach über der Straße, und die Sonne ließ einzelne Blätter wie helle Turmaline funkeln. Die Felder waren inzwischen bestellt. Die Kraniche, die dort gerastet hatten, längst im Norden angekommen. Aber nicht nur die Natur hatte sich verändert, sondern auch ihr Leben. Dieses Mal fuhr sie nicht mit Ulrich an die Ostsee – dafür jedoch mit seinem Kind unter ihrem Herzen.

»Muss das wirklich sein?«, hatte ihre Mutter sie noch einmal kurz vor ihrer Abfahrt mit besorgter Miene gefragt. »Willst du dir das wirklich antun? Ich kann doch mit dir fahren. Gepackt habe ich in wenigen Minuten.«

Nein, sie musste allein sein. Sie wollte von Ulrich Abschied nehmen. Oder hoffte sie insgeheim vielleicht, ihn an dem Ort wiederzufinden, an dem sie sich versprochen hatten, sich gegenseitig zu suchen, ganz gleich, was auch passiert wäre.

Aufs Geratewohl fuhr sie wieder zum Darß. Vielleicht würde sie in der kleinen Pension unterkommen können, wo sie so glücklich gewesen war.

Nachdem sie Ahrenshoop hinter sich gelassen hatte, sah sie das kleine Haus mit dem zerzausten Reetdach schon von weitem auf der Wiese stehen. An dem wackeligen Holzzaun hing immer noch – oder wieder, wer konnte das schon sagen? – das Schild *Zimmer frei.* In den Blumenkästen auf den Fensterbänken leuchteten jetzt üppig blühende rote Begonien. Die windschiefe Haustür stand einladend offen.

»Hallo?« Barbara blieb ein paar Schritte vor dem Eingang stehen. Zwei, drei Sekunden später erschien die Pensionswirtin mit dem wettergegerbten Gesicht, den stahlblauen Augen und dem strahlenden Lächeln. Barbara nahm den Ausdruck von Erkennen wahr, der über ihre Züge huschte.

»Da sind Sie ja wieder«, sagte die ältere Frau zur Begrüßung. »Wo ist denn Ihr Freund?«

Barbara überging ihre Frage, die sie wie einen Stich ins Herz empfand. »Haben Sie ein Zimmer für mich? Von heute bis Samstag?«

Die Wirtin nickte. »Das habe ich. Und dieses Mal habe ich sogar Frühstückseier.«

Barbara musste lachen. »Auch Ihren köstlichen Schokoladenkuchen?«

»Darüber lässt sich reden.« Die Frau machte eine einladende Geste. »Jetzt kommen Sie erst mal rein. Ihren Namen habe ich allerdings vergessen. Wie heißen Sie noch mal?«

»Barbara Nowack. Nennen Sie mich einfach Barbara.«

»Hedi Hansen, aber Hedi ist schon in Ordnung.« Hedi reichte ihr eine schwielige, trockene Hand. »Was für ein Zimmer möchtest du denn gern? Zum Meer oder zum Bodden?«

»Zum Meer«, antwortete Barbara tapfer.

Hedi sah sie forschend an. »Da gibt's nur eins – wie du weißt.«

»Ich weiß. Das nehme ich, wenn's geht.«

Das Zimmer im ersten Stock mit Blick aufs Meer war so sauber und gemütlich wie damals. *Ein richtiges Liebesnest,* hatte sie zu Ulrich gesagt. *Also, das möchte ich aber ganz genau wissen,* war seine Antwort gewesen, begleitet von seinem so speziellen Lächeln, und dann hatten sie sich auf dem breiten Bett geliebt. Hier in diesem Zimmer hatte sie begriffen, dass die Beziehung zu ihm für sie etwas Einzigartiges war, dass sie ihn aufrichtig liebte. Sie versuchte den Gedanken zu vertreiben. Ulrich war nicht mehr da.

An den nächsten beiden Tagen genoss Barbara die glasklare, prickelnde Luft wie ein Lebenselixier – auch wenn sich die Sonne rarmachte. Sie spazierte durch die würzig duftenden Kiefernwälder, über die saftigen Wiesen, aß frischen Räucherfisch und schaute lange auf den Bodden hinaus, der ruhig und stumm vor ihr lag. Sie blickte lange in den Himmel. Hellgraue Wolkenschichten schoben sich übereinander. Ob vielleicht Ulrich sie jetzt hier sitzen sah, falls er tatsächlich tot war? *Ach, Blödsinn!*

Abends zog sie sich auf ihr Zimmer zurück, versuchte, zu lesen und der Tränen Herr zu werden. Ihre Vermieterin ließ sie in Ruhe, wofür sie ihr dankbar war. Sie war sich jedoch sicher, dass Hedi spürte, wie sehr sie litt. »Wenn du mal mit jemandem reden willst, können wir ja einen Tee zusammen trinken«, hatte sie ihr mit mütterlichem Lächeln angeboten.

Am dritten Tag ihres Aufenthalts am Darß machte Barbara eine Strandwanderung. Hier war sie – nur hin und wieder sah sie Menschen in der Ferne – mit sich und ihren Gedanken allein. *Die richtigen Bernsteinfischer haben Netze an langen Stielen bei sich, um den Bernstein aus dem Wasser zu fischen,* hörte sie Ulrich sagen. In Erinnerung an diesen frühen Morgen am Meer lächelte sie vor sich hin. Dann befeuchtete sie ihren Zeigefinger und hielt ihn in die Luft. Nein, dieses Mal kam der Wind nicht aus Nordwest. Also kein Bernsteinwind. Aber der Bernstein mit dem eingeschlossenen Marienkäfer, den sie als Garant ihres Glücks angesehen hatte, hatte sowieso ihre Erwartungen enttäuscht. Ulrich hatte ihn mitgenommen nach Heidelberg. Wo mochte er jetzt sein?

Mit leerem Blick sah sie auf die Ostsee hinaus. *Ulrich!* Barbara straffte die Schultern und ging weiter, an hohen Klippen vorbei, an den Wachtürmen, die die Küste säumten, und nur der auffrischende Wind und der einsetzende Nieselregen ließen sie irgendwann umkehren. Als sie wieder an ihrem Ausgangspunkt ankam, begann es schon zu dämmern. Erschöpft ließ sie sich in den feuchten Sand fallen. Regungslos blieb sie sitzen – bis die Dunkelheit endgültig die Ostsee und das Land in Schwarz getaucht und sich das Gefühl ihrer inneren Verlorenheit bis an die Schmerzgrenze gesteigert hatte. Gab es etwas Trostloseres, als einen verlassener Strand an einem regnerischen, kalten und finsteren Abend? Nein, das war nicht mehr der Ort, an dem sie so glücklich gewesen war.

»Da bist du ja endlich, Mädchen!«, rief Hedi besorgt aus, als Barbara den Flur betrat. »Ich wollte dich schon als vermisst melden.«

Barbara zwang sich zu einem Lächeln. »Alles gut«, beruhigte sie ihre Pensionswirtin.

»Hast du schon was gegessen?«

»Danke, ich habe keinen Hunger.«

»Aber einen heißen Tee mit Rum. Was hältst du davon?« Die blauen Augen, die sie wie blanke Murmeln aus einem Kranz von Fältchen erwartungsvoll anstrahlten, verboten Barbara, dieses Angebot auch noch auszuschlagen.

»Ja, Tee ist vielleicht das Richtige«, stimmte sie zu.

Und dann erzählte Barbara alles von Ulrich. Sie ließ nichts

aus. Hier in der gemütlichen Küche, in der sie sich sicher fühlte, und bei Hedis warmherziger Art, die ihr das Gefühl gab, etwas von Seelenschmerzen zu verstehen, konnte sie sich öffnen.

Hedi lächelte sanft, als Barbara geendet hatte. »Es gibt eine Liebe, die anscheinend nicht gelebt werden darf. Aus welchen Gründen auch immer. Aber macht es nicht glücklicher, Liebe zu empfinden, als niemals dieses Gefühl überhaupt erlebt zu haben? Und zur Liebe gehört nun mal der Liebeskummer dazu.«

Barbara seufzte und sagte mit zitternden Lippen: »Aber es tut so weh.«

»Ja, es tut weh.« Hedi nickte. »Aber ich kann dir aus eigener Erfahrung sagen: Am Anfang ist der Schmerz qualvoll, doch mit der Zeit ebbt er ab und versickert in tiefere Schichten des Bewusstseins, so dass man irgendwann damit leben kann. Ich komme heute gut zurecht – ohne meinen Mann vergessen zu haben.«

Barbara sah sie aufmerksam an. »Darf ich fragen …?«

Hedi lächelte. »Klar, darfst du fragen. Mein Hans war Fischer. Als er mit seinem jüngeren Kollegen draußen war, kam Sturm auf. Der Kutter kenterte. Mein Mann ist ertrunken.«

»Schrecklich«, flüsterte Barbara betroffen.

Hedi schüttelte den Kopf. »Aber es kann immer noch schrecklicher kommen. Sein Kollege, der konnte sich retten. Er hat jedoch einen schweren Schlag gegen den Kopf abgekriegt. Als er wieder zu Bewusstsein gekommen ist, konnte er sich an nichts mehr erinnern.« Hedi beugte sich vor. »An nichts mehr«, wiederholte sie eindringlich. »Weder an seine Frau, seine kleinen Kinder, sein Haus, selbst nicht an seinen Namen. Alles ausgelöscht. Die Ärzte nannten es …« Sie griff sich an die Stirn.

»Fällt mir jetzt nicht mehr ein. Auf alle Fälle haben sie ihm erklärt, dass Gedächtnisverlust eine Schutzfunktion der Seele wäre, um sich nicht immer wieder mit dem belastenden Ereignis auseinandersetzen zu müssen. Sie trösteten ihn damit, dass seine Erinnerung irgendwann von selbst zurückkommen würde.«

»Kam sie?«

Hedi zuckte mit den Schultern. »Vielleicht wäre es tatsächlich so gewesen, aber er kam mit dieser Situation nicht klar.«

»Und?«

»Er ging zurück ins Meer.«

Barbara lief ein Schauer über den Rücken.

»Seine arme Frau … Es hat lange gedauert, bis sie darüber hinweggekommen ist. Doch sie hat es geschafft, und heute hat sie sogar wieder einen sehr netten Partner, der ihren Kindern ein guter Vater ist.« Hedi nahm die Rumflasche und schenkte sich nach.

Die Geschichte hatte Barbara tief berührt – sie traurig gemacht und ihr zugleich auch gutgetan. Menschen erlebten Tragödien und überlebten sie.

»Weißt du, Mädchen …« Hedi lächelte sie warmherzig an. »Das Schicksal macht mit einem sowieso, was es will. Es schickt uns über Höhen und Tiefen, um uns reifen zu lassen. Also nimm es an und lerne daraus. Es sind die biegsamen Bäume, die Fichten und Birken, die überleben, weil sie sich dem Sturm beugen. Die starre Eiche wird entwurzelt und umgerissen. Außerdem …«, sie trank einen Schluck, »durch das Leid weiß man das Glück viel mehr zu schätzen, wenn es dann irgendwann wieder einmal an die Tür klopft.«

In den nächsten beiden Tagen blieb der Himmel über dem Darß noch grau. Doch in diesem Grau lag bereits ein Leuchten, das Hoffnung auf besseres Wetter machte. Am Samstag riss die Wolkendecke dann auf. Bevor Barbara sich auf den Heimweg machte, tat sie das, was sie eigentlich schon die ganzen Tage hatte tun wollen. Jetzt war sie endlich so weit. Sie fuhr zu dem Kiefernwald, von wo aus der schmale Weg hinauf zu Ulrichs Klippe führte. Dort oben wollte sie sich von ihm verabschieden.

Wie beim letzten Mal pfiff auch an diesem Vormittag wieder eine steife Brise. Barbara setzte sich ins Gras. Die Luft war klar, die Sicht ebenso. Sie konnte bis zum Horizont sehen, wo das Meer mit der Ewigkeit zu einer lichtblauen Linie verschmolz. Mit allen Sinnen nahm sie noch einmal diese Urlandschaft um sich herum wahr. Die schroffen Klippen, die das Wasser jahrhundertelang unermüdlich geformt hatte, die krummen Kiefern, die jedem Sturm getrotzt hatten, das Kommen und Gehen der Wellen – eine ewige Beständigkeit. Ja, das Leben als Ganzes ging immer weiter, ganz gleich, was im Leben eines Einzelnen geschah. Als sie mit Ulrich hier oben gesessen hatte, hatte er ihr Halt in dieser Grenzenlosigkeit gegeben. Seine große, warme Hand hatte ihr versichert, dass sie an seine Seite gehörte. Und nur eine Woche später hatte er ihr seine Hand entzogen und sie alleingelassen.

Als Barbara an diesem Samstagvormittag nach Kleinmachnow zurückfuhr, hatte sie in ihrer Seele aufgeräumt. Das glaubte sie zumindest.

DDR, Kleinmachnow,
Montag, 22. Mai – Samstag, 17. Juni 1989

Seit Barbara an der Ostsee gewesen war, fühlte sie sich ausgeglichener. Sie hatte, so gut es eben ging, mit der Vergangenheit abgeschlossen. Ulrich hatte sie weitestgehend aus ihren Gedanken verbannt. Umso mehr erschütterte es sie, wenn sie glaubte, ihn auf der Straße zu sehen. Verrückt! Jedoch das Wissen darum, dass sein Kind mit jedem Tag in ihr ein bisschen mehr heranwuchs, gab ihr neue Kraft und Lebensfreude – wie auch die Hoffnung, durch ihre Beziehung zu Michael geschützt zu sein. Sie war jetzt im dritten Monat schwanger, was man ihr noch nicht ansah. Körperlich ging es ihr bestens. Als sie ihren Zustand Direktor Breitner meldete und als Vater Michael Pietsch angab, sah dieser sie nur eindringlich an. Er glaubte ihr nicht, enthielt sich aber jeglichen Kommentars und notierte die Information.

Die Pacht der Datsche zog sich hin. Immerhin stand Michael an oberster Stelle auf der Liste der Interessenten. Und er hatte auch schon beim Amt für Wohnungswesen einen Antrag gestellt. Obwohl die Wartezeit oft mehrere Jahre betrug, standen die Chancen gut, dass sie kurz nach Barbaras Niederkunft eine Wohnung zugeteilt bekommen würden. Auch hier würde wieder die Fürsprache des Generals, der von dieser Idee begeistert war, ein Übriges tun. In Peter schien wieder die Hoffnung aufzukeimen, dass Barbara seine Schwiegertochter werden könnte. Charlotte sah sich schon als Großmutter. Sie hatte bereits im Intershop einige teure Babysachen erstanden.

Mitte Juni kündigte sich der Sommer an. Binnen weniger

Tage stiegen die Temperaturen auf dreißig Grad. Auf den Wiesen wehte der Klatschmohn im warmen Südwestwind. In den Hecken blühte der Weißdorn, und im Garten der Nowacks summten Bienen und andere Insekten fleißig von Blüte zu Blüte. Barbara saß mit ihrer Mutter im Schatten unter dem Sonnenschirm.

»Wann fährst du wieder zu Michael?«, fragte Ingrid, während sie mit den Stricknadeln klapperte. Begeistert hatte sie sich darangemacht, für das Baby eine Decke zu fertigen.

»Morgen. Heute ist Roman da. Dann wollen die beiden natürlich allein sein.« Barbara zwinkerte ihr zu und stand auf. »Soll ich uns mal Kaffee kochen?«

»Das ist eine gute Idee«, stimmte ihre Mutter zu.

Während Barbara vor dem Herd stand und darauf wartete, dass der Wasserkessel pfiff, schaute sie aus dem Fenster – und stutzte. Was machte der Mann denn dort hinten?

Sie fasste den Fremden, der auf der gegenüberliegenden Straßenseite, wo sich das kleine Plätzchen befand, auf der Bank saß und scheinbar Zeitung las, näher ins Auge. Ganz offensichtlich wurde sie wieder beschattet! Jetzt ließ der Typ die Zeitung sinken und blickte geradewegs auf ihr Elternhaus. Barbara bekam eine Gänsehaut. Sie schätzte ihn auf Ende zwanzig. Blondes, längeres Haar, schwarze Sonnenbrille, Jeans, weißes Poloshirt. Ein Stasimann in Freizeitkleidung? Unwahrscheinlich.

Sie schaltete den Herd aus und lief in den Garten zurück. »Mama? Kommst du mal?«

»Der sieht aus wie einer aus dem Westen«, meinte ihre Mutter.

In Barbaras Kopf blitzte ein Gedanke auf. »Vielleicht hat er was mit Ulrich zu tun«, flüsterte sie, obwohl sie die Wanzen im Haus längst entfernt hatten.

»Bitte, Kind …«

Barbara spürte, wie ihr das Blut durch die Adern schoss. »Ich gehe raus.«

»Tu das bitte nicht.« Ihre Mutter hielt sie am Arm fest. »Mach jetzt bloß keinen Fehler. Alles läuft so gut. Die Staatssicherheit gibt endlich Ruhe, und du …«

Barbara riss sich los. »Ich muss es wissen. Vielleicht weiß er etwas über Ulrich.«

»Bitte, Barbara, beruhige dich. Wie kommst du denn jetzt darauf?« Ingrid machte einen Schritt auf sie zu, aber Barbara wich zurück: »Das liegt doch auf der Hand. Hier macht doch niemand aus dem Westen Urlaub.« Als sie in den Flur lief, rief ihre Mutter ihr nach: »Er ist gerade aufgestanden und weggegangen.«

Barbara schnellte herum und sah sie ungläubig an.

»Dann laufe ich ihm hinterher.« Barbara hatte schon die Türklinke in der Hand, als ihre Mutter sie sanft am Arm festhielt.

»Kind, sei vernünftig! Vielleicht ist es eine Falle. Falls dieser Mann tatsächlich ein Bote von Ulrich sein sollte, wird er wiederkommen. Ganz bestimmt.«

Als an diesem Samstag der Abend hereinbrach, saß Barbara immer noch draußen. Ihre Eltern waren bei den Nachbarn zum Grillen. Schon lange hatte sie ihr Buch zugeschlagen und neben sich gelegt. Sie hatte ihre innere Ruhe verloren. Der Fremde auf der Bank ging ihr nicht mehr aus dem Kopf. Sie wusste selbst, wie unwahrscheinlich es war, dass er etwas mit Ulrich zu tun hatte, doch klammerte sie sich an diese Idee. Sie konnte an nichts anderes mehr denken.

Da quietschte das Gartentor in seinen Angeln. Der Kies auf dem Gartenweg knirschte unter den schweren Schritten, die näher kamen. Der Mann im weißen Poloshirt? Die Stasi? Barbara hielt den Atem an. In diesem Moment trat Michael um die Hausecke. Mit einem Gesicht so weiß wie eine frisch gekalkte Wand.

»Michael!« Sie ging auf ihn zu. »Was machst du denn hier?«

»Störe ich?« Um seine Mundwinkel zuckte es.

»So ein Blödsinn. Komm, setz dich. Ich bin allein.« Sie sah ihn an. »Was ist passiert? Du siehst so ...« Sie räusperte sich. »Bist du mit dem Motorrad hier?« Als Michael nicht gleich reagierte, beantwortete sie sich selbst die Frage: »Klar.« Er trug ja seine schwarze Lederhose. Sein Besuch verwirrte sie. Heute war Samstag. Heute wollte Roman zu ihm kommen. Außerdem hatte sie Michael noch nie so gesehen – so aufgewühlt, so verzweifelt, so hilflos.

»Hast du ein Glas Wasser für mich?«

»Ich bin gleich wieder da.« Sie eilte ins Haus, holte Wasser, zwei Gläser und schenkte ein. Dabei sagte sie: »Also, jetzt mal in aller Ruhe. Wir haben Zeit. Was ist passiert?«

Nachdem Michael getrunken hatte, sog er die Luft scharf ein. »Roman ist heute gekommen«, begann er, und Barbara fühlte sich gleich ein bisschen erleichtert. Das klang ja schon mal nach Entwarnung.

»Man hat ihm am Grenzübergang Schwierigkeiten gemacht«, erzählte Michael weiter. »Man hat ihn eine ganze Stunde lang dort festgehalten und gefragt, warum er seit einem halben Jahr regelmäßig jede Woche für einen Tag in den Osten fahre. Er hat seine Geschichte von dem Buchprojekt über Karl Marx erzählt. Und die haben ihm schließlich geglaubt und ihn durchgelassen. Dann aber hat er gemerkt, dass er beschattet wird. Er ist in die Humboldt-Universität gegangen und hat sich ein Vorlesungsverzeichnis geholt. Er ist stundenlang durchs Späth-Arboretum gelaufen und hat so getan, als wäre er an den Pflanzen interessiert. Schließlich hat er mich aus einem Café, vor dem sein Beschatter gewartet hat, angerufen.« Michael trank noch einen Schluck Wasser. »Also, Roman hat mir am Telefon gesagt, dass er heute nicht mehr zu mir kommt. Was sicher auch das Beste ist.« Ein kurzes Zögern, ein prüfender Blick in ihr Gesicht und dann: »Roman hat noch etwas gesagt. Etwas, was du wissen sollst.

»Was denn?«

Voller Erwartung sah sie ihn.

»Tja …« Michaels Blick richtete sich auf den Boden. Er betrachtete das Gras zwischen den Sandsteinplatten, auf dem ein kleiner, goldener Käfer herumturnte. Barbara musste lächeln. War es der gleiche Käfer, der ihr vor einigen Monaten die Botschaft geschickt hatte, nicht aufzugeben?

Michael sah sie wieder an, rieb sich die Stirn, als könne er so einen klaren Gedanken fassen, und sagte dann tonlos: »Roman hat Ulrich gesehen.«

»Roman hat Ulrich gesehen«, wiederholte sie flüsternd. Es dauerte einen Moment, bis sie die Bedeutung der Worte begriff. »Wo? Wann?« Barbara hatte Schwierigkeiten, Luft zu bekommen.

»Vor ein paar Tagen.« Michael zögerte lange, bevor er weitersprach: »In Frankfurt am Main. Ulrich ist zu einer Frau ins Auto gestiegen, das ein Frankfurter Kennzeichen hatte.«

Barbara schüttelte den Kopf und presste ihre Hände auf den Bauch. Sie hatte das Gefühl, neben sich zu stehen, und musste gegen ein hysterisches Lachen ankämpfen. »Das glaube ich nicht«, sagte sie schließlich.

»Ich habe lange überlegt, ob ich es dir sagen soll«, fuhr Michael fort. »Aber ist die Wahrheit nicht letztendlich besser als eine ständige Ungewissheit? Jetzt wissen wir wenigstens, dass Ulrich lebt.«

In ihrem Hals bildete sich ein Kloß, der ihr die Kehle verschloss. Sie brachte kein Wort heraus. In ihrem Kopf jedoch wirbelten die Gedanken nur so durcheinander. War *diese* Wahrheit wirklich besser als die Ungewissheit, die wenigstens noch den Glauben daran zugelassen hatte, dass Ulrich sie immer noch liebte? Nun war auch der dahin. Ulrich war mit einer anderen Frau zusammen. Im Westen. Nein, das glaubte sie nicht. Das durfte nicht wahr sein. Sie bekamen ein Kind! Barbara Nowack und Ulrich Dreyer bekamen ein Kind. Das war die Wahrheit.

Sie schluchzte auf, nur einmal. Dann schüttelte sie energisch den Kopf und sah Michael an. »Roman muss sich geirrt haben«, brachte sie heiser hervor. »So oft hat er Ulrich doch gar nicht gesehen. Er muss ihn verwechselt haben. Roman hat sich geirrt. Er hat Ulrich doch nur ein paarmal getroffen …« Ihre Stimme erstarb.

»Die beiden haben sich bestimmt fünf- oder sechsmal gesehen. Wir haben zusammen gegessen, zusammen Karten gespielt.« Michael klang so ruhig und sanft, als würde er mit einem kleinen Kind reden. Dann rückte er nah an ihren Gartenstuhl heran und nahm ihre Hand in seine. »Barbara, es tut mir so leid für dich, aber nimm es so an, wie es ist. Mit dieser Klarheit kannst du doch viel besser weiterleben als mit der ständigen Hoffnung, dass Ulrich zurückkommt.«

Sie ließ ihren Blick über den Rasen schweifen, hin zu den Rosen und Rhododendronsträuchern, zu dem Apfelbaum und zu den Sandsteinplatten, zwischen denen Gras und Moos wuchs. Wo war denn der kleine, goldene Käfer, der dort eben noch gekrabbelt war? Er war weg. Sicherlich hatte er sich seinen Weg trotz aller Hindernisse gebahnt. Und dann fand ihr Blick zurück zu Michael. »Hat Roman sich das Kennzeichen des Autos aufgeschrieben?«

Michael sah sie erstaunt an.

»Hat er?«, drängte sie ihn zur Antwort.

Er nickte.

»Hast du es?«

»Ja. Er hat es mir durchgegeben. Aber was willst du damit?«

Sie rückte auf ihrem Stuhl vor und streckte ihren Rücken. »Ich will es haben. Du glaubst doch nicht, dass ich aufgebe. Jetzt, wo ich weiß, dass Ulrich lebt. Auch wenn er im Westen sein Glück gefunden haben sollte, ein tolles Leben mit einer neuen Frau und was sonst noch, soll er wenigstens wissen, dass er bald Vater wird. Und vielleicht, vielleicht hat er ja noch so viel Anstand, dass er wenigstens ab und zu ein schlechtes Gewissen haben wird, das ihm sein süßes Leben versauert.« Erschöpft hielt sie inne. Wie ein greller Blitz hatte die Wut ihren Körper durchzuckt und breitete sich als sengende Hitze in ihrem Innern aus. Am liebsten hätte sie laut losgebrüllt, das Wasserglas an der

Hauswand zerschmettert. Doch da war Michaels Hand, die ihre hielt, sein verständnisvolles Lächeln, seine so warmherziger Blick, und als er sie dann in die Arme nahm, begann sie zu weinen. Aus der Wut in ihr wuchs nun der Schmerz. Sie schluchzte und schluchzte und konnte sich lange nicht beruhigen. Irgendwann tat ihr der Hals weh. Langsam löste sie sich von Michaels Brust, seinem klitschnassen Hemd und lehnte sich zurück. Schon reichte Michael ihr das Wasserglas. Sie trank, trank in kleinen Schlucken und spürte, wie sie ruhiger wurde. Schließlich spürte sie eine bleierne Müdigkeit. Sie fühlte sich, als wäre ein Orkan über sie hinweggefegt. »Bitte, gib mir das Frankfurter Kennzeichen«, flüsterte sie in die abendliche Stille.

»Klar gebe ich es dir, aber was willst du damit anfangen?«

»Ich weiß nicht. Aber vielleicht kann Roman ja den Halter des Fahrzeuges ermitteln.«

»Dafür musst du Leute kennen. Auch im Westen. Einen von der Polizei oder Zulassungsstelle.«

»Vielleicht kennt er ja jemanden.«

»Ich frage ihn. Er will mich in den nächsten Tagen anrufen. Um zu besprechen, wann wir uns das nächste Mal wiedersehen.«

»Aber ich kann doch nicht einfach nur warten! Ich muss doch etwas tun!« Barbara atmete schwer. »Jetzt, wo ich sicher weiß, dass er lebt, soll er auch erfahren, dass er Vater wird.« Sie schloss kurz die Augen und fuhr dann etwas ruhiger fort: »Vielleicht könnte ich versuchen, Kontakt zu Manfred aufzunehmen. Oder zu seinem Vetter in Hamburg. Manni war immer sehr findig, wenn es darum ging, irgendetwas herauszukriegen oder zu besorgen.«

Michael sah sie entsetzt an. »Daran kannst du doch nicht

allen Ernstes denken. Willst du etwa wieder die Stasi am Hals haben? Bitte, Barbara, mach jetzt keinen Fehler. Ulrich ist im Westen und – so weh es auch tut – mit einer anderen Frau zusammen. Zumindest war er nicht allein in Frankfurt. Und du bist hier. Wir werden bald zusammenziehen. Du hast mich als Vater deines Kindes angegeben. Du kannst, nein, du darfst unter keinen Umständen Kontakt zu Ulrich aufnehmen. Die bringen dich nach Hoheneck. Glaub mir. Davor kann dich dann auch mein Vater nicht mehr bewahren. Denk an dein Kind!«

DDR, Kleinmachnow, Sonntag, 18. Juni 1989

»Vielleicht hat sich Roman geirrt«, sagte Elke, bevor sie die Zigarette im Aschenbecher ausdrückte. »Der kannte Ulrich doch kaum, oder?«

»Doch, sie haben bestimmt fünf oder sechs Abende miteinander verbracht«, musste Barbara nun entgegnen. »Und Ulrich ist nicht gerade der Typ, den man leicht verwechseln kann.« Sie musste unwillkürlich lächeln.

»Stimmt.«

Die beiden saßen in Elkes Garten und aßen Kirschkuchen. Wolf machte einen Besuch im Altenheim.

»Unglaublich«, meinte Elke und schüttelte den Kopf. »Da entdeckt Michaels Freund Ulrich im Westen. Ist am gleichen Tag, zur gleichen Stunde, am gleichen Ort. Das ist filmreif.«

»Die BRD ist kleiner, als man denkt.«

»Hast du deinen Eltern …?«

»Wo denkst du hin? Mutti würde sich doch sofort wieder Sorgen machen.« Barbara atmete tief durch. Ihr war ganz schwindelig. »Irgendwie ist mir das auch alles zu viel. Ulrichs Verschwinden, die Stasi, die mich schon nach Manfreds Flucht im Visier hatte, meine Adoption, die Schwangerschaft … Ich komme gar nicht dazu, das alles zu verarbeiten. Als ich von der Ostsee zurückgekommen bin, hatte ich gerade angefangen, mich mit meiner Lebenssituation auszusöhnen, und jetzt das.«

»Was willst du jetzt machen?«

Barbara lachte auf. »Was kann ich denn machen? Eigentlich gar nichts. Wenn ich Verwandte oder Bekannte in der BRD hätte, würde ich versuchen, über die den Halter des Autos herauszufinden. Oder vielmehr die Halterin. Und dann würde ich dort anrufen. Aber die habe ich ja nicht.«

»Wir auch nicht«, murmelte Elke. »Tut mir leid.«

»Und dabei gibt es so viele Leute hier, die einen Onkel oder eine Tante in Köln, Essen oder sonst wo im Westen haben.«

Die beiden schwiegen eine Weile. Die Sonne schien warm vom Himmel, und der schwache Windhauch, der durch den Garten strich, tat unendlich gut. In der samtweichen Luft lag der Duft von sonnenwarmem Gras und süßen Blüten. Für ein paar Momente schloss Barbara die Augen und sog ihn tief ein. In diesen wenigen Sekunden spürte sie, wie die Last von ihr abfiel. Hätte sie doch nur die Zeit anhalten können, um das Gefühl der Leichtigkeit noch ein wenig auszukosten! Doch ihre Gedanken jagten sie weiter. Plötzlich fiel ihr der Mann mit der Zeitung wieder ein. Sie öffnete die Augen und sah ihre Freundin an. »Du, da ist noch etwas …«

»Dass der von der Stasi ist, halte ich für unwahrscheinlich«, meinte Elke, nachdem Barbara zu Ende erzählt hatte. Sie leckte nachdenklich die Sahne von der Kuchengabel, bevor sie weitersprach. »Das kann natürlich auch irgendjemand gewesen sein, der gar keine Bedeutung für dich hat. Jemand, der in der Nachbarschaft auf Besuch war, oder was weiß ich?«

Barbara sah sie eindringlich an. »Oder aber …«

»Du glaubst doch nicht, dass Ulrich dir einen Mann geschickt hat, der dir von seinem neuen Glück erzählen soll«, fiel Elke ihr ins Wort.

Barbara schwieg. Ja, das klang wirklich absurd. Sie pickte mit der Gabel in den Kirschen herum. Anders als Elke fehlte ihr der Appetit. »Vielleicht hat in dem Auto aus Frankfurt am Main gar keine Frau, sondern ein Mann gesessen«, sagte Barbara dann wie zu sich selbst. »Ich kann mir einfach nicht vorstellen, dass Ulrich mich vergessen hat, dass er mich nie geliebt haben soll.«

Elke beugte sich vor und sagte weich: »Bitte, Barbara, lass es gut sein. Du hattest doch schon mit ihm abgeschlossen.«

»Vom Verstand her vielleicht, aber nicht in meinem Herzen«, widersprach Barbara ihr traurig. »Erst wenn Ulrich mir ins Gesicht gesagt hat, dass er ein Leben im Westen ohne mich einem Leben hier mit mir vorzieht, werde ich das hoffentlich können. Aber vorher nicht.«

Barbara war kaum zu Hause, als Michael anrief.

»Roman ist gestern verhaftet worden.« Seine Stimme überschlug sich fast. »Seine Schwester hat mich gerade angerufen. Sie lassen ihn nicht mehr nach Westberlin ausreisen, weil er angeblich staatsfeindliche Parolen über die DDR verbreitet hat.

Maria meint, dass es wegen seiner Artikel über die DDR von vor ein paar Jahren ist, die er im Westen veröffentlicht hat.«

Barbara sank auf den Hocker, der neben dem Telefon im Gang stand. »Verhaftet? Wo ist er denn jetzt?«

»Wo wohl? In irgendeinem Gefängnis natürlich«, gab Michael in seiner Aufregung barsch zurück. »Und ich kann noch nicht einmal nachfragen und ihn besuchen. Die wundern sich doch dann, was ich mit einem westlichen Journalisten zu tun habe.«

Sie strich sich über die Stirn. »Ich werde das machen«, sagte sie dann mit fester Stimme. »Wir müssen doch wissen, was da los ist und wie's ihm geht.«

Ein hartes Lachen klang ihr ans Ohr. »Das wirst du schön bleibenlassen. Wahrscheinlich weiß Roman selbst nicht, warum sie ihn verhaftet haben. Das läuft bei uns doch so. Es sitzen Leute jahrelang hinter Gittern, ohne zu wissen, warum.«

»Aber wir müssen doch etwas tun!«, rief Barbara aus. »Dann musst du deinen Vater einspannen. Er soll herausfinden, wo sie Roman hingebracht haben. Sag Peter, dass Roman ein Bekannter von mir ist.«

»Bist du wahnsinnig! Du bist die Letzte, die jetzt wieder ins Visier der Stasi geraten darf.«

Sie schluckte schwer. Das Blut pochte ihr in die Schläfen. »Wolf!«, fiel ihr da ein. »Bei ihm halten die sich vielleicht etwas mehr zurück, weil er für die Kirche arbeitet. Und Wolf kennt Roman. Ich bin sicher, dass er das macht. So können wir Kontakt zu Roman haben und vielleicht sogar herausfinden, wie es zu dieser Verhaftung gekommen ist. Um was es tatsächlich geht. Und dann auch etwas tun. Es gibt doch da einen Berliner

Anwalt, der mit der DDR über die Freilassung westdeutscher Gefangener verhandelt.«

Lange war es still am anderen Ende der Leitung im Prenzlauer Berg. Dann sagte Michael mit belegter Stimme: »Ja, vielleicht wäre das eine Idee. Maria weiß ja auch nicht mehr, als dass er an der Grenze auf unserem Gebiet verhaftet worden ist. Sie ist völlig fertig.« Michael seufzte tief.

»Bitte bleib ruhig. Soll ich zu dir kommen?«

»Nein, lass mal. In deinem Zustand …«

»Ich bin nicht krank.«

»Trotzdem. Und ich muss mich erst einmal sammeln. Vielleicht rufe ich heute Abend noch meinen Vater an und sage ihm, was passiert ist. Dann soll er herausfinden, in welchem Gefängnis Roman steckt.«

»Das ist eine gute Idee. Du musst Peter ja nicht sagen, dass du und Roman …«

»Das werde ich auch nicht, aber er wird es sich denken können.«

»Ich denk an dich, Michael. Lass uns morgen wieder telefonieren«, sagte Barbara mit weicher Stimme.

DDR, Kleinmachnow, Montag, 19. Juni 1989

Die Vorkommnisse des Wochenendes hatten Barbara aufgewühlt. Zu viele Fragen, viel zu wenige Antworten. Und immer wieder neue Probleme. Ulrich, Roman … Wolf hatte sich sofort bereit erklärt, sie zu unterstützen und Roman im Gefängnis zu besuchen. Deshalb war sie froh, als sie am Morgen wieder zur Schule radeln konnte. Die Sommerferien würden in zwei Wochen beginnen, und so gab es jetzt noch mehr als sonst im normalen Schulalltag zu tun. Konferenzen, Elterngespräche, Zeugnisse schreiben und Abschiedsfeiern vorbereiten standen als zusätzliche Aufgaben auf dem Programm – Aufgaben, die sie hoffentlich ein bisschen von ihren Sorgen ablenken würden.

Am Abend kam Michael zu ihr nach Hause. »Ich war gerade bei Elke und Wolf. Ich wollte persönlich mit ihnen sprechen. Roman ist in der UHA in Halle, im Roten Ochsen. Wolf will versuchen, schnellstmöglich eine Besuchserlaubnis zu bekommen. Dann wissen wir mehr.«

Barbara atmete erleichtert auf.

»Mein Vater hat mir die Information binnen einer Viertelstunde besorgt. Ohne zu fragen. Das fand ich toll von ihm.« Michael lächelte schief. »Aber wahrscheinlich weiß er inzwischen auch, dass die DDR im Niedergang begriffen ist.«

War es nur Peters Wissen darum oder vielmehr die Liebe zu seinem Sohn, die ihn dazu bewegt hatten?

»Wollen wir uns in den Garten setzen?«, schlug Barbara vor. »Der Abend ist so schön.«

»Ich habe heute Morgen den Pachtvertrag für die Datsche unterschrieben«, erzählte Michael, als sie nach draußen gingen.

Endlich spürte Barbara wieder einen Funken Freude in sich. »Mensch, Michael! Du kannst dir gar nicht vorstellen, wie glücklich ich darüber bin.«

Seit sie wusste, dass Ulrich ein neues Leben begonnen hatte, war es ihr noch wichtiger geworden, die Hütte am Müggelsee erhalten zu können. Schließlich war sie alles, was ihr und ihrem Kind von ihm bleiben würde. »Wann kann ich denn das erste Mal hin?«, fragte sie aufgeregt.

»Wenn ich die Pachtsumme geleistet und die Schlüssel bekommen habe. Die Abwicklung wird jedoch noch ein bisschen dauern. Du weißt ja … Behörden. Ich sage dir sofort Bescheid.«

»Wir könnten dort doch dann gleich ein paar Tage zusammen verbringen«, schlug sie spontan vor. »Sozusagen als *Generalprobe* für unser zukünftiges Zusammenleben.«

Michael zögerte. »Mal sehen, wie es mit Roman weitergeht. Ich hätte ein schlechtes Gewissen, wenn er …«

Sie nickte. »Klar. Das verstehe ich.«

»Aber fahr du doch, wenn alles geregelt ist, in den Ferien hin. Ich werde dich dann mal übers Wochenende besuchen.«

»Das wäre schön«, erwiderte sie erfreut. »Wir könnten radeln, Boot fahren, wandern und was Leckeres kochen.

»Du hast immer noch nicht zugenommen«, bemerkte Michael mit besorgtem Blick.

Da musste sie lachen. »Bloß nicht! Ich habe nicht vor, durch die Schwangerschaft zuzunehmen. Mutti kommt ständig mit Bückware an – einem schönen Fisch, knackigen Salaten und Tomaten. Mein Baby bekommt alles, was es braucht.«

Michael holte tief Luft und sah sich im Garten um. »Hier ist es viel angenehmer als bei mir. Es war heute so heiß in der Stadt, dass kaum Menschen unterwegs waren. Ich hatte nur einen Kunden. Er kauft schon seit Jahren bei mir – und der wollte auch nur zur Toilette.«

Obwohl auch in Kleinmachnow die Sonne den ganzen Tag gebrannt hatte, war es jetzt gut auszuhalten. Eine schmale, silberne Mondsichel hing schon wie eine Wiege an dem gläsernen Abendhimmel. Die Luft war trunken vom süßen Duft des Geißblatts, der sich erst abends entfaltete. Und im Apfelbaum stimmten zwei Meisen ihr letztes Lied für diesen Tag an. Barbara spürte, wie sie wieder traurig wurde. *Was für ein Sommerabend!,* dachte Barbara. Ein Abend wie für die Liebe geschaffen. Da saßen sie nun – Michael und sie –, zwei einsame Seelen. Der arme Roman im Gefängnis. Und wo mochte Ulrich jetzt sein? Ob in Frankfurt am Main der Abend auch so schön war? Saß Ulrich jetzt auch irgendwo draußen und betrachtete die Mondsichel dort oben?

DDR, Kleinmachnow,
Samstag, 1. Juli – Samstag, 29. Juli 1989

In den beiden ersten Ferienwochen zog sich der Sommer mit seinen hohen Temperaturen erst einmal zurück. Ab und zu regnete es sogar, was der Natur guttat. Barbara schlief viel, ging spazieren, besuchte Michael, verbrachte die Abende entweder bei Elke und Wolf oder mit ihren Eltern. Wie früher, als sie noch ein Kind gewesen war, spielten sie wieder Karten. Einige Male ging sie mit ihrer Mutter ins Theater, mit ihrem Vater angeln und zum Radrennen. Doch es fiel ihr oft schwer, ihre Stimmung zu verbergen. Zum Schutz ihres Kindes und ihres eigenen Lebens war sie gewillt, ihre Liebe zu Ulrich, dem Republikflüchtling, zu verleugnen, aber tief im Herzen fühlte sie sich ihm immer noch zugehörig. Deshalb überfiel sie auch immer wieder der Schmerz, den sie nur schwer aushalten konnte. Manchmal wurde er durch nur ein Wort oder ein Bild ausgelöst. Zudem belastete sie auch Romans Schicksal. Wolf hatte bisher keine Besuchserlaubnis erhalten. Niemand wusste, wie es Roman ging. Man hielt ihn unter Verschluss. Es schien, als hätte er aufgehört zu existieren.

»Es gibt Fälle, da nehmen sie Westdeutschen den Pass ab und sperren sie hinter Gitter, um unter deren Identität drüben einen Spion einzuschleusen«, wusste Michael von einem Oppositionellen in Prenzlauer Berg.

»Unglaublich!«, hatte Elke darauf nur fassungslos erwidert.

Barbara hatte geschwiegen. Inzwischen war für sie nichts mehr undenkbar.

Nach vierzehn Tagen Schulferien wurde Barbara krank. Lag es an den kühlen Temperaturen oder schenkte ihr Körper, dem der Arzt in der Poliklinik in Teltow Ruhe, Tee und Tabletten verordnete, ihrer Seele eine Auszeit? Sie brauchte eineinhalb Wochen, um diese Sommergrippe zu überwinden. Danach ging es ihr besser.

Als sie am letzten Samstag im Juli von einem Einkaufsbummel mit ihrer Mutter in Ostberlin zurückkam, stand ein Mann vor ihrem Haus. Er trug eine schwarze Regenjacke und hatte eine Aktentasche unterm Arm. Erst auf den zweiten Blick erkannte Barbara, dass er blondes, längeres Haar hatte. Die Erkenntnis durchzuckte sie wie ein Blitz. Es war der Mann mit der Zeitung, an den sie schon länger nicht mehr gedacht hatte. Unwillkürlich blieb sie stehen.

»Da ist er ja wieder«, hörte sie ihre Mutter sagen. »Halte dich erst mal zurück«, gab sie ihr geistesgegenwärtig den Rat. »Ich gehe ins Haus, und du kannst ja mit ihm reden. Aber sag bloß nichts von Ulrich.«

Der Blonde hatte sie nun auch entdeckt. Wartend blieb er auf dem Bürgersteig vor ihrem Haus stehen. Als Ingrid mit knappem Nicken an ihm vorbei in den Vorgarten ging, grüßte er freundlich zurück. Dann hatte Barbara ihn auch schon erreicht. Obwohl sie recht groß war, straffte sie sich und überragte so den Fremden um wenige Zentimeter. Sie lächelte ihn an. »Kann ich Ihnen helfen?«

Auf dem gut geschnittenen Männergesicht erschien ebenfalls ein Lächeln, ein sehr sympathisches sogar. Der Blonde streckte ihr die Hand entgegen. »Ich bin Andreas. Andreas Wegener. Ich bin der Mann von Christine. Also der Mann …« Er verstummte und sah sie forschend an. Er musste in ihrem Gesicht erkennen, dass sie keine Ahnung hatte, wer da vor ihr stand. *Andreas Wegener … Christine Wegener* – diese Namen hatte sie noch nie gehört. »Du heißt Nowack mit Nachnamen, nicht wahr? Und das war gerade deine Mutter, oder?«

»Also …« Sie lachte verlegen. »Also, ich kenne dich nicht. Ich kenne auch keine Christine. Woher kennst du mich denn?«

Barbara ging alle Möglichkeiten durch. Aus dem Studium, aus ihrer FDJ-Zeit, von Ferienfreizeiten?

Der Fremde lachte belustigt auf. »Für mich war es leicht, dich zu erkennen. Du bist meiner Frau wie aus dem Gesicht geschnitten.«

Barbara verstand gar nichts mehr. Was hatte sie mit diesen Leuten zu tun?

Andreas machte einen Schritt auf sie zu – und bevor sie sich versah, umarmte er sie. Viel zu überrascht, um sich zu wehren, ließ sie sich, stocksteif wie eine Kunststoffpuppe, von ihm drücken. Als er sie losließ, strahlte er sie an und meinte: »So, das musste jetzt sein. Immerhin sind wir ja eine Familie. Sozusagen.«

War sie begriffsstutzig oder er verrückt? Oder lag hier ganz einfach ein Missverständnis vor? Sie zwang sich zu einem verbindlichen Lächeln. »Also, wirklich, ich habe keine Ahnung. Ich kenne dich nicht. Und die wenigen Verwandten, die wir haben, kenne ich alle.«

»Siehst du! Und jetzt bekommt ihr noch neue hinzu. Ich bin dein Schwager aus Westdeutschland von der Mosel. Und Christine ist deine Schwester. Wir haben uns schon gedacht, dass du nichts von ihr weißt«, meinte er bedauernd, doch dann hellte sich seine Miene wieder auf. »Aber Christine hat immer daran geglaubt, dass du noch lebst.«

Barbara sah Andreas an – und sah ihn doch nicht. Mit einem Mal drehte sich alles um sie herum. Die Straße schwankte, die Linden neigten sich nach vorn. Sie fühlte das Blut in ihren Kopf steigen, hatte das Gefühl, als würde dieser im nächsten Augenblick zerspringen. Sie streckte den Arm nach Andreas aus, der sie auch sofort stützte. »Komm, wir gehen ins Haus«, hörte sie sich selbst wie aus weiter Ferne sagen.

»Was ist passiert?«, fragte Ingrid hörbar erschrocken, deren Stimme Barbara auch nur wie durch Watte vernahm.

»Sie muss sich setzen«, antwortete Andreas ruhig.

Zusammen führten sie sie in die Küche. Als sie auf dem Stuhl saß, nahm das Schwindelgefühl ab. Ihr Blick klärte sich. Sie nahm die verwirrte und besorgte Miene ihrer Mutter wahr, den zuversichtlichen Gesichtsausdruck ihres neuen Schwagers.

»Vielleicht ein Glas Wasser?«, fragte Andreas mit aufmunterndem Nicken in Richtung Ingrid, die ihn verblüfft ansah. Ohne etwas zu erwidern schenkte sie ein. Langsam gewann Barbara ihre Fassung zurück. Das ist meine Mutter, ging ihr voller Liebe durch den Sinn. Sie behält die Kontrolle, fragt nicht, wartet ab, bis sich der Sturm gelegt hat.

»Bitte, setzen Sie sich«, sagte ihre Mutter nun höflich zu Andreas. Wahrscheinlich ging sie davon aus, dass er etwas mit Ulrich zu tun haben musste.

»Ich bin Andreas«, stellte sich dieser nun vor. »Andreas Wegener.« Deutlich verunsichert blickte er zu Barbara hinüber. Vermutlich befürchtete er, dass nun auch ihre Mutter zusammenbrechen könnte. Da übernahm Barbara seinen Part.

»Mama, Andreas kommt aus dem Westen. Er sagt, er sei der Mann von Christine.«

Wie auch sie schien Ingrid genauso wenig zu wissen, wer *Christine* war.

»Tja …« Hilflos schaute Andreas von einer zur anderen. »Willst du?«, fragte er Barbara.

Sie nickte. »Mama, wusstest du, dass ich eine Schwester im Westen habe?« Ihre Stimme hörte sich sanft an, keinesfalls vorwurfsvoll, nur ein leichtes Zittern war zu hören. Und sie sah Ingrid an, dass sie gerade Ähnliches durchmachte wie sie selbst. Ihre Mutter wurde bleich unter ihrer leichten Sommerbräune. Ihre Augen flackerten hysterisch auf. Sie leckte sich über die Lippen, schluckte. »Nein, das wussten wir nicht«, erwiderte sie. Sie schluckte noch einmal. »Das heißt, Ralf und ich wussten, dass deine leiblichen Eltern zwei Töchter hatten, aber nur du hast überlebt.«

»Das hat man euch gesagt? – Dass ich eine Schwester hatte, die gestorben ist? Wie?« Barbara war jetzt wieder hellwach.

Ingrid schaute sie lange traurig an. »Bei der Flucht.«

»Wieso Flucht? Ihr habt doch gesagt, dass Gaby und Thomas bei einem Verkehrsunfall gestorben sind.«

Ingrid senkte den Kopf und schwieg. Als sie wieder aufblickte, hatte ihr Blick etwas Entschiedenes, ja vielleicht sogar Herausforderndes. »Sollten wir dir etwa sagen, dass deine Eltern, deine Schwester und eine Freundin deiner Mutter bei der Flucht in den Westen von DDR-Grenzposten erschossen worden sind? Dass nur du überlebt hast, weil sie dich verfehlt haben? Und dass sie dich danach in ein Waisenhaus gebracht haben? Wir wollten dir diese schreckliche Wahrheit ersparen. Es dir leichter machen, in einem Staat zu leben, in dem so etwas passiert. Deine ganze Familie war tot. Und dann noch durch ein so schreckliches Ereignis.«

Barbara verbarg ihren Kopf in beiden Händen. Es war alles zu viel. Konnte sie diese fürchterliche Erzählung wirklich glauben? War das ihre Vergangenheit? Ihre Eltern erschossen? Eine Schwester im Westen? Da dämmerte es ihr plötzlich. Deshalb also Hartmanns Fragen, ob sie Verwandte im Westen hätte, Geschwister. Die Staatssicherheit hatte die Wahrheit gekannt. Sie sah Ingrid an. »Glaubst du, dass Peter Bescheid wusste?«

Ihre Mutter zögerte, sagte dann jedoch völlig überzeugt: »Nein, das glaube ich nicht. Das wird man ihm verschwiegen haben. Eigentlich ist es eine Blamage für die Grenzer, dass sie nicht alle erwischt haben.« Ihre Stimme klang wie klirrendes Eis, so hart, so sarkastisch, wie Barbara sie noch nie gehört hatte.

»Sag uns bitte, was damals passiert ist«, wandte sich Ingrid nun wieder in sanfterem Ton an Andreas. »Die Staatssicherheit hat meinem Mann und mir nie gesagt, dass Barbaras Familie die Flucht gelungen ist.«

Barbara hob den Kopf. Lebten ihre leiblichen Eltern etwa noch?

»Die Eltern der Mädchen sind tatsächlich erschossen worden. Doch die Freundin meiner Schwiegermutter – Monika – konnte mit Christine fliehen. Meine Frau ist bei Monika aufgewachsen. Monika hat nie geheiratet, sondern ihre Aufgabe, dem Kind die Mutter, ja die ganze Familie, zu ersetzen, sehr ernst genommen. Sie lebt heute mit uns, Christine und mir, zusammen auf dem Weingut meiner Eltern in Treis-Karden, an der Mosel.« Andreas sah von Barbara zu Ingrid und wieder zurück. »Natürlich möchte ich auch gerne über euch etwas erfahren. Ich darf dieses Mal nicht zu meiner Frau zurückkommen, ohne etwas von euch erzählen zu können.«

»Christine …« Barbara sprach den Namen ihrer Schwester so vorsichtig, so unbeholfen aus, als käme er aus einer fremden Welt. »Ich kann es gar nicht glauben …«

»Christine hat immer daran geglaubt, dass du noch lebst. Nachdem ich zur Leipziger Messe in diesem Jahr das erste Mal in der DDR gewesen bin, hat sie keine Ruhe mehr gegeben. Als ich dann Mitte Juni beruflich das zweite Mal rüber musste, hat sie mir aufgetragen, in Teltow, woher ihr und Monika stammt, nachzuforschen, was aus dir geworden sein könnte. Ehemalige Nachbarn von euch gaben mir den Tipp, bei Ingrid und Ralf Nowack nachzufragen. Da gäbe es so ein Gerücht, sagten sie. Teltow und euer Ort liegen ja nah beieinander. Tja, aber im

Juni hatte ich irgendwie noch nicht den Mut, bei euch zu klingeln, womit ich mir bei meiner Frau nach meiner Rückkehr ganz schön viele Minuspunkte eingehandelt habe«, fügte er mit einem Zwinkern hinzu. »Dieses Mal musste ich ihr schwören, dich zu besuchen.« Andreas lachte. »Mann, wird sie glücklich sein, wenn ich ihr von dir erzählen kann!«

Nun lockerte sich die Stimmung am Tisch ein bisschen. Ingrid kochte Kaffee, Barbara deckte den Tisch und erzählte Andreas über sich – dass sie Lehrerin war, dass der Vater ihres Kindes sich in den Westen abgesetzt hatte, dass sie demnächst mit ihrem Jugendfreund zusammenziehen würde, um den Schwierigkeiten mit der Stasi aus dem Weg zu gehen.

»So läuft das bei euch tatsächlich?«, fragte Andreas immer wieder erstaunt. »Weißt du, viele bei uns machen sich gar keine Gedanken über die DDR. Das ist ein eigenes Land, das der UDSSR ja viel näher ist als unserem. Warum bist du, oder warum seid ihr, denn nicht auch geflohen?«

Barbara lächelte ihn an. »Weil ich dieses Land trotz allem immer geliebt habe. Die Landschaft, die Menschen, vielleicht auch deswegen, weil ein guter Westkaffee, den man in unseren Intershops kaufen kann, zu Ostern oder Weihnachten immer etwas Besonderes ist. Und weil ich immer noch an den Sozialismus glaube. Wie es derzeit bei uns aussieht, wird sich dieser Sozialismus, den ich und so viele Bürger der DDR meinen, auch wieder durchsetzen. Irgendwann wird die SED-Führung einsehen müssen, dass es so nicht weitergeht. Die Zeit riecht geradezu nach Veränderung.«

»Wie kommt es, dass du von der BRD aus problemlos in unseren Staat reisen kannst?« erkundigte sich Ingrid jetzt.

»Unsere Firma lässt bei euch nähen.«

Mutter und Tochter sahen sich an, gleichermaßen erstaunt.

»Wir haben ein kleines Unternehmen, das Trikotwaren herstellt. Polohemden, Shirts, Jogginghosen.«

»Aber du hast doch eben von einem Weingut an der Mosel erzählt?«

»Mein Vater hat sich frühzeitig zur Ruhe gesetzt und mir die Leitung der Firma überlassen. Er frönt jetzt seinem Hobby – dem Wein – und ist nur noch stiller Teilhaber.«

»Die DDR arbeitet mit dem Westen zusammen?«, fragte Ingrid mit großen Augen.

Andreas nickte. »Das wissen die wenigsten Leute in beiden deutschen Staaten. Die West-Unternehmen profitieren von den niedrigen Löhnen bei euch. Für die Bundesrepublik kommt noch hinzu, dass sie auf *Wandel durch Annäherung* setzt und somit auch politisches Interesse an den Handelsbeziehungen hat. Für euch ist der Export in den Westen eine Möglichkeit, die zunehmend benötigten Devisen zu beschaffen.«

»Und wie sieht so was in der Praxis aus?«, fragte Barbara.

»Rohmaterial, Maschinen und Pläne werden aus der BRD in die DDR geliefert. Von dort kommen die fertigen oder weiterverarbeiteten Waren zurück. Ein Teil der Erzeugnisse bleibt bei euch im Land und ergänzt das Angebot in den Intershops. Was eine weitere Möglichkeit für die DDR ist, um an Devisen zu kommen.«

Es gab noch so vieles zwischen den dreien an diesem Samstagnachmittag zu besprechen. Und Ingrid bedauerte immer wieder, dass Ralf nicht dabei war. Er war mit Peter Pietsch zum Angeln gefahren.

»Schade, dass du jetzt gehen musst«, sagte Barbara, als sie ihren Schwager schließlich nach draußen begleitete.

»Wir sehen uns bald wieder. Versprochen. Aber wann können Christine und du …?« Mit bedauernder Miene hob Andreas die Schultern.

»Christine hat zu große Angst, in die DDR zu reisen, weil sie wahrscheinlich hier immer noch als Flüchtling gilt.«

»Ja, das kann ich verstehen. Es wäre leichtsinnig.« Barbara schaute traurig auf ihre Fußspitzen. Jäh fiel ihr ein, dass die Stasi sie ja bereits zweimal der Fluchtpläne verdächtigt hatte. Sie hob das Kinn. »Bitte sag meiner Schwester, dass ich alles dafür tun werde, um sie so bald wie möglich zu sehen. Ich werde ein Visum beantragen. Jetzt habe ich doch enge Verwandte im Westen. Ob die es mir genehmigen, ist eine andere Frage.«

Als ihr Schwager die Straße hinunter zur Haltestelle ging, fiel Barbara etwas ein. Wie ein Blitz schoss ihr die Idee durch den Kopf. »Andreas! Warte mal!« Sie rannte hinter ihm her und blieb atemlos vor ihm stehen. »Sag mal …« Sie zögerte. Zu unwahrscheinlich war die Antwort, die sie sich von ihm erhoffte. »Kennst du zufällig einen Polizisten bei euch?«

Andreas' verblüffter Blick traf ihren.

»Bitte, es ist so wichtig für mich. Oder jemanden, der den Halter eines Fahrzeugs ermitteln kann?«, wagte sie sich weiter vor.

Da entspannte sich das Männergesicht. »Wir leben in einem kleinen Dorf an der Mosel. Da kennt jeder jeden. Ich höre mich mal um.«

»Aber es muss ja auch jemand sein, der dir solche Daten herausgibt.«

»Bei uns hat nur die Polizei Zugriff darauf und die Fahrzeugmeldestelle.«

»Aber wenn man jemanden gut kennt, macht der doch mal eine Ausnahme. Das kann bei euch doch nicht anders sein als bei uns.«

Andreas lachte. »Stimmt. Und ein paar Flaschen Wein machen redselig.«

»Warte.« Sie lief wieder ins Haus und kam schwer atmend mit dem notierten Frankfurter Kennzeichen zurück. »Der Vater meines Kindes ist, so glaube ich, mit der Halterin dieses Fahrzeugs zusammen. Ich brauche den Namen, die Adresse und die Telefonnummer.« Sie kam sich vor wie eine Ermittlerin aus *Polizeiruf 110* und musste lächeln. »Klingt blöd, ich weiß, ist aber lebenswichtig für mich. Ich liebe diesen Mann immer noch und kann einfach nicht glauben, dass er geflohen ist. Ich will zumindest die Möglichkeit haben, ihm zu sagen, dass er Vater wird.«

»Ich tue, was ich kann«, versicherte Andreas ihr.

Als Barbara zum Haus zurückging, fühlte sie sich leicht und voller Hoffnung darauf, schon bald mit Ulrich Kontakt aufnehmen zu können. Und vielleicht würde dann ja sogar der besondere Zauber zwischen ihnen wieder lebendig werden …

Teil 3

BRD, Frankfurt am Main, Samstag, 29. Juli 1989

Den ganzen Vormittag hatte Ulrich in Juttas Garten gearbeitet. Er brauchte die körperliche Betätigung am Wochenende. Sie war eine Art Meditation für ihn, die seinen Kopf von all den unbeantworteten Fragen befreite, die sonst unaufhörlich in ihm kreisten. Nur wenn er draußen in der Natur war oder in der Apotheke arbeitete, fühlte er sich sicher. In der Chemie war er zu Hause, kannte alle Formeln, Verbindungen, Reaktionen. Darüber hinaus sah alles ganz anders aus. Vor vier Monaten hatte er seine Vergangenheit verloren. Seither fühlte er sich entwurzelt. Er besaß nur noch seine Gegenwart in Frankfurt am Main an Juttas Seite. Und an diese Gegenwart hatte er sich immer noch nicht gewöhnt. Sein jetziges Leben hatte etwas Bodenloses, etwas Unkalkulierbares. An jeder Ecke wartete etwas Neues auf ihn. Die Farben, die Gerüche, die Autos, die riesigen Reklameschilder im Westen … alles war so bunt. Im Supermarkt irritierte ihn das immense Warenangebot, dass es Hundefutter neben Brötchen, Parfüm neben Fleisch und Textilien neben Obst gab. Wie war er in diese Welt gekommen? War er aus der DDR geflohen? Ausgereist? Ausgewiesen worden? Dass er aus dem Osten stammte, war eindeutig. Er bezeichnete Brötchen als *Schrippen* und nannte ein gebratenes Hähnchen *Broiler*. Außerdem hatte er Kleidung aus der VEB-Produktion getragen, als man ihn geborgen hatte. Das war jedoch alles, was er über seine Vergangenheit wusste. Wut und Ohnmacht darüber, dass er keine Erinnerungen daran hatte, wie sein Leben vor dem Unfall im Chemiewerk in Ludwigshafen gewesen war, trieben ihn um. Rettungsmannschaften hatten ihn unter den Trümmern des Besucherzentrums geborgen, ohne Ausweispapiere, ohne Tasche, die wahrscheinlich in einem der Schließfächer des Besucherzentrums eingeschlossen gewesen waren. Und die waren durch die Explosion restlos zerstört worden. Seit er in der Uniklinik in Frankfurt am Main wieder aufgewacht war, lief er hier im Westen als Mann ohne Namen herum, aber mit einem klar funktionierenden Verstand. Und dieser riet ihm immer wieder, sich endlich bei der *Ständigen Vertretung der DDR* in Bonn zu melden – in der Hoffnung, dass ihn jemand in der Heimat als vermisst gemeldet hatte. Verwandte, Bekannte, Nachbarn, jemand von seiner Arbeitsstelle, eine Frau vielleicht? *Seine* Frau? Doch immer, wenn er das bei Jutta ansprach, bekamen sie Streit. So auch wieder gestern Abend.

»Und was ist, wenn du dich in den Westen hast absetzen wollen und es dir geglückt ist?«, hielt Jutta ihm mit hochroten Wangen entgegen. »Die schicken dich doch sofort zurück, und zwar nach Bautzen. Und deinen Angehörigen machst du dann erst recht nur Schwierigkeiten.«

Jutta kannte sich aus. Ende der Sechzigerjahre war sie mit ihren Eltern aus der DDR in den Westen geflohen.

»Ich bin es satt, ständig darauf zu warten, dass mein Erinnerungsvermögen zurückkommt«, hatte er sie angefahren. »Du bist doch Psychiaterin. In der Klinik hast du mir gesagt, Gedächtnisverlust wäre dein Spezialgebiet. Wie lange soll ich denn noch bei deinem Onkel in der Apotheke ohne Papiere arbeiten, oder mit dem gefälschten Pass von eurem damaligen Fluchthelfer an deiner Seite durch Europa reisen? Warum kannst du mir nicht helfen?«

Da war sie mit dem Stuhl ein Stück vom Esszimmertisch abgerückt, als hätte sie Distanz zu ihm schaffen wollen. Und wieder hatte sie ihm mit der routiniert sachlich klingenden Stimme einer Ärztin geduldig erklärt: »Bei dir haben die Untersuchungen gezeigt, dass die Ursache deines Gedächtnisverlusts keine hirnorganische Störung ist, sondern eindeutig das traumatische Erlebnis des Unfalls. Deine Amnesie ist eine Schutzfunktion der Psyche vor einer wiederholten Auseinandersetzung mit dem dich belastenden Ereignis. Bei dir sind nur jene Hirnregionen deaktiviert, die für eine Erinnerung autobiographischer Inhalte gebraucht werden. Alle anderen Erinnerungssysteme, die der Mensch hat, funktionieren und …«

»Ja, ja, das weiß ich alles«, hatte er sie ungeduldig unterbrochen. »Ich will wissen, was ich machen muss, um mich wieder an meine Biographie erinnern zu können.«

Mit professioneller Milde hatte sie ihn angelächelt. »Ich habe dir schon mehrmals gesagt, dass dies bei dir schwierig werden wird. Eine erfolgreiche Therapie besteht meist darin, die Patienten in ihr gewohntes soziales Umfeld einzubinden. Angehörige, Freunde … Aber die hast du hier ja nicht.«

»Genau! Und darum will ich mich ja bei der Ständigen Vertretung der DDR in Bonn melden.«

»Und die schickt dich umgehend zurück und ins Gefängnis«, konterte sie mit überlegener Miene. »Warte also erst mal ab, ob dein Gedächtnis nicht von selbst wiederkommt. Dann kannst du dich wenigstens bewusst entscheiden. Manchmal erlangt der

Patient seine Erinnerung auch zurück, wenn er das gleiche Trauma noch einmal erlebt.«

Er hatte bitter aufgelacht. »Also muss ich den Frankfurter Bahnhof in die Luft jagen.«

Jutta war ernst geblieben. »Würdest du überleben, könnte dir diese Art Déjà-vu-Erlebnis gegebenenfalls deine Erinnerung tatsächlich zurückbringen.«

In Gedanken an den vergangenen Abend versunken seufzte Ulrich leise auf. Ja, so sah es aus für ihn. Er lehnte sich auf der Bank zurück und streckte die Beine von sich. Eigentlich hatte er bei der Hitze gerade nur eine Pause machen wollen, aber wie immer, wenn er nichts zu tun hatte, holten ihn seine Probleme ein und er fühlte sich wie gelähmt. Er atmete ein paarmal tief durch.

»Na, machst du eine Pause?« Juttas Stimme und die Hand auf seiner Schulter ließen ihn jäh zusammenzucken. Er hatte Jutta nicht kommen hören. Sie beugte sich zu ihm herunter und gab ihm einen Kuss. »Ist das eine Hitze!«

Er nickte nur.

Da bekam sie auch schon diesen prüfenden Blick. »Kommt deine Erinnerung zurück?«

Inzwischen glaubte er, dass sie davor Angst hatte.

»Nein«, antwortete er matt. »Manchmal sehe ich Bilder, aber sie passen nicht zusammen. Und dann verschwinden sie gleich wieder.«

»Welche Bilder?«

»Bilder von Wasser, Felsen …«

»Es ist auch die Frage, ob die Bilder wirklich echte Erinnerungen sind oder einfach nur Produkte deiner Phantasie.« Jutta lächelte ihn freundlich an. »Manche Patienten neigen in ihrer

Verzweiflung dazu, ihre Gedächtnislücken durch Erfindungen zu füllen. Der Fachbegriff dafür lautet Konfabulation.«

Er stand auf. »Danke, Frau Doktor. Sie machen mir Mut.«

Da war Jutta auch schon neben ihm und umarmte ihn. »Ich meine es doch nicht böse. Du musst nur Geduld haben. Ist das Leben denn hier so schlimm für dich?«

Ihr trauriger Blick tat ihm weh.

»Wenn du möchtest, kann ich dich in einer Selbsthilfegruppe unterbringen«, fuhr sie mit zerbrechlichem Lächeln fort. »Sich mit anderen Amnesie-Patienten auszutauschen, baut zumindest den Frust ab.«

Ulrich schüttelte den Kopf und nahm die Harke wieder in die Hand. »Ich mache mal weiter.«

Sie gab ihm einen Kuss auf die Wange und ging über den Rasen auf die Terrasse zu. Er sah ihr nach. Sie war klein und ein bisschen rundlich, obwohl sie abgenommen hatte, seit sie sich kennengelernt hatten. Eigentlich war sie nicht sein Typ. Aber hatte er überhaupt einen bestimmten Typ? Jutta liebte ihn. Sie schien ihm geradezu verfallen zu sein. Sie war dankbar für jede Berührung, jedes Lächeln. Sie tat alles dafür, ihn – in ihren Augen – glücklich zu machen und ihn abzulenken von seinen Problemen. Und er war ja nicht ungern mit ihr zusammen, aber er hatte keinerlei Gefühle für sie, was ihm ein schlechtes Gewissen machte.

»Wollen wir heute Nachmittag einen Bummel über die Goethestraße machen?«, rief er ihr hinterher. Er wusste, wie gern sie *shoppen* ging – wie sie es nannte.

Sie drehte sich um, strahlte wieder und warf ihm eine Kusshand zu. »Abgemacht!«

Unter strahlend blauem Himmel schlenderte Ulrich einige Stunden später über die Nobelmeile in der Frankfurter City. Er hatte den Arm um Jutta gelegt, und sie ihren um seine Hüfte, als wollte sie all den chic gekleideten Frauen, die ihn ansahen, zeigen, dass er ihr gehörte. Vor einer der Boutiquen, deren Schaufenster spartanisch, aber sehr edel dekoriert war, blieb sie stehen. Sie nannte ihm den Namen der Modefirma. Ihrem ehrfurchtsvollen Ton zufolge musste es eine sehr exklusive sein.

»Lass uns mal reingehen«, bat sie ihn. »Ich möchte, dass du für mich ein paar Sachen aussuchst. Ich will meinen Stil verändern.«

Er ahnte, um was es ihr ging: Sie wollte für ihn begehrenswerter sein – was ihn rührte.

Nach einer Stunde verließen sie das Geschäft mit mehreren riesigen Tüten. In einer befand sich ein Paar schwarze, hohe Pumps, die ihre Figur vorteilhaft streckten. Die hatte er ihr geschenkt. Zwei kurze Röcke, zwei Hosen, ein ärmelloses Sommerkleid, das vielleicht noch ein bisschen zu eng saß, und ein Kaschmirpulli ließen die Tüten fast platzen. Den dunkelblauen Leinenblazer behielt sie gleich an.

»So, und jetzt suchen wir etwas für dich aus. Vielleicht einen schicken Sommeranzug? Den schenke ich dir.«

Energisch schüttelte er den Kopf. Die Summe, die Jutta gerade auf die Ladentheke geblättert hatte, ließ ihn ohnehin schwindelig werden.

»Bloß nicht«, wehrte er ab. »Ich brauche keinen Anzug. Außerdem hast du mir schon genug Sachen von deinem Vater gegeben, die mir prima passen.«

»Damit kannst du dich aber nicht in meinem Lieblingslokal in Paris sehen lassen«, entgegnete sie ebenso energisch.

»Paris?« Verwirrt sah er sie an. »Wir waren doch gerade erst in Florenz.«

»Na ja, gerade … Das war im Juni. Ich meine ja nur, falls wir irgendwann mal nach Paris fahren sollten«, räumte sie hastig ein.

Er wagte nicht zu beurteilen, ob er eine gute Menschenkenntnis besaß, aber bei Jutta war er sich zumindest sicher, dass die Parisreise nicht mehr lange auf sich warten lassen würde. Viele Jahre war sie sehr einsam gewesen. Ihre Facharztausbildung zur Psychiaterin an der Uni Frankfurt und ihr kranker Vater hatten ihr keine Zeit für ein ausgefülltes Privatleben gelassen. Nach dem Tod ihres Vaters schien sie von einem großen Nachholbedarf getrieben.

Als sie später in einem kleinen Lokal in Sachsenhausen saßen, war Jutta auffällig in sich gekehrt. Das war sie nur selten und veranlasste ihn zu fragen: »Sag mal, macht es dir viel aus, dass ich so schwierig bin?«

Überrascht sah sie ihn an. »Nein. Als Ärztin kenne ich ja die Ursache für dein Verhalten.« Dann lächelte sie ihn an und fügte hinzu: »Außerdem sehe ich das ganz nüchtern: Du gibst mir trotz allem so viel. Ich bin glücklicher, als ich es vor der Zeit mit dir war. Eigentlich als ich es jemals war. Du musst also kein schlechtes Gewissen haben. Als ich dich kennenlernte, habe ich doch von Anfang an gewusst, auf was ich mich einlasse. Aber ich konnte nicht anders: Es war Liebe auf den ersten Blick.«

Ihre Worte beruhigten ihn nicht wirklich, aber er war ihr dankbar für ihr Verständnis, und für einen Moment empfand er sogar so etwas wie eine innere Verbundenheit zu ihr.

»Übrigens, ich habe Karten für die Oper morgen Abend gekauft«, wechselte Jutta das Thema. »Es gibt *Butterfly* von *Puccini.* Kennst du *Puccini*?«

»Ich kenne *Puccini.*« Unmut stieg in ihm auf. Er hatte keine Lust auf Oper. »Jutta«, fuhr er betont langsam fort, »wenn du mit mir in die Oper gehen willst, sprich das bitte vorher mit mir ab. Ich mag es nicht, wenn jemand über mich verfügt.«

In ihren braunen Augen, die das Schönste in ihrem vollwangigen Gesicht waren, blitzte es auf. »Ich wusste nicht, dass du das nicht magst.«

»Bitte …« Er stöhnte leise.

»Okay, ist ja kein Problem. Dann lassen wir die Karten eben verfallen. Die haben ja kein Vermögen gekostet.«

Er enthielt sich eines Kommentars. Ziemlich schnell hatte er bemerkt, dass sie mit Geld sehr großzügig umging und die Menschen gern beschenkte. Deshalb war es ihm auch bei seinem Einzug wichtig gewesen, gleich klarzustellen, dass er sich an den Lebenshaltungskosten hälftig beteiligen würde. Keinesfalls wollte er von ihr finanziell abhängig sein.

Bis der Kellner die Filetsteaks mit Steinpilzen brachte, betrachteten sie beide gleichermaßen in sich gekehrt die Passanten, die an diesem schönen Sommerabend an der Terrasse des Lokals vorbeischlenderten. Bevor sie dann zu essen begannen, berührte Jutta zärtlich seine Hand. »Noch böse?«

Er musste lächeln. »Alles gut«, versicherte er ihr. »Guten Appetit.« Eigentlich ließ es sich mit ihr ja wirklich ganz gut leben, dachte Ulrich auch jetzt wieder. Ihre Unkompliziertheit, ihre Offenheit und Direktheit gefielen ihm. Doch darüber hinaus gab es noch etwas viel Bedeutenderes, was ihn für Jutta einnahm: Sie war sein Rettungsanker auf einem tosenden, unbekannten Meer. Sie verkörperte seine Gegenwart. Sie war alles für ihn. Denn seine Vergangenheit hatte er verloren.

DDR, Kleinmachnow, Samstag, 26. August 1989

Die zweite Hälfte der Sommerferien wurde Barbara unendlich lang. Ein Tag zog sich nach dem anderen. Nichts geschah, was im Gleichmaß ihres täglichen Lebens eine Änderung bewirkt hätte. Michael hatte mit ihr Urlaub in der Datsche machen wollen, doch letztendlich war sie davor zurückgeschreckt. Die Erinnerungen an Ulrich waren ohnehin noch quälend genug. Es hatte einfach zu viele Momente der Zweisamkeit mit ihm gegeben, die sich in ihr Gedächtnis eingebrannt hatten. Immer noch konnte sie nicht anders, als zu glauben, dass er sie geliebt haben musste. Und sie liebte ihn noch immer. Nein, sie konnte und wollte einfach nicht akzeptieren, dass Ulrich sie willentlich verlassen und in der BRD eine neue Beziehung begonnen hatte.

»Hat jemand angerufen?«, lautete auch an diesem Samstagnachmittag Barbaras erste Frage, als sie von einem Spaziergang mit Elke zurückkam. Sie war jetzt im fünften Monat schwanger und fühlte sich körperlich bestens.

Ihre Mutter wusste nur zu gut, auf welchen Anruf ihre Tochter wartete – von Andreas, der versuchte, die Fahrerin des Autos mit dem Frankfurter Kennzeichen herauszufinden.

Ingrid schüttelte nur stumm den Kopf, während sie das

Fleisch mit Kräuteröl bestrich. »Heute Abend gibt es Schweinebraten. Den magst du doch so gern.«

»Schön«, erwiderte Barbara tonlos. »Ich gehe rüber in meine Wohnung. Bis später.« Kaum hatte sie ihre Tür hinter sich geschlossen, da klingelte das Telefon im Durchgang. »Ich gehe schon dran!«, rief sie laut, bevor sie den Hörer abnahm.

»Ich bin's. Christine.«

Barbaras Herz machte einen Sprung. »Hat Andreas etwas herausgefunden?«

Christine lachte. »Deshalb rufe ich an. Name, Telefonnummer und Adresse.«

»Endlich!« Barbara atmete aus. Die Zeit der Ungewissheit würde ein Ende haben! Hoffentlich würde sie bald erfahren, was damals Ende März auf dem Kongress in Heidelberg passiert war. Und endlich konnte sie Ulrich sagen, dass er Vater werden würde. Vor Erleichterung und Dankbarkeit schluchzte sie trocken auf.

»Hast du was zum Schreiben?«

Ihre Hand zitterte, als sie den Namen *Dr. Jutta Fischer* auf den Block neben dem Telefon schrieb. So hieß also die Frau, mit der Ulrich zusammen im Auto gesessen hatte. Welche Rolle mochte sie in seinem Leben spielen? War sie tatsächlich seine neue Partnerin?

»Sie ist Ärztin. Unverheiratet, keine Kinder.«

»Aha.« Barbara schluckte. Eine Ärztin und ein Pharmazeut … Das passte ja bestens.

»Was wirst du jetzt tun?«, fragte Christine.

»Natürlich dort anrufen. Heute oder morgen. Diese Jutta Fischer muss mir sagen, wie ich Ulrich erreichen kann.«

Christine schwieg. Barbara ahnte, was ihre Schwester gerade dachte: *Und wenn sie es nicht tut?*

»Sag Andreas herzlichen Dank. Ich weiß gar nicht, wie ich ihm das wiedergutmachen kann.«

»Quatsch. Wir freuen uns doch, dass wir dir helfen können. Wir sind eine Familie. Außerdem kann ich dein Verhalten total nachvollziehen. Ulrich ist schließlich der Vater deines Kindes.«

»Apropos Kind.« Barbara lächelte. »Wie geht es euch beiden?«

»Super. Und euch beiden?«

Die neugewonnenen Schwestern unterhielten sich noch eine Weile über ihre Schwangerschaften, obwohl Barbara jetzt am liebsten mit ihren Gedanken allein gewesen wäre. Doch sie wollte Christine nicht enttäuschen. In den vergangenen Wochen hatten sie bereits mehrere Male lange miteinander telefoniert. In diesen Gesprächen waren sie sich sehr nahegekommen.

Schließlich sagte Christine in sehnsüchtigem Ton: »Ich kann es kaum erwarten, bis wir uns endlich sehen können. Kannst du nicht doch einen Reiseantrag stellen?«

»Das brauche ich gar nicht erst zu versuchen«, erwiderte Barbara. »Den würden sie mir sowieso nicht bewilligen – obwohl ich jetzt offiziell als Michaels Lebenspartnerin gelte und sie mich zurzeit in Ruhe lassen. Aber erlauben kann ich mir jetzt nichts mehr.«

»Bei uns in der Presse heißt es, dass sich bei euch politisch einiges tut.«

»Es gibt inzwischen einige Oppositionsbewegungen, die zu Reformen aufrufen. Unter anderem auch für uneingeschränkte

Reisefreiheit für alle. Wie du vielleicht gehört hast, ist die Grenze zwischen Ungarn und Österreich bereits gefallen.«

»Von den vielen Menschen, die aus der DDR über Ungarn und Österreich flüchten, wird bei uns in den Medien berichtet. Vielleicht dauert es wirklich gar nicht mehr so lange, bis wir uns endlich umarmen können.«

»Das wünsche ich mir genauso sehr wie du«, erwiderte Barbara aus tiefstem Herzen.

»Habt ihr inzwischen eine Wohnung in Aussicht?«

»Ab Mitte November. Eine Dreizimmerwohnung in einem Plattenbau in Marzahn.«

»Aha.«

Ihre Schwester klang irgendwie ratlos. Wahrscheinlich konnte sie sich weder etwas unter einem *Plattenbau* noch unter dem Berliner Stadtteil *Marzahn* vorstellen.

»Habt ihr etwas von Michaels Freund gehört?«, fragte sie weiter.

»Immer noch nicht. Romans Schwester ist schon zweimal bei der bundesdeutschen Ständigen Vertretung in Ostberlin gewesen. Die haben ihr versprochen, sich zu kümmern, aber bis jetzt ist noch nichts dabei rausgekommen. Und auch Wolf hat trotz aller Bemühungen immer noch keine Besuchserlaubnis gekriegt. Die schotten Roman völlig ab. Ich habe große Angst, dass Michael bald durchdreht, wenn das so weitergeht.«

»Du hast mir doch erzählt, dass Michaels Vater …«

»In diesem Fall kann sich Peter Pietsch unmöglich einschalten«, fiel Barbara ihrer Schwester ins Wort. »Roman gilt als politischer Häftling. Das ist für die SED-Führung schlimmer, als wenn du jemanden ermordest hättest. Obendrein ist er auch noch der Partner seines homosexuellen Sohnes. Da darf es offiziell keine Verbindung geben zwischen Peter und Roman.«

»Mein Gott! Wie hältst du es nur aus, in einem solchen Staat zu leben? Wo Menschen grundlos inhaftiert werden, wo man Menschen erschießt, so wie damals unsere Eltern.«

Christine hatte keinesfalls vorwurfsvoll geklungen, vielmehr erschüttert, ängstlich. Barbara presste die Lippen fest aufeinander. Was sollte sie darauf sagen? Dass sie immer noch an den Sozialismus glaubte, so wie all diejenigen, die einst an der Entstehung der DDR mitgearbeitet hatten? Die Ideologie des Sozialismus als solche war ja nicht verkehrt, nur das, was die Parteiführung daraus gemacht hatte. Natürlich konnte Christine, die im demokratischen Teil Deutschlands aufgewachsen war, das kaum nachvollziehen.

»Barbara? Bist du noch dran?«, fragte ihre Schwester besorgt.

Barbara lachte leise. »Klar. Ich muss jetzt nur erst mal meine Gedanken ordnen. Lass uns bald wieder miteinander telefonieren.«

»Ich bin sehr gespannt, wie die Sache mit Ulrich weitergeht.«

Morgen werde ich es wissen, dachte Barbara, als sie sich von ihrer Schwester verabschiedete. Am Sonntag würde sie in Frankfurt anrufen. Sie brauchte Zeit, um sich moralisch für das Gespräch mit Jutta Fischer zu wappnen. Denn tief in ihr lauerte die Angst, dass es all ihre Hoffnungen endgültig zerstören würde.

BRD, Frankfurt am Main, Sonntag, 27. August 1989

Seit ein paar Tagen fühlte sich Ulrich zum ersten Mal nach seinem Gedächtnisverlust innerlich frei, was ihn selbst überraschte – und was bestimmt nicht an der Spätsommersonne lag, die sich nach drei regnerischen Wochen zum ersten Mal wieder über der Mainmetropole zeigte. Wahrscheinlich hatte vielmehr die Zeit ihre Arbeit getan. Noch bis vor kurzem hatte er mit Verzweiflung, Depressionen wie auch Aggressionen zu kämpfen gehabt, besonders nach traumreichen Nächten. Er hatte von Wasser und Klippen geträumt. Ein paarmal hatte er auch ein kleines Haus inmitten eines Waldes gesehen, ohne am nächsten Morgen zu wissen, ob es in der realen Welt auch tatsächlich existierte. Und einmal sogar hatte er von einer Frau geträumt. Die Frau in seinem Traum war gesichts- und körperlos gewesen. Er hatte sie nur spüren können – ihre Wärme, ihre Ausgeglichenheit, ihre innere Größe, ihre Anmut, ihre Schönheit. Dieser Traum hatte ihn glücklich gemacht. In der Aufwachphase hatte er versucht ihn festzuhalten, ihn weiterzuspinnen, doch er hatte sich ihm sofort wieder entzogen und ihn verzweifelt zurückgelassen. Inzwischen waren seine Nächte ruhiger geworden und raubten ihm nicht mehr die Kraft für den folgenden Tag. Er spürte vielmehr, wie es ihm immer besser gelang, sein Leben, so wie es gegenwärtig war, zu akzeptieren. Er versuchte nicht mehr, seine Vergangenheit aufzuspüren. Genauso wenig jedoch interessierte ihn seine Zukunft. Er nahm die Tage so hin, wie sie kamen.

»Der Verlust des biographischen Gedächtnisses hat bei vielen

Menschen auch eine verminderte Selbstreflexion zur Folge«, hatte Jutta, die seinen Stimmungswandel natürlich bemerkt hatte, noch an diesem Morgen beim Frühstück gesagt. »In der Fachliteratur nennt man diesen Zustand ›la belle indifférence‹.«

La belle indifférence ... Ulrich musste wieder an diesen Begriff denken und lächelte in sich hinein. Das klang gut – leicht und unbeschwert –, und genauso fühlte sich dieser Zustand auch an. Diese schöne Gleichgültigkeit tat ihm nach Monaten des Leidensdrucks unendlich gut. Er stützte sich auf die Harke und sah sich um.

Ja, das hier war nun sein Leben. Dieses Grundstück mit dem kleinen Teich und den mächtigen Kastanien, deren Blätter die Augustsonne golden aufleuchten ließ, die weiße Villa mit der erhöhten Natursteinterrasse, auf der Jutta gerade in einem der beiden Deckchairs saß und las, die Skyline der Stadt am Horizont ... Er lachte leise. *Deckchairs, Skyline ...* Wie sehr er sich sprachlich schon an den Westen angeglichen hatte! Und Jutta ... seine Partnerin in diesem neuen Leben. Temperamentvoll, lebenstüchtig, ein kleiner Kobold, voller Liebe für ihn.

Als hätte sie gespürt, dass seine Gedanken gerade zu ihr gewandert waren, sah sie zu ihm herüber und winkte ihm zu. »Kaffeepause?«

»Okay!« *Okay ...* Belustigt über sich selbst schüttelte er den Kopf und stieg die Steinstufen hinauf.

»Weißt du eigentlich, wie sexy du bist?«, fragte Jutta. Dabei legte sie ihm die Hände auf die nackte Brust. Ihr Blick hatte wieder diesen verklärten Ausdruck, der verriet, was sie sich jetzt wünschte.

Er lachte. »Ich dachte, du hättest zur Kaffeepause gerufen.«

»Ich habe es mir kurzfristig anders überlegt. Komm, wir machen eine Flasche Champagner auf und gehen ins Bett.«

Nachdem sie angestoßen hatten, eröffnete er den Liebesakt, so, wie es sich zwischen ihnen eingespielt hatte. Sein Mund und seine Hände begaben sich auf Wanderschaft, ließen Jutta seufzen, stöhnen und betteln nach mehr. Als sie schließlich immer noch atemlos in seinem Arm lag, drückte sie ihr heißes Gesicht an seine Schulter und flüsterte: »Liebling, lass uns heiraten. Ich will ein Kind von dir.«

Der Schreck durchfuhr ihn wie ein glühender Blitz. *Heiraten? Ein Kind?*

»Schau mal, wenn wir heiraten, nimmst du meinen Namen an. Damit hätten wir das Problem um deine Identität gelöst.«

Im nächsten Moment klingelte das Telefon. Jutta richtete sich auf. »Da muss ich kurz drangehen. Das ist bestimmt meine Kollegin wegen des Notdienstes morgen.« Sie sprang aus dem Bett und lief ins angrenzende Badezimmer, wo das Telefon auf ihren Kleidungsstücken lag.

»Hallo?«, hörte er Jutta fragen. Dann lange nichts mehr. Wie lange ihr Schweigen dauerte, hätte er nicht sagen können, es schien ihm wie eine Ewigkeit. Und dann schließlich: »Sie müssen sich verwählt haben.« Ein paar Atemlängen blieb sie im Badezimmer. Als sie schließlich aus der Tür trat, wirkte ihr Lächeln gezwungen. »Da hat sich jemand verwählt.« Sie schlüpfte wieder zu ihm ins Bett. »Und? Hast du über meinen Vorschlag nachgedacht?«, erkundigte sie sich mit schelmischem Blick.

Er schluckte krampfhaft. »Ich weiß nicht …« Ihm war ganz unbehaglich zumute.

Da klingelte das Telefon wieder. Jutta zuckte zusammen. Erneut sprang sie auf, dieses Mal mit wütender Miene. »Ich habe Ihnen doch gesagt, dass Sie die falsche Nummer gewählt haben. Rufen Sie bitte nicht mehr an«, sagte sie aufgebracht in den Hörer. »Das grenzt ja schon an Belästigung.«

So aggressiv hatte er Jutta noch nie erlebt. Die Anrufe hatten ihn in diesem Moment vor einer Antwort auf ihren Heiratsantrag bewahrt. Wahrscheinlich machte sie das so wütend.

»Kommt so was öfter vor? Ich meine, dass sich jemand verwählt?«, fragte er, während Jutta sich viel zu hastig Champagner nachschenkte. Er schäumte über und tropfte auf den cremeweißen Teppichboden.

Ohne es zu beachten, nahm sie einen großen Schluck, bevor sie antwortete: »Klar. Frankfurt ist eine Millionenstadt.«

Jutta kam ihm plötzlich verändert vor. Und es schien ihm, als gäbe sie sich Mühe, etwas vor ihm zu verbergen.

Sie lächelte ihn an. »Immerhin hattest du jetzt genug Zeit, um über meinen Antrag nachzudenken.« Spielerisch drohte sie ihm mit dem Zeigefinger. »Überleg dir die Antwort gut. Ich mache einem Mann nur einmal einen Heiratsantrag.«

Er streckte seine Arme nach ihr aus. »Komm her zu mir«, sagte er leise in der Hoffnung, sie würde seine Einladung zur Liebe noch einmal annehmen.

An diesem Sonntag gelang es Ulrich, Jutta klarzumachen, dass er noch Zeit brauchen würde, bevor er sie heiraten konnte.

»Ja, ich weiß«, sagte sie schließlich mit der enttäuschten Miene eines kleinen Mädchens. »Menschen, die an Amnesie leiden, fällt es oft schwer, sich zukünftige persönliche Erlebnisse auszumalen oder Pläne zu schmieden.« Dann küsste sie ihn voller Zärtlichkeit und fügte hinzu: »Aber das wird schon. Jetzt duschen wir erst einmal, und danach gehen wir was Leckeres essen.«

Juttas Verständnis und Einfühlungsvermögen machten, dass Ulrich sich ihr innerlich wieder näher fühlte. Sie hatte es verdient, von ihm geliebt zu werden. Vielleicht sollte er ihren Antrag annehmen, dachte er, als sie in ihrem offenen Cabrio zu ihrem Lieblingsitaliener fuhren. Ein geregeltes, bürgerliches Leben mit Ehefrau und Kindern ... Ja, er sollte neue Wurzeln schlagen. Spontan griff er nach Juttas Hand und drückte sie.

DDR, Kleinmachnow, Sonntag, 27. August 1989

An diesem Sonntag regnete es seit den frühen Morgenstunden. Auch noch am Nachmittag schüttete es wie aus Eimern. Mit dem Telefonhörer in der Hand sah Barbara aus dem Fenster im Durchgang. Im Garten bogen sich die Bäume und Büsche im Sturm. Der Sommer schien nun endgültig seinen Abschied zu nehmen, und das mit Macht und lautem Getöse. So war der Lauf der Natur. Eine Jahreszeit folgte auf die nächste. Wie passend! Jetzt war es auch für sie an der Zeit, endgültig Abschied zu nehmen – von wunderschönen Erinnerungen, von einer großen Liebe und von einer heimlichen Hoffnung, die sie tief in ihrem Herzen all die Monate noch immer gehegt hatte.

Wie lange Barbara vor dem Flurfenster gestanden und in den Regen gestarrt hatte, hätte sie im Nachhinein nicht sagen können. Sie bemerkte noch nicht einmal die Tränen, die ihr, wie die Regentropfen an der Scheibe, die Wangen herunterrannen. Irgendwann stellte sie fest, dass sie immer noch den Telefonhörer in der Hand hielt. Sie legte ihn auf die Gabel und ging in ihre Wohnung. Dort lief sie eine Weile rastlos auf und ab. Schließlich warf sie sich den Regenmantel über und verließ das Haus. Sie musste Elke von dem Gespräch erzählen.

Der Regen schlug ihr ins Gesicht, als sie zum Haus ihrer Freunde eilte. Der Wind rauschte in den Kronen der Linden und ließ goldgelbe, nasse Blätter zu Boden fallen. Als Barbara einer großen Pfütze ausweichen wollte, rutschte sie auf dem Laub aus. *Mein Baby!,* schoss es ihr durch den Kopf, während sie das Gleichgewicht verlor. Instinktiv vollzog ihr Körper während des Sturzes eine halbe Drehung, so dass sie nicht auf den Rücken, sondern auf die Seite zu fallen kam und den Aufprall mit der Hand abfedern konnte. Für einen kurzen Moment hatte sie das Gefühl, ein scharfes Messer würde ihr den Leib durchbohren. Dann verlor sich dieses Gefühl sofort wieder. Wie benommen blieb sie auf dem nassen Pflaster liegen, horchte in sich hinein, beide Hände schützend auf ihren Bauch gelegt.

»Wir helfen Ihnen!«, hörte sie eine weibliche Stimme rufen. Gleich darauf sah sie zwei Frauen, die auf sie zuliefen. Sie kannte sie vom Sehen, so wie man jeden in Kleinmachnow kannte.

»Ganz vorsichtig!«, riet die ältere, während die beiden ihr wieder auf die Beine halfen. »Tut Ihnen etwas weh?«

Barbara strich sich das Haar zurück, versuchte zu lächeln. Nein, ihr tat nichts weh, abgesehen von ihrer rechten Hand. »Es ist alles in Ordnung«, beruhigte sie die beiden. »Ich glaube, ich habe noch mal Glück gehabt.«

»Und Ihr Baby? Haben Sie Schmerzen im Bauch?«

Noch einmal horchte sie in sich hinein. »Nein, fühlt sich nicht so an. Ich bin auf die Seite gefallen. Ich glaube, meinem Baby ist nichts passiert.«

»Na dann …« Die beiden Frauen sahen erleichtert aus. »Können wir Sie irgendwohin fahren?«

Barbara bedankte sich. »Ich will nur gleich hier um die Ecke zu meinen Freunden.«

»Wie siehst du denn aus!«, rief Elke ein paar Minuten später entsetzt. Ein paar nasse Strähnen klebten Barbara im kreidebleichen Gesicht. Ihr Mantel triefte vom Regen. »Komm rein. Du bist ja klitschnass.«

Nachdem Barbara ihre durchweichte Kleidung gegen trockene getauscht hatte, setzten sich die beiden in die Küche. Elke bereitete Tee. »Jetzt erzähl, was passiert ist«, forderte sie Barbara auf.

Barbara betrachtete ihre aufgeschürfte Hand, die jetzt auch Elke auffiel. »Was hast du denn da?«, fragte ihre Freundin.

»Ach nichts«, tat Barbara die Wunde ab. Was waren diese Kratzer gegen die Verletzung, die sie gerade durch Jutta Fischer erfahren hatte!

»Wie *nichts*?«, insistierte Elke. »Bist du etwa hingefallen?«

»Ja, aber nicht schlimm. Ich bin nur ausgerutscht. Es ist nichts passiert.«

»Wirklich nicht?« Elkes dunkle Augen durchbohrten sie geradezu. »Immerhin bist du schwanger.«

»Dem Kind ist nichts passiert«, wiederholte Barbara eindringlich. Sie hatte tatsächlich keinerlei Schmerzen. »Also, ich habe eben Jutta Fischer angerufen.« Bevor sie weiterreden konnte, öffnete sich die Haustür.

»Da kommt Wolf zurück«, sagte Elke. »Ihn interessiert es bestimmt auch, wie das Gespräch gelaufen ist.«

Nach ein paar Schlucken Tee spürte Barbara, wie sie innerlich ruhiger wurde. In der Küche war es warm. Der Ofen knisterte. In der Luft hing noch der Duft vom Sonntagsbraten, und ihre Freunde gaben ihr das Gefühl von Geborgenheit, die sie jetzt so dringend brauchte. »Also …«, nahm sie den Gesprächsfaden wieder auf, »ich habe eben mit Jutta Fischer telefoniert. Auf Anhieb habe ich eine freie Leitung in den Westen bekommen, was ja selten genug ist. Und irgendwie hab ich gedacht, dass das ein gutes Omen ist.« Sie lächelte die beiden müde an, bevor sie weitersprach. »Ich war unheimlich nervös. Mein Herz hat so laut geklopft, dass ich schon Angst hatte, man könnte es durch die Leitung hören. Dann hat sich tatsächlich Jutta Fischer gemeldet. Sie hat eine angenehme Stimme. Ziemlich tief für eine Frau. Ich hab ihr meinen Namen genannt und gesagt, dass ich aus Ostberlin anrufe und gerne mit Ulrich Dreyer sprechen würde. Zuerst hat sie gar nichts gesagt. Und dann, dass ich mich verwählt hätte, und dann hat sie aufgelegt. Ich war wie benommen. Irgendwie war das so merkwürdig, und sie klang auch so komisch. Ich hab das irgendwie nicht geglaubt. Ich bin mir ganz sicher, dass Andreas mir die richtige Telefonnummer gegeben hat. Also habe ich noch einmal angerufen. Und wieder war die Leitung frei. Dieses Mal ist sie richtig böse geworden, hat irgendwas von Belästigung gesagt und dass ich nie wieder anrufen soll. Ich wollte noch schnell in den Hörer rufen, dass Ulrich nur wissen soll, dass er Vater wird, aber da hatte sie schon aufgelegt.« Barbara schnappte nach Luft, so schnell hatte sie gesprochen. Sie sah zuerst Elke, dann Wolf an. »Ist ihre Reaktion nicht merkwürdig? Sie weiß doch bestimmt, wer ich bin, und will jeden Kontakt zwischen mir und Ulrich verhindern. Ich meine, wenn jemand bei mir anruft und sich verwählt hat, dann bin ich doch nicht so unfreundlich.«

»Finde ich auch«, stimmte Elke ihr zu. »Sie hat dir durch ihre Reaktion deutlich zu verstehen geben, dass du Ulrich in Ruhe lassen sollst. Wahrscheinlich hat er ihr von dir erzählt.«

Wolf zuckte mit den Schultern. »Vielleicht war sie auch nur in Eile ...«

Elke rollte mit den Augen. »Typisch Mann!« Dann sah sie Barbara an. »Als Frau spürt man sofort, wenn eine andere Frau eine Gefahr für die eigene Beziehung darstellt. Sogar durchs Telefon.«

Barbara seufzte. »Was für mich der Beweis ist, dass sie mit Ulrich zusammen ist.

Wolf atmete tief durch. »Und jetzt?«, fragte er Barbara mit abwartendem Blick.

»Ich werde Christine anrufen und sie bitten, nach Frankfurt zu fahren. Sie soll mit Ulrich reden. Das heißt, sie soll ihm sagen, dass er Vater wird.«

»Wenn du mich fragst, lass endlich los«, riet Wolf ihr, wobei er seine Hand auf ihre legte. »Ulrich ist im Westen und hat mit seiner Vergangenheit abgeschlossen. Das wird diese Frau sicher wissen.«

Mit einer zornigen Bewegung wischte sich Barbara eine Träne

weg, die sich gerade wieder aus ihrem Augenwinkel gestohlen hatte. »Loslassen! Als ob das einfach ist! Das kann ich erst, wenn Christine in Frankfurt gewesen ist.«

Elke und ihr Mann wechselten einen besorgten Blick.

Als es nur einen Sekundenbruchteil später an der Haustür klingelte, sahen die drei gleichzeitig auf.

»Erwartet ihr Besuch?«, fragte Barbara. Abrupt schob sie ihren Stuhl zurück. Ihr war nicht nach anderen Leuten zumute.

Doch Wolf legte ihr beruhigend die Hand auf die Schulter. »Das kann nur jemand aus der Gemeinde sein. Ich gehe mit ihm ins Arbeitszimmer.«

Die Freundinnen horchten auf die Geräusche im Flur. Als Barbara Michaels tiefe Stimme vernahm, sah sie Elke erstaunt an. »Michael?«

»Deine Eltern sagten, sie hätten dich weggehen sehen«, sagte Michael zu ihr, nachdem er Elke einen Kuss auf die Wange gegeben hatte. »Du konntest eigentlich nur hierhin gegangen sein.« Er beugte sich zu ihr hinunter und küsste sie ebenfalls.

»Ist was passiert?«, erkundigte sie sich besorgt.

Ihr Jugendfreund setzte sich, während Wolf zwei Bier aus dem Kühlschrank nahm. Wieder einmal fiel ihr auf, wie krank Michael aussah. Unter seinen hellbraunen Augen lagen Schatten, und der dunkle Vollbart hob sich stark von seiner blassen Haut ab. Sein Gesicht hatte scharfe Züge bekommen. Alle Versuche, Kontakt zu Roman aufzunehmen, waren vergeblich gewesen. Und so war es nicht verwunderlich, dass sich Michaels Haltung dem Staat gegenüber, der seinem Freund und ihm das antat, verändert hatte. Seit einigen Wochen ließ er jegliches gesellschaftliche Engagement vermissen und blieb allen Parteiversammlungen fern. Wahrscheinlich waren es nur sein bisher politisch untadeliges Auftreten wie auch seine Herkunft, die ihn schützten – noch.

»Ich habe etwas über Roman in Erfahrung gebracht«, erzählte Michael, nachdem er einen Schluck getrunken hatte. »Roman ist in Einzelhaft in einer der besseren Zellen und man lässt ihn weitgehend in Ruhe. Was bedeutet, er wird zumindest nicht irgendwie gefoltert. Er ist auch nicht krank oder unterernährt. Er arbeitet in der Wäscherei. Eine Anklage wegen seines angeblichen Vergehens – sprich feindliche Propaganda gegen die DDR – ist jedoch immer noch nicht erhoben worden. Und ein Verteidiger ist ihm auch noch nicht bewilligt worden. Es scheint, als sollte es gar keinen Prozess gegen ihn geben«, fügte Michael mit einem tiefen Seufzer hinzu.

»Woher weißt du das?« Barbara setzte sich aufrecht hin und drückte den Rücken durch. Seit sie schwerer trug, verspürte sie hin und wieder ein Ziehen, was wohl ganz normal war, wie die Ärztin ihr gesagt hatte.

»Ich habe endlich jemanden aufgetan, der mir die Information beschaffen konnte. Einen Bekannten aus meiner Schulzeit. Klaus lebt seit einigen Monaten in Prenzlauer Berg und hat ein paar Bücher bei mir gekauft. Als ich mich mit ihm unterhalten habe, habe ich gemerkt, dass er ein Oppositioneller ist. Seine Schwester arbeitet in der Verwaltung von Bautzen II und kennt einen der Wärter privat. Und sie, also Heidi, glaubt auch nicht mehr an unser Regime. Heute Mittag hat Klaus mich angerufen. Natürlich habe ich sofort Maria informiert, die sich riesig gefreut hat. Sie hat inzwischen einen Rechtsanwalt mit Romans Fall betraut. Sie verspricht sich von ihm mehr Durchsetzungskraft und Erfolg gegenüber den DDR-Behörden, als sie selbst bisher gehabt hat.«

Elke hatte mit besorgter Miene zugehört. Jetzt sagte sie zu Michael mit Blick auf Barbara: »Ihr wolltet euch doch beide unauffällig verhalten. Als junge, systemkonforme Familie. Schon wegen des Babys. Aber was du da jetzt machst, ist das nicht alles ein bisschen zu gefährlich?«

Bevor Michael antworten konnte, legte Barbara die Hand auf die ihres Jugendfreundes. »Ich kann Michael verstehen, dass er nicht tatenlos dasitzen und Roman seinem Schicksal überlassen kann.«

»Und morgen Abend lass ich mich mal wieder bei der Parteiversammlung im Viertel sehen«, sagte Michael mit schiefem Lächeln.

Wolf setzte sich aufrecht hin. Offensichtlich war ihm ein Gedanke gekommen. Er sah Michael an. »Vielleicht könnte die Schwester deines Bekannten mir zu einer Besuchserlaubnis bei Roman verhelfen. Roman müsste um kirchlichen Beistand bitten, weil er sonst durchdrehen würde – was in seiner Situation ja durchaus realistisch ist. Und er müsste nach mir verlangen, sagen, dass er mich kennt. Wir könnten uns ja bei seinen Buchrecherchen in Ostberlin zufällig kennengelernt haben. Heidi müsste Roman wie auch immer diese Information zukommen lassen. Bei guter Führung wird Roman vielleicht der Wunsch nach kirchlichem Beistand erfüllt.«

»Ist das nicht zu riskant für dich, wenn es so aussieht, als würdest du Roman gut kennen?«, fragte Michael mit skeptischer Miene.

»Warum?« Wolf zuckte mit den Schultern. »Ich bin Diakon

der evangelischen Kirche. Ein Seelsorger. Für Gott ist selbst ein politischer Häftling ein Mensch, dem Hilfe zusteht«, fügte er ironisch hinzu. »Die SED hat mich bis jetzt trotz meiner Jugendabende und Montagsgebete in Ruhe gelassen. Die haben zurzeit andere Feinde, die für sie gefährlicher sind als ich. Denkt nur an die Bürgerbewegungen und oppositionellen Gruppen, die im ganzen Land lautstark nach Reformen rufen.«

Michael nickte entschlossen. »Gut, ich werde mit Klaus reden. Heidi soll, wenn es irgendwie geht, Roman diese Information zukommen lassen. Das klingt plausibel. Du bist der Einzige, den Roman hier im Osten kennt, von dem er sich in seiner verzweifelten Situation Trost verspricht.« Michaels Blick ging zum Küchenfenster und verlor sich in dem strömenden Regen, während er mit zittrigem Lächeln weitersprach. »Roman würde selbst nie auf eine solche Idee kommen. Er würde keinen von uns in seine Sache hineinziehen wollen. Er weiß ja nur zu gut, wie das bei uns läuft.« Dann sah Michael seine Freunde wieder an, und mit einem Mal glomm ein Funken Hoffnung in seinen Augen auf. »Roman ist zwar kein großer Kämpfer, eher ein Dulder, aber er ist wortgewaltig. Wenn er weiß, dass er sich an einen von uns wenden kann, wird er der Gefängnisleitung einen so verzweifelten Brief schreiben, dass die gar nicht anders können, als seinen Wunsch zu erfüllen.«

BRD, Frankfurt am Main,
Mittwoch, 6. September 1989

Jeden Mittwochnachmittag hatte Ulrich frei. Sein Chef nannte den Tag den Akademischen Sonntag. Ulrich hatte sich vorgenommen, im Garten zu arbeiten. In Vorfreude auf die Arbeit im Freien radelte er auf Juttas Villa zu. Schon von weitem sah er ihr Cabrio in der Auffahrt stehen.

»Heute sind zwei Termine ausgefallen«, erklärte Jutta ihm. »Bei dem schönen Wetter könnten wir doch gut an den Rhein fahren und Wein einkaufen. Was hältst du davon?« Mit ihrem koboldhaften Lächeln sah sie zu ihm auf. Als er nicht sofort reagierte, schlang sie die Arme um ihn. »Lass uns doch diesen schönen Nachmittag genießen. Das Wetter soll morgen wieder schlechter werden.«

»Ich wollte im Garten arbeiten«, wandte er ein.

»Das kannst du immer noch.« Ihre schönen Augen blitzten ihn voller Unternehmungslust an. »Komm! Lass dich doch nicht immer so lange bitten.« Wie ein Kätzchen schmiegte sie sich an ihn.

Und wie meistens konnte er ihr dann den Wunsch nicht abschlagen. Er konnte sie nicht so lieben, wie sie es sich ersehnte, aber er wollte ihr wenigstens – aus Dankbarkeit dafür, was sie für ihn getan hatte und tat – ein guter Partner sein. »Gut«, stimmte er zu. Dabei fuhr er ihr kurz durch die braunen Locken. »Ich ziehe mich um, und dann können wir losfahren.«

»Du bist ein Traummann!«, rief sie ihm nach, als er auf die geschwungene Freitreppe ins Obergeschoss zusteuerte.

Dabei kam er an der antiken Kirschbaumkommode vorbei. Neben der Vase mit den Lilien lag ein Autoprospekt – ziemlich unübersehbar. Typisch Jutta! Er sollte sich den Glanzprospekt ansehen. Also nahm er ihn in die Hand. Natürlich eine Nobelmarke, stellte er sogleich fest. »Willst du dir einen neuen Wagen kaufen?«, fragte er über die Schulter.

»Nur mal kucken. Ich dachte, für den Winter wäre ein Jeep nicht schlecht. Wenn wir zum Skilaufen fahren oder auch später für den Kinderwagen …«, sagte sie mit schelmischem Lächeln, als sie auf ihn zutrat.

»Und das Cabrio verkaufen?«, erkundigte er sich, ihren Wink bezüglich Familienzuwachses tunlichst ignorierend.

Erstaunt sah sie ihn an. »Natürlich nicht. Auf Dauer brauchen wir doch zwei Autos. Ab Herbst kannst du nicht mehr mit dem Fahrrad zur Apotheke fahren.«

Er holte tief Luft. »Dann werde ich mir selbst einen Wagen kaufen. Irgendeinen preiswerten gebrauchten.«

»Nein, nein, einen großen Geländewagen finde ich für uns genau passend«, widersprach sie ihm energisch.

Er lehnte sich an die Kommode. »Sag mal, woher hast du eigentlich das ganze Geld?«

Sie hob die Brauen. »Geerbt. Von meinem Vater. Als wir in den Westen gekommen sind, hat er ziemlich schnell eine Baufirma gegründet und besonders in den Sechzigern und Siebzigern viel verdient. Und weil meine Mutter ja kurz nach der Flucht gestorben ist, habe ich alles geerbt.«

Was sollte er dazu sagen?

»Lass uns doch heute Abend mal ganz gemütlich und ohne Stress den Prospekt durchsehen«, schlug sie ihm vor.

»Ich bin sicher, dass dir das eine oder andere Modell gefallen wird.«

Jetzt konnte er ein Lächeln nicht unterdrücken. »Kann es sein, dass du dir schon eines ausgesucht hast?«

Sie lachte, wobei sich wieder ihre Grübchen in den Wangen zeigten. Dann sah sie richtig hübsch und jung aus, und man sah ihr ihre vierzig Jahre gar nicht an. »Kann sein«, erwiderte sie mit spitzbübischem Blick. »Aber falls es dir nicht gefallen sollte …«

»Dann hast du den Wagen also noch nicht gekauft?«

Sie zögerte. »Nur bestellt. Ich habe ihn in Stuttgart im Werk bestellt. Er wäre Ende Oktober fertig.«

Er sah sie eindringlich an. »Also doch schon gekauft.«

»Na ja … Ich muss nicht genau diesen nehmen, sollte er dir nicht gefallen, aber irgendeinen. Den Vertrag kann man noch umschreiben. Wir können ihn übrigens selbst am Werk abholen. Um das Geld für die Überführung zu sparen«, fügte sie eifrig hinzu.

Da musste er lachen. »Dadurch sparst du bestimmt über die Hälfte«, konterte er augenzwinkernd und machte sich kopfschüttelnd auf den Weg ins Obergeschoss. Würde er sich je an dieses Leben im Westen, das Jutta ihm vorführte, gewöhnen?

»Ich liebe dich!«, rief sie ihm fröhlich hinterher.

DDR, Kleinmachnow, Dienstag, 19. September 1989

Barbara war froh, dass am ersten September die Schule wieder begonnen hatte. Zum neuen Schuljahr hatte sie ein Mädchen in die Klasse bekommen, dessen Schicksal sie von ihren Gedanken um Jutta Fischer und Ulrich ein wenig ablenkte.

»Stellt euch vor«, erzählte sie ihren Eltern beim gemeinsamen Mittagessen. »Regina war vorher in der Parallelklasse und ist jetzt ein Vierteljahr in einem Jugendwerkshof gewesen.«

Ingrid und Ralf sahen sich betroffen an. Sie wussten nur zu gut aus ihrer Lehrertätigkeit, was ein Jugendwerkshof war: ein Umerziehungsheim, in das rebellische Jugendliche eingewiesen wurden, um dort zu *vollwertigen Mitgliedern der sozialistischen Gesellschaft* erzogen zu werden.

»Regina hat mir anvertraut, wie es da zugeht: Prügel, Demütigungen und Einzelhaft«, erzählte Barbara mit bebender Stimme. »Bis heute war mir das in diesem Ausmaß nicht bekannt. Die Schüler, die dort gewesen sind, dürfen ja nicht darüber reden. Diesem Mädchen hat man dort die Seele verletzt. Regina musste sich einfach jemandem anvertrauen. Sie will raus aus der DDR. Was ich auch verstehen kann. Zurzeit lebt sie in einer Pflegefamilie, die absolut linientreu ist. Ihre Eltern sind in Haft wegen ihrer politischen Haltung.«

»Schrecklich«, sagte ihre Mutter leise.

»Können wir ihr denn nicht helfen?«, fragte Barbara voller Mitleid.

»Kind!«, rief Ingrid erregt aus.

Ihr Vater dagegen reagierte wie immer ruhig und sachlich.

»Hör zu, Barbara: Durch die offizielle Beziehung zu Michael bist du gerade aus der Schusslinie der Stasi raus. Wenn die mitkriegen, dass du dich dieser Schülerin annimmst, könnten die dich wieder ins Visier nehmen. Schlimmstenfalls werden sie dich ins Gefängnis bringen und dir nach der Geburt dein Kind wegnehmen. Aber vielleicht gibt es ja eine andere Möglichkeit …« Fragend sah er zu seiner Frau hinüber, bevor er dann mit fester Stimme weitersprach: »Sollte Regina es in ihrer Pflegefamilie nicht mehr aushalten, könnte sie vorübergehend bei uns Unterschlupf finden. Du sagtest, dass sie im Dezember achtzehn wird. Ab dann kann sie ja über sich selbst bestimmen.«

»Das würdet ihr tun?«

»Ralf …« Ingrid sah ihren Mann voller Bedenken an.

»Ja, Ingrid, ich finde, dass es unsere Pflicht ist, einem jungen Menschen, der Opfer unseres Staates geworden ist, zu helfen. In einer Zeit, in der es so viele mutige Menschen gibt, die auf die Straße gehen und gegen die Partei demonstrieren, sollten wir auch einen Beitrag leisten. Das ist das Mindeste, was wir tun können. Außerdem sind wir als Rentner sowieso nicht mehr für den Staat von Interesse.«

Ingrid zögerte sichtlich. Schließlich nickte sie ihrer Tochter zu. »Dein Vater hat recht. Ich bin einverstanden.«

Barbara sprang auf und umarmte ihre Eltern stumm. Erleichtert ging sie in ihre Wohnung hinüber, um sich kurz hinzulegen. Die Schwangerschaft machte sie häufig müde. Zudem plagten sie seit einigen Tagen verstärkt Rückenschmerzen. Wenn sie eine Zeitlang geruht hatte, waren sie weitaus erträglicher.

Doch kaum hatte sie die Augen geschlossen, da klingelte das Telefon. Sie blieb liegen.

»Barbara! Für dich. Christine«, rief ihre Mutter, die an den Apparat gegangen war.

In Windeseile war Barbara auf den Beinen, wobei sie leise aufstöhnte. Irgendetwas stimmte mit ihr nicht …

Mit strahlender Miene hielt Ingrid ihr den Hörer entgegen. »Christine geht es gut«, raunte sie ihr zu.

Barbara war plötzlich ganz unbehaglich zumute. Normalerweise telefonierte sie mit ihrer Schwester in den Abendstunden, wenn es billiger war. Dass Christine während des Nachmittags anrief, musste etwas zu bedeuten haben. Ob sie inzwischen in Frankfurt gewesen war?

»Entschuldige, dass ich mich nicht mehr gemeldet habe, aber ich hatte eine starke Erkältung«, begrüßte Christine sie. »Jetzt geht es wieder.«

»Das ist schön.« Barbara biss sich auf die Lippe, horchte in die Leitung. Sie hatte das untrügliche Gefühl, dass ihre Schwester ihr etwas Wichtiges zu sagen hatte.

»Ich komme gerade aus Frankfurt zurück«, bestätigte Christine jetzt ihre Ahnung. Allerdings klang sie dabei alles andere als aufmunternd.

Barbara sank auf den Hocker neben dem Telefon. »Und?«

»Ich habe nur die Putzfrau angetroffen. Die gute Frau hat mir jedoch bereitwillig gesagt, wo Jutta Fischer arbeitet. Also bin ich zur Uniklinik in Frankfurt gefahren, habe mich durchgefragt und stand ihr schließlich gegenüber.«

»Und?«, fragte Barbara und hörte selbst, wie verzagt ihre Stimme klang.

»Tja, und …« Christine seufzte. »Ich habe ihr gesagt, wer ich bin und dass ich unbedingt Ulrich Dreyer sprechen muss. Sie war distanziert, ruhig, aber nicht unhöflich. Und jetzt kommt's. Sie hat mir glaubhaft vermittelt, dass sie keinen *Ulrich Dreyer* kennt. Da war ich natürlich zuerst einmal baff. Sie sagte, dass sie noch nie von einem Mann mit diesem Namen gehört hätte. Sich auch an keinen Patienten mit diesem Namen erinnern könne. Ihr Lebensgefährte hieße Harald Kautner. Sie wären seit drei Jahren liiert, lebten zusammen und wollten bald heiraten.«

Barbara wartete darauf, dass ihre Schwester weitersprechen würde, doch Christine schwieg.

»Und weiter?«, drängte sie. »Hast du ihr gesagt, dass Ulrich Vater werden wird?«

»Barbara, bitte …« Christines Stimme klang so sanft und behutsam, als würde sie mit einer Kranken reden. »Warum hätte ich das noch sagen sollen? Jutta Fischer und Ulrich haben nichts miteinander zu tun. Roman muss sich geirrt haben. Er muss den Mann, der in ihr Auto gestiegen ist, mit Ulrich verwechselt haben.«

»Vielleicht hat sie dich angelogen.«

»Meinst du, die hat so schnell irgendeinen Namen erfunden? Bestimmt nicht. Sie macht einen sehr wachen, intelligenten Eindruck. Gar keinen so unsympathischen. Ach, Barbara … Ich glaube, du solltest aufgeben. Wir haben doch alle die uns zur Verfügung stehenden Mittel ausgeschöpft. Vielleicht ist Ulrich ja tatsächlich bei dem Unglück in Ludwigshafen ums Leben gekommen und seine Leiche war nicht mehr zu identifizieren.«

Womöglich war es so. Wie eine Marionette ging Barbara in ihre Wohnung zurück, legte sich wieder hin und starrte an die

Decke. Alle Hoffnungen waren dahin. Wie viel lieber wäre es ihr letztendlich gewesen, wenn Ulrich sich im Westen mit einer anderen Frau ein neues Leben aufgebaut hätte. Das wäre etwas Konkretes, Vorstellbares gewesen, das ihr geholfen hätte, endlich loszulassen. Das Rätsel um sein Verschwinden jedoch würde ihr weiteres Leben immer begleiten. Was sollte sie später einmal ihrem Kind erzählen? Lebte sein Vater noch oder war er tot? Sie fühlte sich krank. Ihre Kraft war aufgezehrt, alles Leben schien aus ihr gewichen zu sein.

In dieser Nacht setzten die Blutungen ein. Barbara verlor ihr Kind in den frühen Morgenstunden.

BRD, Frankfurt am Main,
Donnerstag, 21. September 1989

Immer, wenn Ulrich einen Polizeiwagen sah, schlug die Panik in ihm hoch. Allein die Vorstellung, die Beamten könnten ihn anhalten und nach seinen Papieren fragen, ließ ihm das Blut in den Adern gefrieren. Reisepass wie auch Führerschein waren gefälscht. So gekonnt gefälscht, dass er bei seinen Reisen mit Jutta noch keine Schwierigkeiten bekommen hatte. Als jedoch an diesem Donnerstag die Polizei vor dem Tor der Villa erschien, war er sich sicher, die längste Zeit als *Harald Kautner* existiert zu haben.

»Jetzt bleib erst mal ganz ruhig«, sagte Jutta, während sie den automatischen Toröffner drückte.

Mit pochendem Herzen beobachtete Ulrich auf dem kleinen Bildschirm in der Eingangshalle, wie der Streifenwagen langsam die Auffahrt heraufkam und vor dem Eingangsportal hielt. Eine Frau und ein Mann in Uniform stiegen aus.

»Das ist nur die Verkehrspolizei«, flüsterte Jutta neben ihm. »Was immer die wollen, aber das kann nichts mit deiner Identität zu tun haben.«

»Bis sie sich meine Papiere genau ansehen«, erwiderte Ulrich mit belegt klingender Stimme.

Sie lächelte ihn an. »Vielleicht wollen die ja auch zu mir. Bestimmt bin ich mal wieder zu schnell gefahren.« Sie gab ihm einen Kuss auf die Wange. »Geh am besten in die Küche. Ich regele das.«

Ulrich ließ die Küchentür offenstehen, damit er hören konnte, was gesprochen wurde. Seine Hände waren eiskalt, sein Mund strohtrocken. Wenn jetzt aufflog, dass seine Papiere gefälscht waren, würde er wahrscheinlich verhaftet werden.

Er hörte, wie sich die Beamten höflich vorstellten und sich für die Störung entschuldigten. Juttas Stimme klang völlig normal, freundlich, ruhig, sie machte sogar einen Scherz und bat die beiden einzutreten. Wieder einmal bewunderte er ihre selbstsichere Art.

»Ihr Wagen ist geblitzt worden«, sagte jetzt der Beamte. »Beim Überfahren einer roten Ampel.«

Ulrich schluckte. Es ging also erst einmal nur um ein Verkehrsvergehen, dachte er mit einem Anflug von Erleichterung. Die wollten also gar nichts von ihm.

»Das sind aber nicht Sie hinterm Steuer«, fügte die Polizistin freundlich an Jutta gewandt hinzu.

Er zuckte innerlich zusammen. O nein! Er erinnerte sich. Die Sonne hatte geschienen, er war offen gefahren, er hatte sich leicht gefühlt. Als die Ampel umgesprungen war, hatte er bremsen wollen. Doch das Auto hinter ihm war gefährlich nah gewesen. Also hatte er Gas gegeben. Und damit hatten sie ihn jetzt!

»Das ist mein Lebensgefährte«, hörte er Jutta leichtfertig erwidern. »Harald Kautner.« Und dann rief sie ebenso leichtfertig nach ihm aus der Eingangshalle: »Liebling! Kommst du bitte mal?«

Ulrich biss sich auf die Lippe, gab sich einen Ruck und trat aus der Küche in die Halle. »Hier bin ich! Was ist denn?« Er hoffte, genauso locker zu klingen wie Jutta. Es gelang ihm sogar, den Polizisten einen freundlich erstaunten Blick zuzuwerfen. »Polizei?«

Die beiden lächelten ebenfalls freundlich und stellten sich ihm vor. »Sind Sie Harald Kautner?«, fragte der Beamte dann mit ernstem Blick.

»Verzeihen Sie, wir müssen Sie das fragen«, fügte die junge Frau hinzu – und wie ihm schien, mit dem funkelnden Blick, der ihm öfter auf der Straße begegnete.

»Der bin ich«, antwortete er. »Was gibt es denn?«

»Würden Sie sich bitte ausweisen«, sagte ihr Kollege sachlich.

»Kein Problem.« Es war Jutta neben ihm, die sich auf dem Absatz umdrehte und in die Tasche seiner Jacke griff, die er beim Nachhausekommen achtlos auf einen der Clubsessel geworfen hatte. »Hier, bitte …« Sie reichte dem Beamten seinen Ausweis.

Ulrich hielt unwillkürlich den Atem an.

»Dass Sie persönlich bei uns vorbeikommen«, plapperte Jutta munter weiter. »Ich weiß noch, ich bin mal zu schnell gefahren. Da habe ich aber nur ein Schreiben bekommen, in dem ich aufgefordert wurde, die Straftat anzuerkennen. Aber das ist schon länger her«, fügte sie augenzwinkernd hinzu »Seither bin ich ganz brav gewesen. Zumindest im Straßenverkehr.«

Die Polizistin lachte. »Wir sind auch nur gekommen, um abzuklären, wer der Fahrer ist. Viele verleugnen zuerst mal gerne, dass sie die fotografierte Person am Steuer sind oder kennen. Von Angesicht zu Angesicht ist eine solche Situation schneller geklärt.«

Wie selbstverständlich nahm Jutta der Polizistin das Foto aus der Hand und hielt es Ulrich mit ihrem koboldhaften Lächeln unter die Nase. »Gestehe, dass du der Täter bist und die Punkte in Flensburg verdient hast!«

Natürlich ließ er sich auf ihr Spiel ein. »Ich gestehe und zeige mich reumütig.«

Die beiden Beamten lachten. »Dann haben wir das ja geklärt«, meinte der junge Mann zufrieden. Dabei gab er Ulrich den Ausweis zurück.

Ulrich musste noch etwas unterschreiben, bekam ein paar Papiere in die Hand gedrückt, und dann endlich verabschiedeten sich die beiden. Mit hämmerndem Herzen verfolgte er auf dem Monitor, wie sich das schmiedeeiserne Tor hinter dem Streifenwagen schloss. Seine Schultern fielen herab. Erschöpft ließ er sich in einen der Sessel fallen.

»Ist doch alles in Ordnung«, sagte Jutta munter. Dabei strich sie ihm übers Haar. Unwillig drehte er den Kopf zur Seite. Das sah er anders. Zum ersten Mal seit langer Zeit wurde ihm seine

Situation wieder glasklar bewusst: Er war ein Mann ohne Identität – oder vielmehr mit einer falschen Identität. Und das widersprach seinem Anspruch an sich selbst, seinem Anspruch, wie man sein Leben zu führen hatte. Dabei hatte er doch einmal eine Identität besessen! Seine eigene!

Wie eine Stichflamme schoss die Wut in ihm hoch. Er sprang auf, sah Jutta an. »So geht das nicht weiter«, begann er mit fester Stimme. »Ich kann nicht mein Leben lang als Harald Kautner durch die Welt laufen. Kannst du dir den Druck vorstellen? Die Angst, es könnte sich irgendwann herausstellen, dass es tatsächlich einen Harald Kautner gibt und der ganze Schwindel auffliegt? So kommen wir doch nicht durch. Das ist doch Wahnsinn!«

»Vielleicht gibt es ja wirklich irgendwo einen Harald Kautner. Oder sogar mehrere«, meinte Jutta gelassen. »So ungewöhnlich ist der Name nicht. Aber es gibt bestimmt keinen, der am gleichen Tag wie du geboren ist, in der gleichen Stadt lebt und die gleichen Eltern hat wie du.«

»Das ist doch alles Schwindel. Da stimmt rein gar nichts. So was muss doch irgendwann auffliegen. Ich kann doch nicht mein ganzes Leben von deinem ehemaligen Fluchthelfer fälschen lassen. Geburtsurkunde, Examina und den ganzen Kram …«

Da erschien wieder dieses feinsinnige Lächeln auf Juttas Zügen, das sich immer zeigte, wenn sie bereits eine Lösung im Sinn hatte. »Na ja, ein paar falsche Papiere wirst du vielleicht noch brauchen, aber ich wüsste einen Weg, wie wir dein Problem zumindest minimieren könnten.«

Er runzelte die Stirn. »Und wie?«

»Indem du mich heiratest. Wie ich schon einmal vorgeschlagen habe, kannst du dann meinen Namen annehmen. Somit hättest du zumindest mit deinem Nachnamen keine Sorgen mehr. Dann kaufen wir eine Apotheke, die du führen kannst. Damit hast du eine eigenständige berufliche Existenz. Und wer sollte dann noch nach deiner Herkunft fragen?«

Immer noch standen sie in der hohen Eingangshalle, sahen sich an – Jutta erwartungsvoll. Und er? Er hätte seine Gefühle nicht benennen können. In ihm tobte ein einziges Chaos.

»Liebling …« Da war Juttas weiche Stimme, ihre Hand, die zärtlich seine Wange berührte, ihr Blick, der sein Gesicht streichelte. »Alles ist gut. Glaube mir. Du packst das.«

In diesem Moment warf die Abendsonne ihr letztes Licht durch die Glaskuppel der Halle und übergoss den Mosaikboden mit weichem Glanz. Ulrich blickte nach oben, hielt ein paar Herzschläge lang sein Gesicht in die Wärme der Sonnenstrahlen und spürte, wie er ruhiger wurde. Ja, Jutta hatte recht. Er wollte endlich wieder einen legalen Namen führen – zumindest einen legalen Nachnamen. Er lächelte in das letzte Licht des Tages, dann lächelte er Jutta an, die ihn immer noch erwartungsvoll ansah. »Komm her!« Er zog sie in seine Arme. »Ich glaube, das ist ein guter Plan. Ich sage ja.«

DDR, Kleinmachnow / Müggelsee,
Dienstag, 26. September 1989–14. Oktober 1989
(1. Ferientag)

Eine Woche nach ihrer Fehlgeburt ging Barbara wieder in die Schule, obwohl sie noch krankgeschrieben war. Je länger sie untätig zu Hause herumsaß, umso mehr hatte sie das Gefühl durchzudrehen. Die Kollegen verhielten sich alle sehr rücksichtsvoll. Niemand sprach sie auf ihre Fehlgeburt an. Auch die Schüler nicht. Barbara tat ihre Arbeit. Sie funktionierte wie von einer fremden Macht gesteuert. Ihr Lächeln, ihre monotone freundliche Stimme schienen wie eine Maske, künstlich. Ihre natürliche Frische, ihre Herzenswärme und ihr Humor – all das, weswegen sie so gemocht wurde – waren ihr abhandengekommen. Seit sie ihr Baby verloren hatte, fühlte sie sich leer, hohl, völlig empfindungslos.

Am letzten Schultag vor den Herbstferien, vertraute ihr Regina in der großen Pause an: »Ich mache rüber. Ich will nur, dass Sie Bescheid wissen. Ihnen kann ich es ja anvertrauen.«

Barbara sah sie überrascht an. »Wann und wie?«

»Jetzt am Wochenende. Über Ungarn. Dann nach Österreich und dann mal sehen …«

Barbara nickte. Mitte September hatte Ungarn seine Grenzen für DDR-Bürger geöffnet. Seither nutzten viele diesen Weg für die Flucht in den Westen. Wortlos zog sie Regina an sich. Eine Weile blieben die beiden in stummer Umarmung stehen.

»Danke«, sagte Regina schließlich mit brüchiger Stimme. »Ich melde mich. Ganz bestimmt.«

Einen Tag später, am Samstag, traf Barbara mittags in der Datsche am Müggelsee ein. Michael hatte sie dazu überredet, ein paar Tage der Herbstferien mit ihm dort zu verbringen. Was sollte ihr dieser Ort, mit dem sie so viele Erinnerungen verbunden hatte, jetzt noch anhaben können. Jetzt, wo sie das Wichtigste in ihrem Leben verloren hatte – ihr Kind, Ulrichs Kind –, hatten die glücklichen Stunden, die sie dort verbracht hatte, an Bedeutung für sie verloren.

Michael war vor ihr da. Der Blick, mit dem er sie empfing, war besorgt. Sicher fragte er sich, ob es die richtige Entscheidung gewesen war, das Wochenende in der Datsche verbringen zu wollen.

»Es ist völlig in Ordnung für mich, dass wir hier sind«, versicherte sie ihm und nahm ihn in die Arme. »Wie geht es deinem Vater?«

Michael drückte sie fest an sich und trat dann einen Schritt zurück. »Der Schlaganfall hat sein Sprachzentrum getroffen. Die Ärzte können jetzt noch nicht sagen, ob es sich noch einmal gänzlich regenerieren lässt. Mutter ist verzweifelt. Sie weicht nicht von seinem Krankenbett.«

»Dein Vater hat das Glück, dass er als ranghoher Offizier in der *Charité* sein kann. Da ist die medizinische Versorgung am besten.«

»Verrückt, dass der Schlaganfall ausgerechnet sein Sprachzentrum getroffen hat, oder?«

Barbara lächelte müde. »Irgendwie passt das. In der letzten Zeit ist er doch auch nicht mehr mit unserer Politik konform gegangen. In seiner Position konnte er sich aber auch nicht gegen das System äußern, ohne als Saboteur dazustehen. Also ist er verstummt, um nicht weiterhin im Sinne der Regierung sprechen zu müssen.«

»Ja, das klingt plausibel.« Michael legte den Arm um ihre Schultern. »Komm, lass uns erst mal reingehen und uns einrichten. Ich habe was zu essen mitgebracht.«

»Und ich Wein.«

Weder der Ort noch die Datsche selbst – Ulrichs Möbel, seine Bücher und selbst das Schlafzimmer, das Michael wortlos bezog – riefen bei Barbara irgendeine emotionale Regung hervor. Zu hoch war ihr innerer Schutzwall, der sie seit dem Tod ihres Kindes von ihren Gefühlen abschottete. Ohne all diesen Gegenständen, in die sie sich einst auf Anhieb verliebt hatte, Erinnerungen einzuhauchen, nahm sie sie als das wahr, was sie waren: ein Kaminofen, eine Bücherwand, ein Sofa in einer Holzhütte am Ufer des Müggelsees.

Da das Wetter noch schön war, machten die beiden am Nachmittag eine Radtour und sammelten Esskastanien, die sie später auf dem Grill rösteten. Sie unterhielten sich kaum miteinander. Jeder hing seinen Gedanken nach – so wie es nur Menschen können, die sehr vertraut miteinander sind.

Als sie nach Einbruch der Dunkelheit vor dem Kaminfeuer saßen und Karten spielten, sagte Michael: »Gestern habe ich den Bescheid bekommen, dass die Wohnung in Marzahn an ein anderes Paar vergeben worden ist.«

Barbara zuckte gleichgültig mit den Schultern. »Wir brauchen sie ja auch nicht mehr.«

»Stimmt. Ich bleibe erst Mal in meiner wohnen. Zumal ich seit ein paar Tagen sozusagen Untermieter habe.«

Erstaunt sah sie ihn an. »Wen denn?«

Michael zog an seiner Pfeife, die riesengroß in seinem schmal gewordenen Gesicht wirkte. »Leute vom Neuen Forum. Klaus hatte mich gefragt, ob ich ihnen meinen Kellerraum zur Verfügung stelle, damit sie dort Flugblätter drucken können.«

»Aber ...«

Beschwichtigend hob Michael die Hand. »Ich weiß, was du jetzt sagen willst, aber ich kann nicht mehr anders. Ich will endlich etwas tun, damit es mit unserem Land in eine neue Richtung geht. Roman sitzt jetzt bereits seit Mitte Juni in Haft, ohne dass man ihn anhört. Sein Gesuch auf kirchlichen Beistand haben sie strikt abgelehnt. Die haben ihn einfach aus dem Verkehr gezogen! Unsichtbar gemacht. Wahrscheinlich haben sie wirklich unter seiner Identität einen ihrer Spione im Westen eingeschleust. Anders ist die Situation doch nicht zu erklären. In was für einem Land leben wir denn? Da kann man doch nicht länger tatenlos zusehen. Das habe ich viel zu lange getan. Soll die Stasi mich doch verhaften! Das ist mir inzwischen egal.« Er sah sie an. In seinen sonst so ruhigen Augen spiegelten sich die zuckenden Flammen des Feuers. »Elke hat kürzlich doch auch davon gesprochen, sich dem Neuen Forum anzuschließen. Hat sie's gemacht?«

»Vor zehn Tagen ist sie beigetreten. Sie leitet inzwischen sogar eine Arbeitsgruppe in Kleinmachnow.« Barbara zögerte, dann fügte sie mit fester Stimme hinzu: »Ich habe mich übrigens auch eingeschrieben. Die Ziele des Neuen Forums sind auch meine: kein kapitalistisches System, wie andere Oppositionelle es wollen, sondern eine Veränderung unseres Sozialismus.«

»Es war damit zu rechnen, dass das Innenministerium das Neue Forum als staatsfeindlich und illegal einstufen würde.«

»Ja und? Inzwischen ist es landesweit die größte Oppositionsbewegung neben der evangelischen Kirche. Die können schließlich nicht alle verhaften. Das haben die doch längst nicht mehr im Griff.«

»Das sehe ich genauso. Dass sich die Sicherheitskräfte vergangene Woche bei der großen Demo in Leipzig zurückgehalten haben, zeigt es doch. Siebzigtausend Teilnehmer!« Michael lächelte sie an. »Ich finde es gut, dass du auch mitmachst.«

Barbara drehte das Weinglas auf dem Handteller, während sie leise sagte: »Abgesehen davon, dass ich unserem Land helfen will, muss ich endlich mit einer sinnvollen Aufgabe diese schreckliche Leere in mir füllen. Ich weiß sonst nicht wohin mit mir ...«

BRD, Frankfurt am Main / Stuttgart,
Freitag, 3. November 1989

Ulrich stellte gerade die Medikamente für eine Bestellung zusammen, die gegen Mittag ausgeliefert werden sollte, als Juttas Onkel ins Hinterzimmer der Apotheke kam.

»Jutta hat gerade angerufen ...«, hob Friedrich an.

Als er unvermittelt verstummte, sah Ulrich ihn an. Ein unangenehmes Gefühl beschlich ihn. Jutta war am frühen Morgen mit dem Zug nach Stuttgart gefahren, um den neuen Geländewagen im Werk abzuholen.

»Ist alles in Ordnung?«, fragte er mit angehaltenem Atem.

»Jutta ist ausgerutscht und hat sich den Knöchel gebrochen – gerade als sie ihr Auto in Empfang genommen hat.«

»O nein! Von wo aus hat sie dich denn angerufen?«

»Aus dem Krankenhaus. Sie will sich mit dem Taxi zurück ins Werk fahren lassen und dort auf dich warten.«

Ulrich blinzelte verwirrt. »Heißt das, dass ich jetzt nach Stuttgart fahren soll?«

Friedrich nickte. »Sie muss ja wieder nach Hause und das Auto auch. Ich habe dir schon eine Verbindung herausgesucht. Der Zug kommt um vierzehn Uhr an. Vom Bahnhof aus nimmst du dir ein Taxi. Jutta wartet im Kundencenter des Werks auf dich.«

Eine Dreiviertelstunde später saß Ulrich im Zug. Nachdem er die Bürotürme der Frankfurter City mit ihren verspiegelten Glasfassaden hinter sich gelassen hatte, lehnte er sich in seinem Sitz zurück und musterte seine Mitreisenden. Die meisten von ihnen waren Geschäftsleute, die jetzt ihre Aktenkoffer öffneten und begannen, sich in ihre Unterlagen zu vertiefen. Zu wissen, dass es in diesem Abteil – vielmehr im gesamten Zug – höchstwahrscheinlich niemanden gab, den er hätte kennen können, der gleich auf ihn hätte zukommen können und mit dem er sich höflicherweise hätte unterhalten müssen, ließ ihn entspannen. Seine Geschichte in der BRD war noch zu jung, um belastend sein zu können. Eigentlich ein angenehmer Zustand …

Er sah durchs Abteilfenster. Aus dem Nebel, der über dem Rhein lag, erhoben sich bald die Schornsteine der Chemie- und Pharmaindustrie von Ludwigshafen. Ihre Dunstwolken verloren sich im Grau des Himmels. Bald schon wurden sie abgelöst von abgeernteten, braunen Feldern, die scheinbar endlos vorüberzogen. Ulrich lehnte den Kopf gegen das an der Rückwand angebrachte kleine Kissen und ließ seine Gedanken wandern. Die BRD war ein landschaftlich schönes Land. Alles so sauber, so proper, gepflegte Innenstädte, hübsche Dörfer …

»Nächster Halt – Heidelberg«, ertönte jetzt die Lautsprecherdurchsage.

Heidelberg … Er musste lächeln. Die traditionsreiche Studentenstadt. Nebelschwaden zogen durch das enge, so gepriesene Neckartal und nahmen ihm die Sicht. Nachdem der Zug den Bahnhof wieder verlassen hatte, schloss Ulrich die Augen. Das eintönige Rauschen des Zuges, das Dahingleiten auf den Schienen machten ihn träge. Erst in Heilbronn, wo viele Leute zustiegen, wurde er wieder munter. Nun hatte er den größten Teil der Strecke hinter sich. Die Sicht war ein bisschen klarer geworden. In der Ferne konnte er jetzt den nördlichen Rand des Schwarzwaldes erkennen. Wie goldene Flammen leuchteten die Lärchen aus dem dunklen Grün der dichten Nadelwälder.

»In wenigen Minuten erreichen wir Stuttgart Hauptbahnhof«, ertönte schließlich die Durchsage. Ulrich atmete tief ein. Nicht mehr lange, dann würde er Jutta nach Hause fahren können – in ihrem nagelneuen Geländewagen. Ja, er gefiel ihm. Sie hatten sich für Schwarz entschieden, ihm zuliebe. Jutta hätte ihn lieber in Gold gehabt. Ein Jeep in Goldmetallic! *Unmöglich!* Er musste lächeln. Der Gedanke daran, dass sie mit dem neuen Wagen über Weihnachten in die Schweizer Alpen fahren würden, gefiel ihm.

»Was macht denn der da?«, »Der kommt ja immer näher!«, »Das gibt es doch nicht!« Ulrich stutzte. Die Rufe um ihn herum klangen alarmierend. Wie alle anderen sah er aus dem Fenster und erstarrte. Er konnte das Flugzeug, das auf den Zug zuraste, gerade noch erkennen. Und schon gab es einen ohrenbetäubenden Knall wie bei einer Explosion. Gleich darauf ging ein ungeheurer Schlag durch das Abteil, es gab einen Ruck – und der Waggon kippte zur Seite. Scheiben zerbarsten, Gepäckstücke, Kaffeetassen, Zeitungen flogen durcheinander. Gellende Schreie erfüllten den Raum, die durch einen zweiten Knall übertönt wurden. Schließlich fand sich Ulrich liegend auf dem Schotter des Bahnhangs wieder. Aus dieser Perspektive blickte er auf das Inferno, das in einiger Entfernung tobte: lodernde Flammen, aus denen Zug- und Flugzeugteile ragten, umgekippte Masten und hysterisch schreiende Menschen, die versuchten, sich in Sicherheit zu bringen. Schwarzer Rauch verdunkelte den Himmel.

Ulrich war zumute, als würde er sich selbst in einem entsetzlichen Schauspiel zusehen. Aber er konnte sich spüren. Seine linke Wange schmerzte, in seinem Kopf hämmerte es. Er bewegte seine Arme, die Beine. Einen Lidschlag später verspürte er einen Schlag auf die linke Schulter, als hätte ein harter Gegenstand sie getroffen. Schmerz durchflutete seinen Körper, nahm ihm den Atem, ließ ihm übel werden. Weiße Punkte erschienen vor seinen Augen. Der Bahndamm kippte zur Seite, die Geräusche verstummten, dann war alles schwarz.

Wie lange Ulrich bewusstlos gewesen war, hätte er nicht sagen können. Als er zu sich kam, befand er sich inmitten eines einzigen Chaos. Da standen Rettungswagen, Löschzüge der Feuerwehr, etliche Polizeiautos. Verletzte stöhnten, Kinder weinten, Sanitäter liefen mit Tragen umher, Notärzte waren im Einsatz. Er lag auf einem Feld, ein Stück entfernt von umgestürzten Eisenbahnwaggons und einem Flugzeugrumpf. Er griff sich an den Kopf. Ein Zug? Ein Bahndamm? Da stimmte doch etwas nicht. Bei schönstem Sonnenschein hatte er zusammen mit einigen anderen das Besucherzentrum des Chemieunternehmens in Ludwigshafen betreten, hatte seine Tasche in einem der Schließfächer verstaut … Sie hatten sich gerade einer Führung anschließen wollen, als es einen ohrenbetäubenden Knall gegeben hatte und um sie herum alles explodiert war. Alles war durch die Luft geflogen. Gegenstände, Menschen … Und auch er. Und jetzt lag er hier auf dem Feld. Wie kam er hierher? Und wo war das Chemiewerk? Und wieso war hier ein Zug …

Ulrich richtete sich auf. Seine Schulter tat höllisch weh, aber sonst schien er körperlich weitgehend unversehrt zu sein.

»Sind Sie verletzt?«, fragte ihn eine junge Frau in Notarztkleidung.

»Meine Schulter«, antwortete er. »Wie ist das denn alles passiert? Wo sind wir hier?«

Sie hob die blonden Brauen. »Kurz vor Stuttgart. Ein Flugzeug ist auf den Zug gestürzt.«

»Stuttgart? Nicht Ludwigshafen? Wieso Zug?« Er verstand die Welt nicht mehr.

»Wie heißen Sie?«

»Ulrich Dreyer.«

»Woher kommen Sie?«

»Ich komme aus der DDR und bin auf einem Pharmaziekongress in Heidelberg.«

»Wissen Sie, welches Datum wir heute haben?«

Er musste kurz überlegen. »Den ersten April 1989.«

»Wir haben heute den dritten November 1989«, berichtigte die junge Frau ihn sanft. »Ich glaube, Sie haben eine schwere

Gehirnerschütterung. Wir bringen Sie am besten auch erst einmal ins Krankenhaus.«

Während Ulrich darauf wartete, mit einem der Rettungswagen mitfahren zu können, kam seine Erinnerung Stück für Stück zurück. Barbara! Der Gedanke an sie durchzuckte ihn wie ein Blitz, eine haushohe Welle vielfältiger Gefühle brandete in ihm auf. Seine unendliche Liebe zu ihr weitete sein Herz, die Panik, sie verloren haben zu können, ließ es gleich darauf erstarren. Wie lange war es her, dass er sich von ihr verabschiedet hatte, in der Absicht, in nur wenigen Tagen zu ihr zurückzukehren? Fast acht Monate. Diese Erkenntnis nahm ihm den Atem. Was mochte sie denken? Wahrscheinlich, dass er seine Teilnahme an dem Kongress genutzt hatte, um sich in den Westen abzusetzen. Was für ein Wahnsinn! Er musste so schnell wie möglich Kontakt zu ihr aufnehmen. So schnell wie möglich zurück in die DDR, um alles aufzuklären. Und er musste mit seinem Professor reden, den er wahrscheinlich ungewollt in Schwierigkeiten gebracht hatte.

Und während die Vergangenheit für Ulrich wieder lebendig wurde, verband sie sich gleichzeitig mit seiner Gegenwart. Jutta! Sein Leben in Frankfurt! Plötzlich hatte er zwei Leben. Als ihm das klar wurde, stieg Panik in ihm auf. Ihm wurde schwindelig, Übelkeit überkam ihn.

»Kommen Sie!«, forderte ein Sanitäter ihn auf. »Sie können jetzt mitfahren.«

Ulrich stand auf, schwankte. Das Chaos um ihn herum begann sich drehen. Gestützt von dem jungen Mann ging er zu dem Rettungswagen hinüber. Noch auf der Fahrt wurde ihm klar, dass er unmöglich im Krankenhaus bleiben konnte. Er hatte keine Zeit zu verlieren. Außerdem war er nicht krank. Vielmehr war er gerade endlich wieder geheilt. Und um seine Schulter würde er sich auch noch später kümmern können.

Nachdem seine Erinnerung wiedergekommen war, graute Ulrich vor der Begegnung mit Jutta. Würde sie es ihm anmerken? Sollte er es ihr sofort sagen? Und was war dann? Für ihn stand fest, dass er umgehend in die DDR zurückkehren würde – ganz gleich, was ihn dort erwartete. Er musste Barbara sehen, ihr alles erklären und ihr sagen, dass er sie liebte.

Als er schließlich im Kundencenter des Autowerks ankam, sah er sich um, konnte Jutta aber nicht entdecken. Er wandte sich an eine der Mitarbeiterinnen.

»Ihre Frau wartet in der Lounge auf Sie«, gab die junge Frau ihm gleich Auskunft.

So war Jutta! Wahrscheinlich hatte sie den gesamten Stab an Werksangestellten informiert, damit er sie finden konnte.

»Wie siehst du denn aus? Was ist passiert?« Jutta sah ihn entsetzt an.

Jetzt erst wurde ihm bewusst, dass sein Trenchcoat völlig verdreckt und zerrissen, sein Haar strähnig und seine Hände von Schürfwunden ganz blutig waren.

»Hast du nichts davon mitgekriegt?«, fragte er sie mit Blick auf den Bildschirm, der an der Wand der elegant eingerichteten Lounge hing, um die Kunden während der Wartezeit zu unterhalten.

»Du meinst von dem Zugunglück? Warst du etwa …?« Jutta wurde blass. Sie schluckte. »Bist du verletzt?«

»Nein, nein.« Er winkte ab. »Was ist mit deinem Fuß?«, lenkte er das Gespräch von sich weg.

Sie lächelte flüchtig. »Ist schon okay. Ich kann nur nicht Autofahren.«

»Das mach ich schon.« Klang seine Stimme anders? Irgendwie reserviert?

»Sag mal …« Jutta fuhr sich mit der Zunge über die Lippe, was ein Zeichen ihrer Unsicherheit war. Er wusste nur zu gut, warum sie unsicher war. Ihr forschender Blick sprach Bände.

Nein, beschloss er, hier war nicht der richtige Ort und auch nicht die richtige Zeit, ihr zu sagen, dass er seine Erinnerung zurückgewonnen hatte.

»Dieses Zugunglück …«, fuhr sie fort. »Ich hab's hier in den Nachrichten gesehen. Aber irgendwie hab ich überhaupt nicht daran gedacht, dass du in dem Zug gesessen haben könntest.«

Er zwang sich zu einem Lächeln. »Das ist doch auch gut so. Sonst hättest du dich nur noch mehr aufgeregt. Und jetzt bin ich ja hier. Lass uns nach Hause fahren.«

Juttas große, braune Augen sahen ihn prüfend an.

Nach Hause?, fragte er sich nur einen Sekundenbruchteil später selbst. Sein Zuhause war nicht im Westen, nicht bei Jutta, das wusste er jetzt. Doch wie sollte er ihr das sagen, ohne sie unglücklich zu machen? Jutta liebte ihn, sie hatte ihm geholfen, hatte ihm ein neues Zuhause gegeben, ein neues Leben. Seine Gedanken rasten, während er ihre Tasche und ihren Mantel von der Bank nahm. »Kannst du alleine laufen?«, erkundigte er sich mit belegt klingender Stimme. »Und weißt du, wo das Auto steht?«

Eine halbe Stunde später lenkte Ulrich den Wagen vom Werksgelände. Jutta saß schweigend neben ihm. Es lag nahe, dass sie aus Betroffenheit wegen des Zugunglücks schwieg, aber Ulrich wusste es besser. Er konnte es spüren. Auf dem Weg zur Autobahn wurden sie mehrmals umgeleitet. In Stuttgart und Umgebung schienen ausnahmslos alle Rettungs-, Kranken-, Feuerwehr- und Polizeiwagen im Einsatz zu sein. Erst auf der Autobahn hatten sie freie Fahrt, und erst jetzt war Jutta wieder gesprächiger – übertrieben gesprächig. Sie stellte Fragen zum Unglück, war betroffen und anteilnehmend, erzählte, wie die Medien darüber berichtet hatten. Ulrich selbst war ziemlich einsilbig. Er überlegte unentwegt, wie er sich verhalten sollte.

»Wie fährt sich der Wagen?«, wechselte Jutta dann endlich das Thema, was ihm jedoch genauso wenig behagte. Denn jetzt begann sie zu schwärmen, wie schön es sein würde, bald mit dem Jeep in die Schweiz zu fahren. »Bis dahin ist mein Knöchel bestimmt wieder okay«, meinte sie zuversichtlich. Dann legte sie ihren Kopf an seine Schulter. »Aber natürlich ist es in erster Linie dein Auto. Er passt zu dir, finde ich.«

So plauderte sie noch eine Weile weiter, malte ihm all das Schöne aus, was sie mit diesem Wagen zukünftig gemeinsam machen würden. »Hinten im Kofferraum hat sogar ein großer Hund Platz«, sagte sie mit aufmunterndem Blick. Sie wusste, wie gerne er Tiere hatte.

Er fühlte sich immer schlechter. Obwohl sie von den Vorteilen des Autos sprach, warb sie in Wirklichkeit für etwas ganz anderes: für ein Leben an ihrer Seite.

Gegen zehn Uhr abends kamen Ulrich und Jutta in Frankfurt an. Ulrich konnte sich nicht erinnern, sich jemals so zerschlagen gefühlt zu haben – nicht nur körperlich. Das Gedankenkarussell in seinem Kopf war zum Halten gekommen und einer dumpfen, unendlich traurigen Müdigkeit gewichen. Nachdem er geduscht hatte, fiel er ins Bett. Am liebsten hätte er allein in seinem Zimmer geschlafen, aber das konnte er Jutta nicht antun. Er spürte genau, dass sie merkte, dass mit ihm etwas passiert sein musste, er irgendwie anders war. Als Psychiaterin musste sie wissen, dass dieses Zugunglück für ihn ein Déjà-vu-Erlebnis gewesen sein konnte. Sie hatten ja oft genug davon gesprochen, welche Wege es gab, von der Amnesie geheilt zu werden.

Schweigend schlüpfte sie jetzt zu ihm unter die Decke, umarmte ihn und legte ihren Kopf auf seine Brust. »Jetzt lass uns erst mal schlafen«, meinte sie leise, als wollte sie ihn trösten. »Morgen ist ein neuer Tag. Dann sieht alles schon wieder besser aus.«

Er drückte ihr einen Kuss aufs Haar. »Gute Nacht.«

Wie hätte er schlafen können. Und wie Jutta. Auch sie schlief lange Zeit nicht ein. Das hörte er an ihrem Atem. Stumm lagen sie da und hingen beide ihren Gedanken nach. Ulrich fühlte sich wie zum Zerreißen gespannt. Die Verzweiflung ließ ihn den Schmerz in seiner Schulter vergessen. Irgendwann drehte er sich zur Seite. Juttas Arm engte ihn ein. Ihre Nähe nahm ihm die Luft zum Atmen. Er musste weg. Er musste nach Hause. Er musste zu Barbara. Jetzt wusste er, warum er Jutta nicht hatte lieben können. Sein Herz hatte die ganze Zeit über nicht vergessen, dass es in seinem Leben bereits eine Frau gab, die er bedingungslos liebte. Erinnerungen an seine Zeit mit Barbara stürmten auf ihn ein – Stunden voller Harmonie, Stunden voller Innigkeit, Stunden voller Leidenschaft, lustige Stunden, ernste Stunden … Seine wunderschöne Bernsteinfrau, seine Amazone, seine Märchenfrau. Alle Koseworte für sie fielen ihm wieder ein. Jutta war immer nur *Jutta* für ihn gewesen. Er wagte einen Blick zur Seite. Inzwischen war Jutta eingeschlafen. Sie lag neben ihm, als hätte es nie ein anderes Leben für sie gegeben. Ja, für sie konnte das hier ewig so weitergehen.

Morgen werde ich mit ihr reden, nahm Ulrich sich vor. *Auch wenn ich ihr dadurch das Herz breche. Es gibt keinen anderen Weg.*

DDR, Kleinmachnow, Samstag, 4. November 1989

»Was für ein Ereignis!«, rief Ingrid begeistert aus, als Ostberlin mit den vielen Menschen und Autokolonnen endlich hinter ihnen lag. »Diese Demo muss doch eine Wirkung auf die Parteiführung haben.«

»Das war die größte systemkritische Demonstration in der Geschichte der DDR«, sagte Ralf mit bewegter Stimme.

»Ich fand es ganz toll von euch, dass ihr mitgekommen seid«, erwiderte Barbara, während sie sich zufrieden auf der Rückbank zurücklehnte. »Obwohl die SED das Neue Forum noch im September als illegal eingestuft hat, konnte sie nicht verhindern, dass es so stark geworden ist. Hunderttausende sind heute dem Aufruf des Neuen Forums gefolgt. Unglaublich!«

»Und wie die Reden der Führungseliten ausgepfiffen worden sind!« Ingrid lachte. »Was denken die denn. Als ob man denen ihre plötzliche Dialogbereitschaft noch abnehmen würde. Egon Krenz ist doch auch nicht besser als Honecker.«

»Peter meint, dass die Regierung bald zurücktreten wird«, sagte Ralf.

»Wann hast du denn mit ihm gesprochen?«, fragte Barbara erstaunt.

»Ich war vorgestern bei ihm«, erzählte ihr Vater. »Sprechen kann er aber noch nicht. Er kommuniziert immer noch mit seiner Schreibtafel.

»Ist das nicht Michaels Auto?«, fragte Ingrid plötzlich, als sie in ihre Straße hineinfuhren.

»Tatsächlich.« Barbara beugte sich vor. »Wir sind doch erst für morgen verabredet.« Und dann glaubte sie, ihren Augen nicht zu trauen. »Roman?«

Wie war das möglich? Auf der Treppe vor der Haustür, unter dem Vordach, saßen Michael und Roman.

Sie konnte gar nicht schnell genug aus dem Trabi springen. »Roman!«, stieß sie atemlos hervor, bevor sie dem Journalisten schluchzend um den Hals fiel. Sie drückte ihn, ließ seine langen Locken, die inzwischen von weißen Fäden durchzogen waren, durch ihre Finger gleiten, strich ihm über die Wange, als wollte sie sich davon überzeugen, dass er es auch leibhaftig war. Dabei liefen ihr die Freudentränen über die Wangen.

»Stell dir vor, da denke ich heute Morgen an nichts Böses, und plötzlich steht dieser Mensch vor meiner Wohnungstür«, sagte Michael betont flapsig, um die überbordende Emotionalität, die sich bei diesem unerwarteten Wiedersehen Bahn gebrochen hatte, zu überspielen. »Gerade punktgenau zum Frühstück.«

»Tja, ich hatte Hunger«, ging Roman auf seinen scherzhaften Ton ein. Sein zerbrechliches Lächeln dabei ging Barbara unter die Haut. Roman war noch schmaler geworden, als er ohnehin schon gewesen war. Sein olivfarbener Teint wirkte grau, und in seinen dunklen Augen lag all das Leid, das er in den vergangenen Monaten erlitten hatte.

Barbaras Eltern hatten sich zurückgehalten. Doch als Roman jetzt auf sie zuging, umarmten sie ihn ebenfalls voller Herzlichkeit.

»Jetzt müsst ihr alles ganz genau erzählen«, forderte Ralf die beiden Männer auf, als alle um den Küchentisch herumsaßen.

»Lasst uns erst mal auf Romans Freilassung anstoßen«, schlug Ingrid vor und stellte auch schon den Goldbrand und fünf Gläser auf den Tisch.

Nachdem Ralf einen Willkommenstoast ausgesprochen hatte, begann Roman mit seiner Geschichte: »Heute Morgen, es war noch ganz früh, öffnete sich meine Zellentür, und man befahl mir mitzukommen. Ein Offizier der Stasi teilte mir knapp mit, dass ich frei sei, aber die DDR nicht verlassen dürfe. Und zwar in den nächsten fünf Jahren nicht.«

»Den hatte ich natürlich geschmiert«, warf Michael übermütig ein.

Aber keiner lachte. Barbara hatte ihren Jugendfreund noch nie derart aufgekratzt erlebt.

Roman fuhr fort: »Ich habe gefragt, warum ich die DDR nicht verlassen darf. Aber das wollten sie mir nicht sagen. Ich solle einfach froh sein, dass sie mich gehen ließen. Keine Fragen. Man hat mir den Lohn ausgezahlt, den ich in der Wäscherei verdient habe, und mir angeboten, mich zu einer Adresse meiner Wahl zu fahren.« Roman rang nach Luft. Das Sprechen schien ihn anzustrengen. »Ich hab ein Café in Prenzlauer Berg angegeben. Und von da aus bin ich dann zu Michael gelaufen. Tja ...« Er zog die Schultern hoch, die unter dem viel zu weiten Pullover spitz hervorstachen.

»Tja, und jetzt bleibt er erst mal bei mir«, beendete Michael den Satz seines Freundes. Dabei stand ihm die Freude ins Gesicht geschrieben.

»Dass ich das Land für die nächsten Jahre nicht verlassen darf, spricht sehr für die Vermutung, dass die tatsächlich jemanden mit meiner Identität in den Westen geschickt haben«, sprach Roman weiter. »Es gab schon einmal einen solchen Fall, auf den ein westdeutscher Journalist aufmerksam geworden ist. Anfang der siebziger Jahre ist ein IM der Stasi mit der Identität eines BRD-Bürgers, den sie hier verhaftet hatten, ins westdeutsche Militär eingeschleust worden. Letztendlich ist er entlarvt und gegen den Gefangenen ausgetauscht worden. Ich bin fast sicher, dass sie meine Identität für den gleichen Zweck missbraucht haben.«

»In Anbetracht der derzeitigen politischen Entwicklungen haben sie wahrscheinlich den ostdeutschen Agenten aus der BRD abgezogen und dich freigelassen«, vermutete Michael.

Ralf lachte bitter auf. »Und zur Vermeidung unangenehmer Identitätsdopplungen soll fünf Jahre lang erst einmal Gras über die Sache wachsen.«

»Wenn das bei uns politisch so weitergeht, wird es keine fünf Jahre mehr dauern, bis Roman offiziell in die BRD zurück kann«, sagte Barbara im Brustton der Überzeugung. Sie ahnte an diesem Abend noch nicht, wie nah sie mit ihrer Vermutung der Wahrheit war.

***BRD, Frankfurt am Main,
Samstag, 4. November – Mittwoch, 8. November 1989***

An diesem Samstagabend saß Ulrich vor dem Fernseher. Allein. Als er nach einer zermürbenden Nacht am Morgen aufgewacht war, hatte er auf Juttas Kopfkissen einen Zettel vorgefunden: *Ich wollte dich nicht wecken. Musste für eine Kollegin einspringen und den Wochenenddienst übernehmen. Bis Montagmorgen. Kuss – Jutta.*

Jutta war eine Woche lang wegen ihres Knöchels krankgeschrieben und ging trotzdem arbeiten? Ulrich ahnte, warum. Natürlich vermutete sie, was das Zugunglück bei ihm bewirkt haben mochte. Auf diesem Weg wollte sie einem Gespräch ausweichen, spielte auf Zeit in der Hoffnung, der Kelch der Offenbarung würde an ihr vorübergehen. Dennoch. Dieses Wochenende bedeutete nur einen Zeitaufschub. Am Montag würde er mit Jutta reden. Inzwischen stand für ihn fest, dass er spätestens Mitte der nächsten Woche in seine Heimat zurückgehen würde. Bis dahin musste er seine Angelegenheiten hier geregelt haben. Er wollte Juttas Onkel wenigstens genügend Zeit geben, einen Ersatz für ihn organisieren zu können.

Während der vielen Stunden, die Ulrich an diesem Tag allein

in der Villa verbrachte, kam er mehrmals in Versuchung, Barbara anzurufen, die, seit er seine Erinnerung zurückgewonnen hatte, sein ganzes Fühlen und Denken beherrschte. Er wollte ihr sagen, dass er lebte, dass er sie liebte, dass sie sich in wenigen Tagen wiedersehen würden. Doch sein Verstand riet ihm, die Leitung in die DDR nicht zu öffnen. Vielleicht war ihr Telefon ja angezapft. Er wollte sich gar nicht die Repressalien vorstellen, mit denen die Stasi ihr und ihren Eltern nach seinem Verschwinden das Leben schwergemacht haben mochte.

Ulrich seufzte tief und lehnte sich im Sessel zurück. Der Gong der Tagesschau erklang. Der Moderator sprach von der größten Demonstration in der Geschichte der DDR, an der auch prominente Künstler wie Christa Wolf und Stefan Heym teilgenommen hatten. Die Bürgerrechtler hatten an diesem Samstag in Ostberlin Meinungsfreiheit und Reformen gefordert. *Wir sind das Volk!,* hatten sie gerufen.

Fassungslos hörte Ulrich dem Sprecher zu, vernahm die Pfiffe der Demonstranten, die den Reden der DDR-Führungselite galten, welche diese Demonstration nutzte, der Bevölkerung eine Modernisierung des Sozialismus zu versprechen. Was tat sich in seiner Heimat? Natürlich hatte er während der vergangenen Monate immer wieder die aufrüttelnden Nachrichten aus der DDR in der bundesdeutschen Presse verfolgt, aber sie hatten ihn bisher nie so hautnah berührt wie jetzt – wo er ganz sicher war, dass er aus der DDR stammte. Ob Barbara auch an dieser Demonstration teilgenommen hatte? Elke? Wolf? Michael? Kollegen aus dem Pharmazeutischen Institut?

Als die Tagesschau zu Ende war, hielt es Ulrich nicht länger im Sessel aus. Wie ein gefangenes Tier lief er im Zimmer umher.

Konnte er mit seiner Heimkehr überhaupt bis Mitte der Woche warten? Musste er nicht sofort zurück? Sein Herz hämmerte. Er wollte bei diesen Ereignissen dabei sein! Genau das hatten Barbara und er doch gewollt: eine Reformierung des sozialistischen Systems. Was machte er noch hier im Westen?

Schließlich schüttelte er energisch den Kopf. Nein! Auch hier gab es Menschen, denen er verpflichtet war. Zumindest Jutta und ihrem Onkel war er das. Sie hatten ihm ein neues Leben ermöglicht. Und dieses Leben musste er erst einmal in Würde beenden.

Auch am Sonntag schaltete Ulrich immer wieder den Fernseher ein. Und immer war die DDR Thema. Es war von einem neuen Reisegesetz die Rede, davon, dass die in der *Nationalen Front* vereinten Parteien und Massenorganisationen den Rücktritt der Regierung forderten, dass die Führungsrolle der SED inzwischen sogar generell in Frage gestellt werde.

Abends fuhr Ulrich kurz entschlossen zu Juttas Onkel. Das Gespräch mit ihm, seinem Chef, fiel ihm unendlich schwer. Friedrich reagierte besonnen. Ja, er hatte sogar Verständnis für Ulrichs Situation.

»Wie hat es Jutta aufgenommen?«, erkundigte sich der Apotheker mit besorgter Miene.

»Ich habe noch nicht mit ihr gesprochen«, antwortete Ulrich. »Ich bin mir sicher, dass sie es ahnt. Aber sie wollte es wohl noch nicht hören und hat spontan den Wochenenddienst einer Kollegin übernommen. Ich werde morgen nach der Arbeit mit ihr reden.« Er sah Friedrich an. »Wirst du so kurzfristig jemanden finden, der meine Arbeit übernehmen kann?«

Der ältere Mann lächelte müde. »Das ist das kleinste Problem.« Dann traf sein Blick Ulrichs. »Wirst du wiederkommen?«

»Ich glaube nicht«, antwortete Ulrich. »Unabhängig davon, wie es mit Barbara weitergeht, ist die DDR meine Heimat. Und gerade jetzt, wo sich dort politisch etwas bewegt, möchte ich daran mitarbeiten. Außerdem hat es mir im Osten trotz allem immer gut gefallen. Ich wollte nie raus. Das Leben hier … Ich weiß nicht … Ich habe mich bei uns einfach wohler gefühlt«, sagte er schließlich mit bewegter Stimme.

Ulrich wusste, dass Juttas Dienst am Montagmorgen gegen acht Uhr endete. Eine halbe Stunde früher verließ er das Haus. Es machte keinen Sinn, das für sie beide so wichtige Gespräch gleich im Anschluss an Juttas 48-Stunden-Dienst zu führen. Sie sollte erst einmal schlafen und neue Energie schöpfen.

An diesem Tag vergingen für Ulrich die Stunden wie im Flug. Es gab noch so viel zu tun. Am Mittwoch hatte er seinen letzten Arbeitstag. Am Donnerstagmorgen würde er dann mit dem Zug zuerst nach Heidelberg fahren, von dort aus weiter zum Flughafen und dann nach Westberlin. Freitag würde er Barbara wiedersehen! Der Gedanke an das Wiedersehen mit der geliebten Frau begleitete ihn durch den Tag, pumpte Adrenalin durch seinen Körper und gab ihm die Kraft für das bevorstehende Gespräch mit Jutta.

Es war bereits dunkel, als er auf das Eingangstor von Juttas Villa zufuhr. Schon von weitem sah er, dass alle Räume hell erleuchtet waren – so, als würde Jutta eine große Gesellschaft zum Abendessen erwarten. Sie würde doch hoffentlich niemanden eingeladen haben, schoss es ihm durch den Kopf. Nein, beruhigte er sich dann. Jutta war ein Verstandesmensch. Sie würde wissen, dass sie sich diesem Gespräch letztendlich stellen musste.

Innerlich aufs höchste angespannt, betrat er die Eingangshalle – und blieb erst einmal unter dem gleißenden Licht des Kronleuchters stehen. Normalerweise kam Jutta ihm strahlend entgegen, flog ihm an den Hals und hatte gleich schon einen Vorschlag parat, wie sie den Abend verbringen würden. Ein schönes Essen, das sie vorbereitet hatte, ein Restaurantbesuch, ein Video ... Jetzt kam sie mit einem so winzigen, wehmütigen Lächeln langsam in die Halle gehumpelt, dass ihn seine Gefühle für sie jäh übermannten. Spontan zog er sie in die Arme und hielt sie fest. Sein Herz schmerzte in dem Wissen, ihr gleich sehr weh tun zu müssen.

Und wieder einmal machte sie es ihm leicht. Ohne sich in seine Arme zu schmiegen, wie sie es sonst getan hätte, löste sie sich sanft von ihm und sah ihn an. »Du hast deine Erinnerung zurück, nicht wahr?«

»Ja.« Seine Stimme klang heiser.

Sie hielt seinen Blick fest. Dabei füllten sich ihre Augen, die so oft vor Lebensfreude sprühten, mit Tränen. Und dann lächelte sie wieder dieses wehmütige Lächeln und fragte scherzhaft: »Willst du dich mir denn jetzt nicht höflicherweise mit Namen vorstellen?«

Er schluckte krampfhaft. Schließlich brachte er hervor: »Ich heiße Ulrich Dreyer, und du hattest recht: Ich stamme tatsächlich aus der DDR. Ich bin – oder vielmehr ich war – Wissenschaftler am Pharmazeutischen Institut in Berlin-Weißensee, wohne am Müggelsee und ...« Und liebe eine Frau namens

Barbara Noack, hätte er jetzt eigentlich hinzufügen müssen. Doch so brutal wollte er Jutta nicht mit der Wahrheit konfrontieren.

»Und es gibt eine Frau namens Barbara Noack in deinem Leben«, vollendete Jutta leise seinen Satz.

Ihre Worte durchfuhren ihn wie ein Blitz. Woher wusste sie von Barbara?

»In deinem früheren Leben«, fügte sie hinzu – ein verzweifelter Versuch, ihn vielleicht doch noch zur Vernunft bringen zu können.

Er räusperte sich. »Mein früheres Leben ist mein wirkliches Leben«, entgegnete er ruhig und bestimmt. »Aber woher weißt du von Barbara?«

»Du liebst sie.« Jutta klang ebenso ruhig. Dabei hielt sie immer noch seinen Blick fest.

»Ja, ich liebe sie. Ich habe sie die ganze Zeit über geliebt, auch wenn ich es nicht gewusst habe. Aber woher …?«

»Im Spätsommer hat sie hier angerufen und wollte dich sprechen. Und irgendwann war ihre Schwester bei mir.« Jutta hob die Schultern. Mit müde klingender Stimme fuhr sie fort: »Ich konnte jedes Mal reinen Gewissens sagen, dass ich keinen Ulrich Dreyer kenne.«

In Ulrichs Kopf breitete sich Chaos aus. Barbara hatte ihn im Westen ausfindig gemacht? Wie das? Und sie hatte eine Schwester? Und Jutta hatte ihm nichts von alledem erzählt? »Und du hast mir nichts davon erzählt?«, fragte er plötzlich so erbost, dass Jutta einen Schritt von ihm zurückwich.

Ängstlich schaute sie zu ihm hoch. Schließlich sagte sie leise: »Ich wollte dich doch nicht verlieren. Und überhaupt … Das war alles so unwirklich für mich. Das hatte nichts mit unserem Leben hier zu tun.«

Voller Betroffenheit schwieg er erst einmal. Jutta hatte ja nicht einmal ganz unrecht – aus ihrer Sicht. Schließlich seufzte er und legte den Arm um ihre Schultern. »Komm, lass uns in die Küche gehen und etwas trinken. Wir müssen miteinander reden.«

Jutta schenkte sich Wasser ein. Er brauchte etwas Stärkeres. In einem Zug kippte er den Whiskey hinunter. Dann begann er zu reden. Jutta hörte ihm zu. Stumm, bewegungslos, leichenblass. »Wirst du irgendwann zurückkommen?«, fragte sie schließlich nur.

Er zögerte. Nein wäre jetzt die richtige Antwort gewesen. Doch dieses eindeutige Wort tat auch ihm weh. »Ich glaube nicht«, antwortete er deshalb. »Warte nicht auf mich«, fügte er hinzu. Dabei legte er seine Hand auf ihre Wange.

Da zuckte Jutta zurück, als hätte seine Berührung sie verbrannt. Ihr Blick begann zu flackern. Ihr Atem beschleunigte sich. Ihre Stimme zitterte, als sie schließlich sagte: »Du wirst hoffentlich Verständnis dafür haben, dass ich dich bitte, die letzten Nächte deines Aufenthaltes in der BRD in einem Hotel zu verbringen.«

Auch er hatte selbst schon daran gedacht. »Natürlich«, erwiderte er rasch.

Sie stand auf, schwankte. Als er sie halten wollte, wehrte sie ihn ab. »Danke. Keine Sorge, ich werde schon nicht ohnmächtig«, beruhigte sie ihn mit traurigem Lächeln. »Ich möchte mich nur hinlegen. Du weißt, der Wochenenddienst …«

»Dann packe ich mal meine Tasche«, murmelte er. Mit einem

Mal fühlte er sich völlig hilflos, verunsichert, zutiefst unglücklich. Sollte ihr Abschied so aussehen? Sein Abschied von der Frau, der er so viel zu verdanken hatte? Die er liebgewonnen hatte? Die monatelang seine Partnerin gewesen war? Eindringlich sah er sie an. »Bitte, Jutta …« Er machte einen Schritt auf sie zu. »Es tut mir so unendlich leid. Ich will dir doch nicht weh tun, aber …«

Ihre Miene war wie versteinert. Sie starrte ihn an, als wollte sie das Übel, das er für sie nun darstellte, einfach nur irgendwie aus der Welt schaffen. »Verschwinde«, zischte sie wie eine Natter. »Verschwinde sofort aus meinem Haus, aus meinem Leben. Ich weiß sonst nicht, was ich tue.«

DDR, Kleinmachnow, Mittwoch, 8. November 1989

»Du glaubst nicht, was bei uns los ist«, erzählte Barbara ihrer Schwester an diesem Mittwochabend am Telefon. »Gestern ist der gesamte Ministerrat mit seinem Vorsitzenden Willi Stoph zurückgetreten. Allerdings wird der die Geschäfte erst mal kommissarisch bis zur Einsetzung einer neuen Regierung weiterführen. Sofern es überhaupt noch zu einer neuen Regierung unter der SED kommen wird«, fügte sie hinzu. »Jeden Tag gibt es irgendwo im Land Demonstrationen, selbst in den kleinen Städten. Die Menschen fordern ihre Freiheit ein, ein neues Wahlrecht, Reisefreiheit für alle. Zum ersten Mal regen sich auch die Blockparteien, die sich lange von der SED haben unterdrücken lassen. Glaub mir, diese Bewegung ist nicht mehr aufzuhalten – wobei nicht alle das gleiche Ziel verfolgen. Einige wollen die Einführung des Kapitalismus, andere darüber hinaus sogar die Einheit Deutschlands. Die meisten von uns jedoch fordern eine Modernisierung des Sozialismus.« Atemlos hielt Barbara inne. Ob Christine tatsächlich begreifen konnte, was gerade bei ihnen geschah? Sie war in einem politisch und wirtschaftlich stabilen, freiheitich-demokratischen Land aufgewachsen.

»Wir verfolgen alles bei uns in der Presse«, sagte ihre Schwester. »Zumindest soweit bei uns darüber berichtet wird. In Anbetracht dieser Entwicklung bin ich ganz sicher, dass wir beide uns noch vor meiner Niederkunft wiedersehen werden.« Sie zögerte kurz. Dann fragte sie mit sanft klingender Stimme: »Und wie geht es dir sonst so?«

Barbara wusste genau, was Christine wissen wollte. Seit ihrer Fehlgeburt hatten sie die Themen Schwangerschaft und Kinder gemieden. Zum ersten Mal sprach ihre Schwester sie jetzt auf den Verlust ihres Babys an.

»Ich weiß es nicht«, antwortete Barbara wahrheitsgemäß. »Ich lenke mich ab. Nach dem Unterricht engagiere ich mich im Neuen Forum, nehme an politischen Diskussionen teil, drucke Flugblätter in Michaels Kellerraum … Tja, ich erlaube mir keine Zeit zum Nachdenken. Ich glaube, sonst würde ich verrückt werden. Mein Baby …« Mit letzter Kraft konnte sie die aufsteigenden Tränen zurückdrängen. Sie räusperte sich energisch.

»Wie geht es Michaels Vater?«, wechselte Christine rasch das Thema.

»Peter kann jetzt schon wieder ganz deutlich den Namen seiner Frau aussprechen«, antwortete Barbara. »Er übt gerade Michael und Roman zu sagen.« Sie lächelte. Der Gedanke daran, dass Vater und Sohn durch den Schlaganfall, der eine Bewusstseinsänderung in Peter bewirkt hatte, einander nähergekommen waren, machte sie glücklich.

»Ach, Barbara«, hörte sie ihre Schwester weich sagen. »Ich kann es kaum erwarten, dich endlich fest an mich drücken zu können.«

Diesen Wunsch hatte Barbara auch – obwohl sie andererseits auch Angst davor hatte. Würde sie den Anblick ihrer Schwester, wie sie ihr Kind im Arm hielt und liebkoste, überhaupt ertragen können? Wie viele Pläne hatten sie in ihren Gesprächen geschmiedet. Immer hatten sie sich mit ihren beiden Kindern vorgestellt! Und nun? Sie hatte ihr Baby verloren. *Wie gerne hätte ich dich kennengelernt, mein Kind,* dachte sie mit engem Herzen.

»Darf ich was fragen?«, erkundigte sich Christine in ihre Gefühlsaufwallung hinein.

»Klar.« Barbara bemühte sich, frisch und offen zu klingen.

»Gibt es irgendetwas von Ulrich? Ich meine …« Christine verstummte.

»Nein. Nichts«, erwiderte Barbara. »Es macht mir auch nichts mehr aus, dass er gegangen ist. Seit ich unser Kind verloren habe, ist in mir kein Platz mehr für Liebeskummer.« Sie wollte ihrer Schwester nicht sagen, dass es immer noch viele Nächte gab, in denen sie sich Ulrich im Traum ganz nah fühlte.

BRD, Westberlin, Donnerstag, 9. November 1989

Während des Fluges hielt Ulrich den Bernstein mit dem eingeschlossenen Marienkäfer fest umschlossen in seiner Hand. *Nimm ihn mit in den Westen,* hatte Barbara ihn beim Abschied gebeten. *Er gehört zu uns, zu unserer Liebe.* Ja, er hatte ihn mitgenommen, und jetzt brachte er ihn zu ihr zurück. Bevor er damals nach Ludwigshafen zur Werksbesichtigung gefahren war, hatte er einen Juwelier in Heidelberg beauftragt, den Bernstein herzförmig zu schleifen und in Gold zu fassen.

»Ich war mir immer sicher, dass Sie irgendwann noch kommen würden, um den Anhänger abzuholen«, hatte der Juwelier ihn an diesem Vormittag begrüßt. »Dieser Stein ist ganz bestimmt ein Glücksstein. Und welcher Mensch verzichtet schon freiwillig auf sein Glück?«

In Gedanken daran musste Ulrich jetzt lächeln. Doch gleich darauf fragte er sich wieder einmal, ob Barbara ihn überhaupt noch liebte? Was hatte sie gedacht, als er nicht mehr zurückgekommen war? Republikflucht? Was sonst? Manni hatte es ja schon so gemacht. Aber was noch viel schlimmer war, sie musste davon ausgehen, dass er im Westen eine neue Frau gefunden hatte – Jutta. Wie mochte Barbara ihn in Frankfurt am Main ausfindig gemacht haben? Fragen über Fragen. Die Angst vor den Antworten ließ Ulrich die Brust immer enger werden.

Er blickte aus dem Kabinenfenster. Unter ihm lag Berlin, die Stadt, von der er bisher nur den östlichen Teil kannte. Das Flugzeug zog jetzt eine Schleife, verlor an Höhe. Die Gebäude und Straßen wurden größer und größer. Er konnte die Mauer erkennen, die die Stadt in zwei Teile schnitt. Was für ein Anblick! Sein Pulsschlag beschleunigte sich in Erwartung der Landung. Dann hörte er, wie das Flugzeug die Räder ausfuhr. Sanft setzte die Maschine auf. Berlin-Tegel! Er war angekommen. Mit hämmerndem Herzen und klammen Händen ging er als Harald Kautner durch die Passkontrolle. Erleichtert darüber, dass ihm der westdeutsche Zollbeamte kaum Aufmerksamkeit geschenkt hatte, ging er auf den Ausgang zu. Das würde morgen bei seiner Einreise in den Osten anders sein. Vielleicht würde man ihn da sogar gleich festnehmen. Aber das wollte er riskieren. Er würde alles tun, um Barbara wiedersehen zu können.

Vor dem Flughafengebäude atmete er zum ersten Mal Westberliner Luft ein – er war angespannt, aufgeregt, aber auch neugierig.

»Taxi gefällig?«, sprach ihn ein Taxifahrer in schnodderigem Berliner Dialekt an.

Ulrich nickte und stieg ein.

»Wo soll's denn hingehen?«

Er nannte ihm den Namen des Hotels in Berlin-Wedding, das er übers Reisebüro gebucht hatte.

»Das ist ganz in der Nähe«, meinte der Fahrer. »Tourist?«

Ulrich nickte nur wieder stumm.

»Da kommen Sie ja zum richtigen Zeitpunkt«, sprach der redselige ältere Mann munter weiter. »Bei uns tut sich was. Ich meine, im Osten der Stadt. Von Lockerung der Ausreisegesetze ist die Rede, aber vielleicht sind das ja auch nur Gerüchte. Auf alle Fälle berät in diesen Tagen drüben das SED-Zentralkomitee, wie's weitergehen soll.«

Das Hotel lag in der Nähe der Bornholmer Straße, dem Grenzübergang vom Wedding im Westen zu Prenzlauer Berg im Ostteil der Stadt. Nachdem Ulrich eingecheckt hatte, stellte er seine Reisetasche auf den Teppichboden seines Zimmers und sah sich um. Schlichte Einrichtung, Duschbad, Fernseher, Minibar und Telefon. Sollte er Barbara jetzt anrufen? Er war ganz in ihrer Nähe. Gäbe es die Mauer nicht, hätte er zu ihr laufen können. Wie sehr sehnte er sich nach ihr! Er fühlte sich ihr so nah, als wäre sie immer bei ihm gewesen. Er seufzte. Lieber nicht anrufen. Trotz aller positiven Entwicklungen in seiner Heimat war die Stasi noch nicht entmachtet. Womöglich überwachte sie ja sogar die Telefonleitungen vom Berliner Westen in den Osten. Morgen würde er Barbara hoffentlich wiedersehen. Von Angesicht zu Angesicht würde er ihr auch viel besser erklären können, was in den vergangenen Monaten passiert war.

Ulrich warf einen Blick auf die Uhr. Kurz vor sechszehn Uhr. Bald würde es dämmrig werden. Vorher wollte er die Mauer von der westlichen Seite sehen – diesen Grenzwall, der seit achtundzwanzig Jahren nicht nur die Stadt teilte, sondern ein ganzes Land, der Familien, Paare und sogar Herzen teilte.

Es war nur ein kurzer Fußmarsch bis dahin. Ulrich lief an der Mauer entlang, berührte den kalten, auf dieser Seite bunt bemalten Beton und stieg auf einen der Aussichtstürme. Von dort oben konnte er auf östlicher Seite den ordentlich geharkten Todesstreifen sehen. Rechts und links von ihm standen in Abständen Wachtürme, von denen aus Grenzsoldaten mit ihren Ferngläsern alles unter Kontrolle hielten. Dort hinten in Prenzlauer Berg wohnte Michael. Ob er noch mit Roman zusammen war? Und hinter Ostberlin lag Kleinmachnow. Ulrich atmete tief ein, um die Beklemmung, die er schon seit Tagen in seiner Brust spürte, zu lockern. War ihm der Westen wie eine Hochglanzfotografie in bunten, leuchtenden Farben erschienen, schien Ostberlin aus dieser Perspektive wie ein abgenutztes Schwarzweißfoto. Trotzdem! Während er den Blick über die maroden Gebäude, die tristen Plattenbauten, die farblosen Trabis in den Straßen gleiten ließ, strömte plötzlich eine unbändige Freude in sein Herz. Vor ihm lag die DDR, seine Heimat, das Land, wo er seine Wurzeln hatte, wo er hingehörte.

Nach seinem Ausflug an die Mauer schlenderte Ulrich durch Wedding. Es überraschte ihn, wie viele Menschen an diesem Spätnachmittag unterwegs waren. Es war, als läge etwas in der Luft, eine Spannung, ein Kribbeln. Irgendwie herrschte eine erwartungsvolle Stimmung. In einer Eckkneipe, wo er ein Bier trank, gab es Gerüchte von wichtigen Entscheidungen, die auf der in Ostberlin tagenden Sitzung des SED-Zentralkomitees angeblich getroffen werden sollten.

Inzwischen war es dunkel geworden. Ulrich aß an einem Imbissstand eine Currywurst und ging dann ins Hotel zurück und setzte sich an die Hotelbar. Gleich neben drei Männer, die, wie er bald aus deren Gespräch entnahm, westdeutsche Journalisten und anlässlich der Sitzung des SED-Zentralkomitees nach Berlin gekommen waren. Wie Ulrich erfuhr, war ihnen die Einreise in die DDR jedoch an der Grenze bisher untersagt worden. Angespannt verfolgten sie auf dem Fernsehbildschirm die von einem DDR-Sender live übertragene Pressekonferenz in Ostberlin, auf der sich Günter Schabowski, der Sprecher des SED-Zentralkomitees, den Fragen der internationalen Presse stellte.

Es war kurz vor neunzehn Uhr, als Schabowski auf die vom Zentralkomitee beschlossene neue Reiseregelung zu sprechen kam. »Ständige Ausreisen können über alle Grenzübergangsstellen der DDR zur BRD beziehungsweise zu Westberlin erfolgen …« Auf die Nachfrage eines BRD-Korrespondenten, wann diese Regelung in Kraft treten solle, gab Schabowski, selbst etwas verunsichert, die Antwort: »Nach meiner Kenntnis ist das sofort, unverzüglich …«

Während der Live-Übertragung hatten sich noch andere Hotelgäste an der Bar eingefunden. Jetzt schlug die Stimmung hohe Wellen. Reisefreiheit für alle DDR-Bürger ab sofort! Das war unglaublich! Alle sprachen durcheinander. Es entstand Unruhe, viele der Hotelgäste und auch die Journalisten machten sich auf den Weg zu einem der Grenzübergänge. Sie wollten dabei sein, wenn die ersten DDR-Bürger Westberliner Boden betraten.

Ulrich blieb sitzen. Er musste die Bedeutung dieses Ereignisses erst einmal begreifen. Das konnte doch alles nicht wahr sein! Heute war er nach Westberlin gereist, um am nächsten Tag zu Barbara zurückzukehren – mit der nicht unberechtigten Angst, die Stasi könnte ihn an der Grenze sofort festnehmen. Und nun waren die Grenzen offen für alle. Von Ost nach West und von West nach Ost – was bedeutete, dass er gleich jetzt in die DDR einreisen und noch in dieser Nacht Barbara in die Arme schließen konnte. Mit beiden Händen fuhr er sich durchs Haar. Er zitterte.

»Das haben die Menschen drüben der tschechoslowakischen Regierung zu verdanken«, sagte der Barkeeper zu ihm. Sie waren jetzt ganz allein in der Bar. »Die wollten sich nicht länger mit diesen Massen von DDR-Bürgern rumschlagen, die über ihr Land ausgereist sind. Also gab's die Forderung an die SED-Spitze, sich was einfallen zu lassen.« Er schenkte zwei Whiskey ein und schob Ulrich ein Glas über die Theke. »Geht aufs Haus.« Mit eindringlichem Blick fügte er hinzu: »Glauben Sie mir, das ist erst der Anfang. Wenn Sie mich fragen, der Anfang vom Ende der DDR.«

Ulrich fühlte sich wie berauscht. Ihm wurde schwindelig. Er musste sich mit einer Hand an der Theke festhalten, während er mit der anderen sein Glas an die Lippen führte.

»Was ist? Wollen Sie nicht mal gucken, was da draußen los ist? Wie die ersten aus dem Osten über die Grenze spazieren?«, fragte der Keeper, nachdem sie getrunken hatten. »Ich kann ja hier nicht weg, aber wenn, wäre ich schon längst dort.«

Als würde er aus einem Traum erwachen, sah Ulrich ihn an. Dann begann er zu lächeln. »Sie haben recht. Was mache ich eigentlich noch hier?«

DDR, Kleinmachnow / Ostberlin – Grenzübergang Bornholmer Strasse, Donnerstag, 9. November 1989

Im Erker des Reihenhauses in Kleinmachnow fielen sich Elke, Wolf und Barbara in die Arme.

»Uneingeschränkte Reisefreiheit für alle!«, jubelte Elke. »Wisst ihr, was das bedeutet? Die Grenzen sind offen! Und zwar für jeden, und das ab sofort!«

Seit einer Stunde verfolgten die drei die Pressekonferenz im Fernsehen, bei der Schabowski vor gelangweilten Journalisten bis dahin nur die üblichen SED-Floskeln von sich gegeben hatte.

»Lasst uns nach Berlin fahren«, schlug Elke mit hochroten Wangen vor. »Da ist doch jetzt bestimmt der Bär los! Wetten, dass gleich schon die Ersten an den Grenzübergängen in den Westen sind?«

Gleich darauf klingelte das Telefon. Wolf lief in den Flur, Elke und Barbara hielten den Atem an. »Moment, ich frage mal«, hörten sie Wolf sagen.

»Michael ist am Apparat. Die beiden haben auch die Pressekonferenz im Fernsehen verfolgt und fragen, ob wir kommen wollen. Er sagt, die Straßen sind voller Menschen. Alle laufen zum Grenzübergang Bornholmer Straße. Sie hoffen, dass er geöffnet wird.«

»Sag ich doch!«, rief Elke begeistert aus. »Kommt, lasst uns fahren! Das müssen wir miterleben. Und vielleicht laufen wir heute Nacht schon über den Kudamm.«

Je näher Barbara, Elke und Wolf der Hauptstadt kamen, umso dichter wurde der Verkehr. Kolonnen von Trabis waren auf dem Weg nach Berlin. Kaum einen, der von der Reisefreiheit in den Nachrichten gehört hatte, hielt es noch zu Hause. Alle wollten zu einem der Grenzübergänge. Wolf stellte den Wagen in der Nähe von Michaels Buchhandlung ab. Gemeinsam mit Michael und Roman machten sich die drei auf den Weg zur Bornholmer Straße.

»Sollte die Grenze tatsächlich offen sein, besuchen wir noch heute Abend Romans Schwester«, sagte Michael begeistert. Sein Freund nickte bekräftigend.

Je näher sie kamen, umso mehr Menschen waren es, die zum Grenzübergang strömten. Barbara hatte sich bei Elke eingehakt, und Elke bei Wolf. Es war so kalt, dass man den Atem der Menschen, die einander vorwärtsschoben, sehen konnte. Dennoch schien die Luft wie aufgeheizt. Das war ein Abend, der Geschichte schrieb, dessen war sich jeder, der hier auf der Straße war, bewusst. Irgendwann stoppte die Menge. Sie hatten die Grenze erreicht. Aber der Schlagbaum war geschlossen. Hinter der Schranke standen Grenzsoldaten, Zollbeamte und Vopos. Ein Grenzer forderte die Leute durchs Megaphon auf, den Grenzbereich zu verlassen. »Jetzt und hier ist es nicht möglich, die Ausreise zu gestatten«, sagte er.

Bis dahin war die Stimmung friedlich gewesen. Doch wie lange würde das noch so bleiben, fragte sich Barbara. Elke schien das Gleiche zu denken. Sie sah Barbara skeptisch an.

»Die lassen welche durch!«, rief Wolf, der wegen seiner Größe mehr sehen konnte, den beiden Frauen zu.

Doch es blieb nur bei einigen wenigen. Unruhe und Ungeduld wurde spürbar. Etliche, die gleich vorne am Schlagbaum standen, begannen mit den Soldaten zu diskutieren. Rufe wurden laut. »Tor auf! Freiheit!« Es bekamen immer mehr den Mut, lautstark zu fordern: »Macht das Tor auf! Wir kommen wieder!«

»Wir wollen doch nur mal gucken!«, schrie Elke jetzt einem der Grenzer zu.

Barbara sah sich in der Menge um. Michael und Roman konnte sie nirgendwo mehr entdecken. Ob sie auch zu denjenigen gehörten, die die Grenze bereits passiert hatten? Die Leute standen herum, redeten durcheinander. Elke hatte ein paar Kollegen aus der Redaktion getroffen. Sie hatten Thermoskannen und Sekt dabei. »Wir haben uns auf eine lange Nacht eingerichtet.« Sie boten den beiden Frauen und Wolf von ihren Getränken an. Die Stimmung unter den Wartenden war bis zum Zerreißen angespannt. Dann endlich – eine halbe Stunde vor Mitternacht – öffnete einer der Grenzsoldaten den Schlagbaum.

»Die Grenze ist offen!«, jubelten die, die in den ersten Reihen standen. Die Menge rückte vor. Elke fiel Wolf und Barbara um den Hals. Stoßstange an Stoßstange passierten die ersten Trabis hupend die Grenze, vorbei an den Wachposten, Zollbeamten und Vopos, die an der Wand des Dienstgebäudes standen und ungläubig diesem Schauspiel zusahen. Einige Frauen fielen den Uniformierten übermütig um den Hals. »Danke! Vielen Dank!«

»Wir kommen wirklich gleich zurück!«, rief Elke ihnen zu, während sie Hand in Hand mit Wolf und Barbara ungehindert durch die Schleuse ging, hinter der inzwischen unzählige Westberliner warteten, um die Neuankömmlinge aus dem Ostteil der Stadt willkommen zu heißen.

BRD, Westberlin – Grenzübergang Bornholmer Strasse, 9. November 1989

Ulrich verließ das Hotel und wandte sich in Richtung Grenzübergang Bornholmer Straße. Alle, die an diesem Abend in Wedding unterwegs waren, schienen das gleiche Ziel zu haben.

Bald schon tauchte vor ihm die riesige Stahlkonstruktion der Bösebrücke auf, die im Volksmund auch Bornholmer Brücke genannt wurde. Schnell kam er mit anderen ins Gespräch. Einige hatten Sekt dabei, um dieses Ereignis zu feiern. Doch würde in dieser Nacht das Versprechen der DDR-Regierung überhaupt eingelöst werden? Wie viele Ostberliner würden in den kommenden Stunden die Grenze überqueren? Und wann? Diese Fragen beschäftigten die Leute. Ulrich entdeckte unter ihnen auch die Journalisten aus seinem Hotel, die bereits ihre Kameras und Mikrophone in Bereitschaft hielten. Die Zeit schritt voran.

»Was ist denn nun?«, rief jemand den Wachposten zu, die auf der Brücke patrouillierten. »Öffnet ihr die Grenze denn jetzt heute Nacht?« Die Soldaten taten so, als hätten sie nichts gehört.

Immer mehr Schaulustige kamen hinzu, wollten bei diesem einzigartigen geschichtlichen Ereignis dabei sein. Viele glaubten noch nicht daran – bis dann tatsächlich eine halbe Stunde vor Mitternacht die ersten Menschen über die Brücke kamen. Irgendwie unsicher, vorsichtig, kamen sie näher, so, als würden sie noch nicht wirklich glauben, was hier gerade geschah. Doch dann war der Bann gebrochen, und immer mehr Menschen kamen herüber. Jetzt liefen sie jubelnd über die Brücke und reckten die Hände in Siegerpose in die Höhe. Zwischen ihnen rollten Trabis hupend gen Westen. Menschen, die sich nie zuvor gesehen hatten, fielen sich auf westlichem Boden in die Arme. Sekt schäumte, Freudentränen flossen, Jubelrufe erfüllten die Nacht. Reporter hielten den Neuankömmlingen ihre Mikrophone entgegen. Kameras blitzten auf, um das einzigartige Geschehen für die Nachwelt festzuhalten. Ein Freudentaumel, dem sich niemand entziehen konnte, besiegelte nach achtundzwanzig Jahren das Ende der Teilung Berlins und Deutschlands. Auch Ulrich konnte sich der Stimmung nicht entziehen und war ergriffen von dem Hochgefühl, das herrschte. Auch er ließ sich umarmen und umarmte andere. Jetzt war sein Weg in die Heimat frei. Er musste nicht mehr fürchten, von den Wachposten festgehalten, vielleicht sogar wegen Republikflucht verhaftet zu werden.

Was war nur mit ihr los, fragte sich Barbara, die sich von der jubelnden Menge vorwärtsschieben ließ. Öffnung der Grenzen, unbeschränkte Reisefreiheit – das hatte doch auch sie sich gewünscht. Dennoch fand die Freude der anderen in ihrem Herzen keinen Widerhall. Unter all den Menschen aus Ost und West, die die Freude über die Grenzöffnung in dieser Nacht verband und zu Freunden machte, fühlte sie sich plötzlich einsam und allein. So ähnlich hatte sie sich in der Silvesternacht auf Elkes Party gefühlt. Damals war sie allein auf die Veranda getreten – und dann war auf einmal Ulrich neben ihr aufgetaucht. Von Anfang an hatte sie sich in seiner Gegenwart vollkommen gefühlt. Sie hatte ihn als ihre andere Hälfte erkannt. In Erinnerung an diese Silvesternacht überfiel Barbara plötzlich eine so starke Sehnsucht nach Ulrich, wie sie sie lange nicht mehr gespürt hatte. Wo mochte er zu dieser Stunde sein? Ob er schon wusste, dass ihr gemeinsamer Traum in dieser Nacht wahrgeworden war? Interessierte ihn dieses Ereignis überhaupt noch?

Von all diesen Gedanken und Gefühlen übermannt, blieb

Barbara mitten auf der Brücke stehen. Es war kurz vor Mitternacht. Gleich würde ein neuer Tag beginnen und mit ihm eine neue Zeit. Was würde sie für all diese Menschen, die um sie herum die Öffnung der Mauer feierten, bringen?

»Barbara! Hier!«

Barbara entdeckte Elke, die ihr aus der Menge mit hocherhobenen Armen zuwinkte. Sie winkte zurück und steuerte mit einem wehmütigen Lächeln auf den Lippen auf sie zu. Verrückt. Völlig verrückt, dass sie jetzt solche Gedanken und Gefühle hatte. Aber diese Nacht war eine ganz besondere und ließ vieles zu – auch, dass sie nach so langer Zeit wieder einmal derart intensiv an Ulrich dachte.

Und dann plötzlich sah sie ihn. Das dunkle Haar, das markant geschnittene Gesicht, dieses einzigartige Lächeln … Er stand in dem milchigen Licht der Brückenbeleuchtung, das die gesamte Szenerie geradezu unwirklich erscheinen ließ. Barbara blinzelte. Täuschte sie sich oder war er das wirklich? Vielleicht halluzinierte sie ja. Vielleicht hatte sie gerade völlig den Verstand verloren und beschwor Bilder herauf, die ihre unbändige Sehnsucht erschuf: Ein Wiedersehen mit dem Mann, den sie immer noch liebte, hier auf der Brücke, in dieser einzigartigen Nacht. Aber so etwas gab es doch nur in Liebesfilmen oder Romanen.

Wie in Trance bahnte sie sich den Weg durch die Menschen auf Ulrich zu. Bis jetzt hatte er sie noch nicht entdeckt. Bloß nicht zu früh freuen, gebot sie sich bei jedem Schritt. Sie war sich fast sicher, dass er sich, sobald sie ihn berührte, wie eine Fata Morgana in nichts auflösen würde. Es konnte nur ein Trugbild sein.

Jetzt! Jetzt hatte er sie entdeckt. Ungläubig weiteten sich seine Augen, diese graugrünen Augen, die von dichten schwarzen Wimpern gesäumt waren. »Barbara!«

Nur wenige Schritte, dann stand er vor ihr. »Barbara.«

Kein Zweifel. Das waren Ulrichs Stimme und sein Lächeln, das allein ihr galt. Seine großen Hände, die ihr immer ein Gefühl von Sicherheit, von Geborgenheit gegeben hatten, griffen nach ihren, hielten sie fest. Durch den Mantel spürte sie ihre Wärme. Ihre Lippen versuchten, seinen Namen zu formen, doch sie zitterten zu stark. Dafür hörte sie Ulrich jetzt mit seiner tiefen, schönen Stimme sagen: »Ich war auf dem Weg zu dir.«

Seine Worte, die ihre wunde Seele streichelten, sein offener und aufrichtiger Blick, der ihr das Herz öffnete – da wusste sie, dass er sie auch immer noch liebte, ganz gleich, was zwischen ihnen stehen mochte.

»Ich werde dir alles erzählen«, sprach er hastig weiter. »Jetzt sollst du nur wissen, dass ich dich liebe. Dass ich endlich zurückgekommen bin. Zu dir. Für immer.«

Während er sprach, löste sich für Barbara die tosende Welt um sie herum auf. Die Jubelrufe, das Hupen, das Lachen der Menschen verstummten, die Erde hörte auf, sich zu drehen. Es gab nur noch Ulrich, der zu ihr zurückgekommen war, und sie. Ein unbeschreibliches Glücksgefühl stieg in Barbara hoch, das sie von innen wärmte. Ihre Blicke verschmolzen miteinander, und mit einem Mal hatte sie das Gefühl, in Ulrichs zärtlichem Blick neu geboren zu werden. Ohne nachzudenken, machte sie einen Schritt auf ihn zu und zog ihn am Mantelkragen zu sich herunter, bis seine Lippen die ihren berührten.

Ihr Kuss schmeckte nach der Sehnsucht, die sie beide umgetrieben hatte, aber auch nach der Vertrautheit und der großen Leidenschaft, die sie einst verbunden hatte und immer noch verband. Aber er war noch mehr. Er war ein Versprechen an eine gemeinsame Zukunft.

Am Ende dieser Nacht, in der Barbara und Ulrich in seinem Hotelzimmer ihre ganz persönliche Wiedervereinigung feierten, kündigte ein schmaler, orangeroter Streifen am perlgrauen Himmel den neuen Tag an – und mit ihm eine neue Zeit, ein neues Leben, ein neues Glück.

»Ich habe etwas für dich«, sagte Ulrich und legte Barbara das Bernsteinherz in die offene Hand.

»Der Bernstein«, staunte Barbara.

»Erinnerst du dich? Du hattest ihn mir damals vor meiner Abreise gegeben, als Zeichen dafür, dass wir für immer zusammengehören.«

»Der Anhänger ist wunderschön«, sagte sie voller Rührung.

Ulrich zog sie an sich und küsste sie aufs Haar, das im ersten Morgenlicht in der gleichen Farbe schimmerte wie der Stein in Barbaras Hand. »Als ich den Stein beim Juwelier abgegeben habe, hätte ich nie geahnt, dass unsere Herzen kurze Zeit später schon durch die Ereignisse auseinandergerissen werden würden.«

Zärtlich berührte Barbara seine Lippen. »Vielleicht haben wir unser Wiedersehen ja der Zauberkraft dieses Bernsteins zu verdanken, der während all dieser Zeit als ungeteiltes Herz beim Juwelier gewartet hat.«

»Das kann gut sein«, sagte Ulrich lächelnd, bevor er sie küsste.